羽生飛鳥

歌人探偵定家

百人一首推理抄

東京創元社

目次

歌人探偵定家　百人一首推理抄

文治《ぶんじ》二年（一一八六年）八月十六日。秋天澄み渡り、薄《すすき》が黄金色《こがねいろ》の穂をのばす。

源平《げんぺい》合戦が終わって一年余り過ぎたものの、合戦の勝者となった鎌倉《かまくら》の源頼朝《みなもとのよりとも》の権力が強大になるにつれ、都でも鎌倉でも血腥《ちなまぐさ》い出来事が増えていた。

戦火の名残《なごり》の焦土が目立つ都の治安は回復の兆しがなく、昼には物乞い達が蔓延《はびこ》り、夜ともなれば群盗が跋扈《ばっこ》する。

鎮護国家の塔と謳《うた》われた、高さ二十七丈（約八十一メートル）の法勝寺《ほっしょうじ》九重塔は、昨年に起きた大地震により、相輪が折れ、屋根はすべて落ち、かろうじて残っているのは塔の胴体ばかりと、無残な姿を晒《さら》していた。

——戦《いくさ》が終わっても、都は相も変わらず荒廃していた。

一　くもがくれにし　よはのつきかな

上の句

一　くもがくれにし　よはのつきかな

平 保盛《たいらのやすもり》は、所在無げに蝙蝠扇《かわほりおうぎ》を弄《もてあそ》びながら、早朝の都をあてもなく歩いていた。秋風が、路傍の薄《すすき》をかき鳴らしながら吹き抜けていく。しかし、物思いにふける彼には無音も同然だった。

なかば心ここにあらずになりかけたところへ、不意に背後から無遠慮に肩をつかまれた。

「そこの者。喪服姿で供も連れずに歩くとは怪しい」

坂東訛《ばんどうなま》りの声が、威勢よく保盛へ話しかけてくる。

保盛が振り返ると、声の主である東国武士は最初の威勢のよさはどこへやら、保盛の顔に見惚《みと》れたようにしばし息を飲む。それから、大きく咳《せき》ばらいをして話し始めた。

「喪服で徘徊《はいかい》していることもさることながら、その色白で上品、かつ端整な顔立ち。もしや美貌との噂《うわさ》の九郎判官《くろうほうがん》の一味ではあるまいな」

東国武士達は、昨年の冬に源頼朝を討つと宣言して以降行方をくらました、源 義経《みなもとのよしつね》の残党を捕えるため、鎌倉から都へ遣わされていた。

少しでも怪しめば、貴賤《きせん》を問わず相手の行く手を阻んで詰め寄り、執拗《しつよう》に付きまとう。その傍若無人《ぼうじゃくぶじん》さを、かつて平 清盛《たいらのきよもり》が放っていた禿髪《かぶろ》達と重ね合わせ、多くの民が陰口を叩いていた。

禿髪とは、髪を肩の辺りで切り揃えた十五、六歳の少年達で、清盛存命中は平家一門の悪口を言う輩を捕らえる役目を果たしていた。

（九郎殿探しに腐心しているのはわかるが、どんな根拠で疑っているのだか……）

保盛が違うと弁明しかけたところで、すかさず別の武士が駆けつけ、保盛に詰め寄っていた仲間の肩をつかむ。

「馬鹿者。このお方を知らぬのか」

「まだ名乗らせてもおらんのだ。知るわけがなかろう」

「まことにおまえは馬鹿者よ。よいか。こちらのお方は、鎌倉殿（源頼朝の呼称）の恩人であらせられる、今は亡き池大納言《いけのだいなごん》様の、御年二十九になられる御長男の平保盛様だぞ。この方への無礼は、鎌倉殿へ無礼を働くのと同じだ」

仲間からの叱責に、東国武士はたちまち顔色を失う。

「何と。知らぬこととは言え、大変な無礼を働いてしまいました」

「よい。怪しまれるような振る舞いをした我《われ》にも問題はある。それよりも、熱心に仕事をしておるな。その調子でなおいっそう励めよ」

正直、厄介事《やっかいごと》に巻きこまれた感は拭《ぬぐ》えない。だが、こうでも言わないと、恐らく東国武士は今日中に斬罪に処される。保盛は笑って軽く受け流す。

「寛大なお言葉、恐れ入りまする」

ひれ伏す東国武士達を背に、保盛は再び歩を進める。

すると、物売りや市に立つ商人の声が聞こえてきた。

「あれが鎌倉殿の恩人ということで、平家一門なのに生き残った池殿《いけどの》流平家の公達《きんだち》か」

「どうりで色白で上品な顔立ちなわけだ。平家の公達は皆、美男子ぞろいだったからな」

「興福寺《こうふくじ》を焼き討ちし、その火で東大寺《とうだいじ》も大仏様をも焼き払った一門の生き残りに仏罰が下らなかったとは、どうしたことやら」

興福寺が先年平家に焼き討ちされ、そのあおりを受けて東大寺が大仏を含めて焼失したことは、多くの民の心に深く刻まれていた。おかげで、噂に熱がこもる。

特に、仏師達が噂する姿が目立っていた。

二つの大寺院と共に焼失した多くの仏像を作るため、国中の仏師が都に集結しているのも目立つ理由だが、もう一つの理由として彼らがかつては大寺院に属して仏像を作っていた名残《なごり》で、俗人でありながら僧形だからだ。

わざとらしく、すれ違いざまに肩をぶつけてくる者がいるので見てみれば、木屑《きくず》まみれの衣を着て肩に木材を担いだ番匠《ばんしょう》（大工）だった。

保盛が眉《まゆ》を顰《ひそ》めて番匠の背中を一瞥《いちべつ》してから歩き出すと、今度は別の声が耳に入る。

「平家一門の時代には栄華を享受し、源氏が隆盛になった今の世では鎌倉殿の庇護下にあって生き永らえているとは、何とも羨《うらや》ましい限りよ」

「武者の世になりつつある今も安泰な立場にあるとは、まことに羨ましい」

こうした噂をするのは、かつては貴族であったと思《おぼ》しき物乞い達だ。

頼朝が朝廷と相並ぶほどの権威と権力を手にしてからこの方、平清盛が太政大臣《だいじょうだいじん》として位人臣《くらいじんしん》を極めていた時よりも、武士達が幅を利かせる世の中になっている。

逆に貴族達は、往時の権威権力はどこへやら、凋落《ちょうらく》の一途をたどりつつあった。

こうした現状を指して、今の世を「武者の世」と呼ぶ者が増えている。

次々と聞こえてくる嫉妬《しっと》と羨望の声に、保盛は密かに溜息を吐《つ》く。

（厄介事に巻きこまれて人目を引けば、すぐに噂の的になってしまう）

保盛は、己も一族も特異な立場にいることを重々承知している。

（せっかく父上が半生をかけて、我が一族の平穏な暮らしを手に入れて下さったのだ。それを守るために、厄介事に関わらぬよう、人からの妬《ねた》みで足をすくわれぬよう、目立たず静かに暮らすことを心がけねば）

噂する民へ反論せず、保盛は彼らの前を通り過ぎる。

口汚い声が聞こえなくなり、保盛は知らず知らずのうちに肩に入っていた力を抜く。

それから、前方の松木立の周囲に、黒山の人だかりができていることに気づいた。

松木立から吹き抜ける風には、かすかに血の臭いが混ざっていた。

今でこそ貴族として生きる保盛だが、三年前には平家一門の武士として、倶利伽羅峠《くりからとうげ》の戦いに出陣。木曾義仲《きそよしなか》軍と刃を交え、血の臭いは嫌というほど嗅《か》ぎなれていた。

久しく嗅ぐことのなかった臭いに胸騒ぎを覚え、保盛は松木立へ向かう。

松木立は、屋敷と屋敷の間に広がっている。

黒山の人だかりに近づくにつれ、そのうちの一本に目が留まる。

初めそれは、木の枝に黒い縄で吊るされた白い袋に見えた。

だが、黒山の人だかりに加わる頃には、それが間違いだと悟った。

——松の枝に吊るされていたのは、自らの長い黒髪で結わえ付けられた女の生首だった。

その下には、故人の物と思われる血の付いた衣と手足が散らばっている。

かつて我が物顔で都の往来をのし歩いていた野犬達は、数年前に起きた養和《ようわ》の大飢饉《だいききん》で飢えた民の腹に収まって以来、目に見えて数を減らしている。おかげで、野犬達に屍を食い荒らされてこそいないが、凄惨な光景に変わりはない。保盛は思わず息を飲む。

それから、持っていた蝙蝠扇の骨の隙間から覗《のぞ》き見をする――古来より伝わる、穢《けが》れを生じる物を見る時の穢れ除けのまじないだ。

隙間越しに見える女の顔は虚《うつ》ろで、血の気が失せて白々としていた。何も映していない瞳は、生気の名残のような潤《うるお》いはあるものの白濁《はくだく》しつつある。

異様なことに、生首の喉笛にあたる場所に、針で札が留められていた。

札には、和歌が綴《つづ》られている。

めぐりあひて　見しやそれとも　わかぬまに　雲隠れにし　夜半《よは》の月かな

（確かこれは、いにしえの者が詠んだ和歌……）

なぜそれが、松に吊るされた女の生首に添えられているのか。

保盛は眉を顰める。

平家一門が栄華を極めていた折の都には、このような人倫に悖《もと》る殺しはなかった。

（まことに荒んだ世の中になったものだ。こんな世の中で生き永らえる価値など果たしてあるのだろうか……いいや。このような考え、我ら一族のために日夜粉骨砕身《ふんこつさいしん》しておられた父上に申し訳が立たぬ）

保盛は、懊悩《おうのう》する。

「鬼だ。鬼の仕業だ」

「戦《いくさ》が終わったと思えば、次は鬼か」

「この世には、神も仏もおらんのか」

野次馬達の慄《わなな》く声が、保盛の耳に届く。

続いて、覚えのある声が聞こえてくる。

「三位中《さんみのちゅうじょう》将様のお出でである。道を開けよ道を開け……」

癇《かん》が強そうな大声が不意に途切れた後に、激しく咳《せ》きこむ音もして、保盛は確信した。

「定家《ていか》ではないか。久しぶりだな」

保盛は人だかりをかき分け、声の方へ向かう。

その先には、烏帽子《えぼし》と小栗色《こぐりいろ》の重ね（表・秘色《ひそく》、裏・淡青《たんせい》）と呼ばれる色の組み合わせの狩衣《かりぎぬ》を着た、知った顔があった。

藤原定家《ふじわらのさだいえ》。通称、定家《ていか》。

御子左家《みこひだりけ》と呼ばれる和歌の家出身の貴族だ。

保盛と同じく、大貴族の九条《くじょう》家に仕え、弱冠十七歳の頃に『古今集《こきんしゅう》』と『後撰集《ごせんしゅう》』二つの勅撰《ちょくせん》和歌集の奥義を伝授された、新進気鋭の歌人でもある。

仕えている先が同じであることと、保盛の従兄弟《いとこ》の平重盛《たいらのしげもり》の息子で、「光源氏《ひかるげんじ》の再来」と謳《うた》われた今は亡き平維盛《たいらのこれもり》の、正妻が定家の姪《めい》という縁戚関係にあることから、旧知の仲だ。

定家は、しばらく激しく咳きこんでいたが、ようやく収まったところで、細面と言うより骨ばった顔を上げる。蒼白を通り越した土気色《つちけいろ》の顔に、目の下を縁取る青黒い隈《くま》と、自らの衣に押しつぶされてしまいそうなほど痩《や》せさらばえた体は、どこか臨終間際の病人を彷彿《ほうふつ》とさせる。だが、これが彼の常態であり、咳は彼の数多《あまた》ある持病の一つであった。

「保盛様ではありませんか。まだ私の息があるうちにお会いできて嬉しゅうございます。お父上様のこと、まことに残念至極でございます。惜しい方を亡くされました」

定家は咳きこみすぎたせいでかすれた声ながらも、保盛の烏帽子と鈍色《にびいろ》の直衣《のうし》というでたちから、まだ服喪期間にあるのを見て取り、丁寧《ていねい》かつ神妙に挨拶《あいさつ》をする。

保盛が正四位下《しょうしいげ》の位にあるのに対し、定家はそれより下位の正五位下《しょうごいげ》であるからだが、定家自身の律儀かつ生真面目《きまじめ》な性格に寄るところが大きい。

「お悔やみを言ってくれるのはよいとして、我より五つも若いくせに何を辛気臭いことを言っているのだ」

保盛は、思わず苦笑する。

「二十四の年を迎えても生きていられるのが不思議なほど病弱な我が身ゆえ、致し方ありません。しかし、ここに保盛様がおられてよかった。申し訳ない。若君が見物したいと仰《おつしや》っているゆえ、人払いのお手伝いをお頼みしたいのです」

「なに、若君が見物を御所望されているのか」

保盛が驚いたところで、人ごみの中から、立烏帽子に紫苑《しおん》重ね（表・薄色、裏・青）と呼ばれる色の組み合わせの狩衣を、上品に着こなした貴公子が顔を出す――九条家当主兼実《かねざね》の次男で三位中将の九条良経《よしつね》だ。

「定家、大丈夫か。おや、保盛ではないか。おまえもあの生首を見に来たのか」

紅顔の美少年である良経は、保盛へ鷹揚《おうよう》に微笑《ほほえ》みかける。それから、保盛と同様、蝙蝠扇の骨の隙間から、木の枝に吊り下がった女の生首を覗き、顔を顰《しか》める。

「若君、どうしてこちらに。しかも、牛車《ぎつしや》もなければ、お供も定家だけとは……」

「お忍びで歌会に行っていた帰りで、今、迎えの者達を待っているところだ。しかし、女人の生首が松の枝に吊り下がっていると聞いてな。珍しいので見とうなったのだ」

「目に毒でございます。あまり長く御覧にならない方がよろしいかと」

屍は穢れを伝染させるので忌まれる一方、往来の屍は触れない限り穢れを伝染させないことから、古来より多くの者達が見物に押し寄せる。

特に珍しい屍があれば、人々は好奇の目で見に来る。

そういうものと承知してはいるが、まだ十七歳と年若い良経が、女の生首を見物するのはあまり気分がよいものではない。

「この位置からだと、生首の下に屍のものと思われる血の付いた衣や手足が落ちているのが見えるのう。このような残酷な振る舞い、まさに鬼の仕業」

良経は、保盛と定家に震えを帯びた声で話しかけてくる。

「そうでございますね、若君。……そろそろ、お離れになられた方がよろしいかと」

良経の機嫌を損ねないように気を遣いつつ、保盛が女の生首から彼を遠ざけようとするも、定家が出し抜けに奇声を上げげたために断念せざるを得なくなった。

「何たること、何たること、な、ん、た、る、こ、と、だぁぁぁぁぁぁぁぁ。生首に和歌を添えるとは、いったい何を血迷った真似を。和歌を汚す者は許せん」

血の気がなきに等しかった定家の顔が、憤慨《ふんがい》のあまり首筋まで朱に染まっていく。

「和歌は、保盛様の蝙蝠扇に柿本人麻呂《かきのもとのひとまろ》の和歌が書いてあるように、装飾として使うのはよいとして、屍を装飾するのに使うのは断固許されることではないっ」

大声を張り上げ、矢継ぎ早にまくしたてる定家に、保盛はもちろん、周囲の野次馬達も驚きのあまり動きを止める。

「定家、おまえが歌人ゆえに和歌を汚されたことを看過できない気持ちはわかる。しかし、少し落ち着け。若君も困惑なさっている」

保盛がなだめにかかるも、定家は鋭く睨《にら》み返す。

「これが落ち着いていられましょうか、保盛様。『古今集』の仮名序にあるように、和歌は力をも入れずして天地《あめつち》を動かし、目に見えぬ鬼神《おにがみ》をも哀れと思わせる力があるのです。その和歌を、屍に、それも生首に添えるとは、いったいどのような恐ろしい天変地異が起きることやら……。嗚呼《ああ》、弾指《だんし》すべし、弾指すべしっ」

弾指すべしとは、「非難すべし」を漢語に言い換えたものだ。この言葉を使う時の定家は、相当不満や怒りが高まっているのを、これまでの友人付き合いで知っている。保盛は、溜息を吐いた。

「大袈裟《おおげさ》だぞ、定家」

「甘いです、保盛様」

定家が血走った目で食い下がると、保盛よりも傍《かたわ》らにいた良経の方が怯《ひる》んで一歩後ずさる。

「私が、幼少の頃のことでございます。生まれて初めて詠んだ和歌を御仏に奉納してお喜びいただこうと、実家の庭にある、池の中の島の持仏堂へ捧げたことがございました。すると、すると、す、る、とぉぉぉぉぉぉぉぉ」

気が昂《たかぶ》ってきたのか、定家は頭から突き抜けるような甲高い声を上げ、ますます話に熱がこもっていく。

「その夜、一天俄《にわ》かにかき曇《くも》り、月隠れ花が散り嵐が訪れるや、翌朝には持仏堂が崩れ、中にあった先祖伝来の黒い観音菩薩《かんのんぼさつ》像が……我が一族の間では黒仏《くろふつ》と呼びならわしていた仏像が、影も形もなく消え失せていたのです。嵐の晩ゆえ、盗賊の仕業とは考えられず、仮に盗みに入っていたとしても何一つ侵入の痕跡を残していないという人の仕業とは思えぬ所業に、幼い私は思いました。『軽率にも不出来な和歌を奉納したために、神仏がお怒りになられて自らお姿を消されたのだ』と――」

定家は、激しく咳きこむが、それがやむと再び語り出す。

今や、定家の語りには保盛と良経だけでなく、周囲の野次馬達も聞き入っていた。

「――おわかりいただけましたか。和歌は使い方次第では、まことに天変地異を引き起こすのでございます」

定家は体を震わせる。しかし、それは恐怖からではなく怒りからであるのは、憤慨しきった形相から一目瞭然《いちもくりようぜん》であった。

保盛が、定家をどう鎮めたものか考えあぐねていると、良経が女の生首を一瞥してから、思いつめた顔になる。

「まことに、恐ろしい。鬼に使われ、屍に添えられた和歌など、どのような天変地異をこの世にもたらすことやら。ただでさえ、近年都は辻風、飢饉、地震と、いくつもの天変地異に襲われている。それがさらに起こるなど、あってはならぬことだ。そのようなおぞましい事態を避けるためにも、あの和歌をこの世から抹消するよう、父上に働きかけねば」

良経の父九条兼実は今年の春、頼朝の推挙によって摂政《せつしよう》に就任した。

彼の上にいるのは治天の君の後白河《ごしらかわ》法皇と、その孫の今上帝（後鳥羽《ごとば》天皇）のみで、いわば貴族の頂点に立っている。

兼実はその地位を頼みに、現在鎌倉に追われている義経の名が、息子の良経と同じ読み方であるのを厭《いと》い、義経本人の知らぬ間に「義行《よしゆき》」と改名させていた。そんな彼のことだ。愛息の頼みであれば、和歌一首を抹消するなど造作もない。

「よかったな、定家。これで天変地異が起きるのを避けられるかもしれないぞ」

これで、定家も鎮まるだろう。

保盛は良経から定家に目を移したが、すぐに自分の考えが甘いことを思い知らされた。

定家は血走った目を大きく見開き、歯を食い縛っていた――あからさまにただならぬ形相だ。

「和歌を抹消するっ。それもっ、紫式部《むらさきしきぶ》のっ、名歌をっ」

激昂《げっこう》しすぎて声がうまく出ないのか、定家はしゃくり上げるように言う。

それからまたも呟きこむと、眦《まなじり》を吊り上げた。

「紫式部と言えば、我が先祖御堂関白《みどうかんぱく》（藤原道長《ふじわらのみちなが》）も高く評価した才媛《さいえん》にして、『源氏物語《げんじものがたり》』の作者っ。『源氏物語』と言えば、世に並びなき傑作っ。狂言綺語《きょうげんきご》を並べた罪で、紫式部は死後に地獄へ堕ちたとの伝説があるがっ。優れた才を持つ者の書いた物語はっ。仰ぎ見るとますます素晴らしくっ。内容を深く知ろうとすれば、ますます奥深くなっていくっ」

「定家、少し落ち着いてから話せ」

「私はこの上なく落ち着いております、保盛様っ」

定家は激しく咳きこむと、かすれた声でまた語を継ぐ。

「紫式部は物語の書き手として優れているだけでなく、歌人としても優れているのでございます。何しろ、物語中の様々な状況において老若男女や貴賤を問わぬ人物になりきり、巧拙《こうせつ》織り交ぜておよそ八百首近く和歌を詠んでおりますからね。勅撰和歌集に和歌がまだ三首しか撰入されていないのが、まことに不可解でございますが、あの生首に添えられた和歌を御覧になれば、彼女がいかに優れた歌人であったか、おわかりになられるはず」

保盛は、定家を鎮めるには彼と話を合わせるのが近道と考え、気は進まないものの生首に添えられた札へ目を向ける。

「久しぶりに巡り会い、その人かどうか見分けがつかないうちに、雲に隠れた夜の月のように、その人も去って行ってしまった……という意味か。再会の喜びと切なさを三十一文字《みそひともじ》にこめて詠み上げるとは、確かに素晴らしい。別れた後にこの和歌が届いたら、自分との再会を心から喜んでくれていたのがとてもよく伝わり、また会いたくなる」

「そうでしょうとも。ただし『見しやそれともわかぬまに』と詠い上げてはいるものの、詞書《ことばがき》によれば和歌が詠まれたのは十日のこと。すると、実際には十日の月の入り時である夜半までいたのだから、夕方に巡り会ったにしても相当長く再会の喜びを分かち合っていたことになります。つまり、長い時間も束の間と思えるほど、再会の時が短く感じられたことも裏の意味として詠みこんでいるのでございます。なんと素晴らしき和歌でしょう」

定家は熱に浮かされたような目で、あらぬ方を見上げる。

それから一転、良経へにじり寄る。

「若君、この惨事が鬼の仕業ではなく人の仕業と証明できれば、紫式部の和歌がこの世から抹消されずにすみますよね」

「その通りだ。鬼の仕業ではないなら、天変地異が起こるとは思えぬからな」

良経は、気圧《けお》され気味ながらも答える。

定家は我が意を得たりと言わんばかりに、声を弾ませる。

「ならば、これは鬼の仕業ではございません。古今東西、人を食う鬼はいても、和歌を書き残していった鬼は一匹たりとていないので、鬼に見せかけた人の仕業です。保盛様も、そうはお思いになりませんか」

突如話を振られ、保盛は途惑いながらも答えた。

「そうだな。女の髪が血で汚れて固まっている部分がないこと、首や手足の切断面がきれいであることから、髪の毛を切らないように気をつけながら、刀のような鋭利な刃物で頭と手足を斬られたと見られる。鬼は刃物を使わずに素手や牙で人を食い殺すし、まして女の髪がどうなろうと頓着などしない。だから、鬼に生きたまま食い殺されたのではない。それと瞳の濁り具合からして、殺害されたのは今から一刻（約二時間）ほど前だから、明け方頃だ。明け方は鬼が隠れる時間ゆえ、その点からも鬼の仕業とは言えない。だから、定家の言う通り、これは人の仕業だ」

保盛は答え終えてから、妙に辺りが静まり返っていることに気づいた。

定家も良経も、呆気に取られたように保盛を凝視している。

保盛は、ようやく己の失態に気づいた。

（厄介事に巻きこまれぬよう目立たずに生きようと心がけたそばから、口が滑った。父から教わった技を人前で披露するとは、迂闊《うかつ》。これでは目立ってしまう）

亡き父頼盛《よりもり》は、屍がいつどのように亡くなったのか見極めができるという、非常に特異な技を持っていた。

保盛は幼い頃から、父がその技と類稀《たぐいまれ》なる知恵を生かしては、やんごとない方々の相談事を解決してきたことに憧れを抱き、父から屍の見極めの手ほどきを受けていた。

しかし、穢れの元になる屍に近づいたり、触れたりする罰当たりな行為でもあった。目立たないように生きる決意をした今の保盛にとって、それは無用の長物だった。

（若君の口から兼実公のお耳に入って、暇《いとま》を言い渡されはしないだろうか……。父が我と同じ年の頃には、無難に勤めを果たして妻子や郎党《ろうとう》を養っていたと言うのに、我ときたら不甲斐ない。草葉の陰から父に笑われる）

保盛が激しい後悔の念に襲われていると、定家が晴れやかな顔で見つめてきた。

「旧知の仲である保盛様に、屍を見極める知識があるとは存じ上げませんでした。おかげさまで、これで和歌を汚した者が鬼ではなく人であることが明確になりました。若君、これで鬼の仕業ではなく、人の仕業とおわかりいただけましたね」

定家は、保盛へ向けたものと同じ笑みを良経にも向ける。

「そうだな。だが、そうなると鬼にも等しき残虐な所業を犯した人間がいることになる」

「まことに、若君の仰せの通りでございます。和歌を汚すとは、まさに鬼にも等しき残酷かつ愚かな所業。これが後《のち》の世の悪しき先例とならぬよう、和歌を汚した罪を贖《あがな》わせる必要がございます」

定家と良経は、保盛が罰当たりな特技を披露したことを気にも留めず、和歌を汚した者が鬼ではなく人間であることについて話しこんでいるので、保盛は胸を撫で下ろす。

「鬼の仕業ではないとわかり、何より。では、我はこれにて帰――」

「――お待ち下さい、保盛様。和歌を汚した下手人探しがまだ残っております」

骨ばった指が肩に食いこみ、保盛が振り返ると、案の定幽鬼のごとき形相の定家がいた。

「何故《なにゆえ》我まで下手人探しの頭数に入っているのだ。そもそも、その手のことは死んだ女人の身内か検非違使《けびいし》のやるものだ。我には関係ない」

「何を仰りますか、保盛様。ただでさえ荒んだ世の中において、和歌は人々の心を和ませ慰《なぐさ》める数少ないものの一つでございます。それを汚す者を野放しにすることは、世の荒みに加担することになりますぞ。それに、この屍は支解《しかい》（ばらばらに）されており、律令《りつりょう》で言うところの賊盗律《ぞくとうりつ》にあたる罪。これを野放しにするとは、人としてよろしいのですか」

律令などの有職故実《ゆうそくこじつ》に若いながらも精通している定家を、保盛は常日頃から朋輩《ほうばい》として心強く思っていた。しかし、今はその知識を存分に活《い》かして食い下がってくるのが恨めしかった。

何とかして定家をなだめすかそうとしたところで、良経が目を輝かせる。

「定家よ、おまえにかような深い志《こころざし》があるとは知らなかった。主人《あるじ》として、とても嬉しいぞ。摂政九条兼実が次男、三位中将九条良経の名の下《もと》に命じる。定家と保盛は、和歌を汚した下手人を突き止めてまいれ」

主家の若君直々の命令となれば、断れない。

欣喜雀躍《きんきじゃくやく》する定家に、保盛は力ない声で承諾するしかなかった。

「それでは、保盛様。さっそく屍を詳しく調べていただきたいのです」

良経が迎えの者達と共に帰った後、定家は意気盛んに人ごみをかき分け、保盛を屍のそばに連れて行く。

生首は枝から吊るされて遠くからでもよく見えたが、その下に散らばる血の付いた衣と手足はそうではなかったからだ。

周囲から好奇の眼差しを向けられているのを背に感じつつ、保盛は片膝《かたひざ》を突いて屍を凝視する。

そして、すぐにあることに気づいた。

「定家。もしもこの場で支解したのであれば、辺りは血の海になっていなければならないが、地面に血が流れた跡がまるでない。あるのは屍と衣についている血のみ。よって、別の場所で屍が切断された後、ここへ持ちこまれてきたのだ」

「おお、すごいですぞ、保盛様」

定家は手放しに賞賛する。それから、屍の衣を指さした。

「では、衣にいくつも付いているこの木屑は何でしょうか」

「これか」

保盛は、衣に目を凝らす。衣には、いくつもの木屑が付いている。中には血に染まった物まである。その中で、血が付いておらず、大きめの木屑の一つを扇で掬《すく》い取る。大きめとは言え、それでも紙のように薄く、小指の先ほどしかない。

慎重に鼻に近づけると、かすかに甘い芳香がした。

「これは、恐らく榧《かや》だ。匂いを嗅いでみろ。甘い香りがするだろう」

「そうですか。しかしながら、これが榧ですか。幹は仏像作りに、実は食用にも油にも使える優れた木ゆえ、弘法大師《こうぼうだいし》様によって日本中に広められたとの伝説を持つ、あの榧。なるほど。確かに甘い香りがします。たったこれだけの木屑から、木の種類を突き止められるとはお見事でございますっ」

定家は、感嘆の声を上げる。

「我が一族は、祖父忠盛《ただもり》の代から香に精通しているおかげで、我も鼻が利くのだ」

保盛は答えながら、初めて香木を嗅ぎ分けて当てた時、亡き父に褒められたことを思い出して感慨に耽る。

が、すぐに気を取り直し、近くに落ちていた枝の中でも長めの物を選んで、衣についた血痕の上を撫でる。

その際、あることに気づいたが、まずは血痕について告げることにした。

「枝の先にかすかだが血の色が移った点から、衣に付いた血は乾ききっていない。今はまだ早朝であることと、屍の瞳の濁り方とを合わせて考えるに、彼女が殺害されたのはやはり明け方で間違いない」

「なるほど、血の乾き方だけでも屍がいつ亡くなったのかを突き止められるのですね。このような特異な知識をお持ちなのに、今まで教えて下さらなかったとは水臭いですぞ」

「別に秘密にしていたわけではない。歌人であるおまえとの付き合いの中では、今までこんなに血腥《ちなまぐさ》い出来事に遭遇しなかったからだ。それよりも、定家。気を強くして聞いてくれ」

「何でしょうか、保盛様」

頭上に生首が吊り下がっている状況であっても怯えた様子を見せない定家だが、それでもこれから話す事実を知れば、気絶する恐れがある。

保盛は、慎重な口ぶりで先程気がついた事実を言った。

「この屍、胴体がない」

保盛は手にしていた枝の先に衣を引っかけ、持ち上げる。

衣の下からは、丸められた袴《はかま》や残りの衣、それにいくつかの木屑が散らばり出てくるばかりで、あるべきはずの胴体は影も形も見当たらなかった。

野次馬達の間から、恐怖を帯びたどよめきが上がる。

だが、定家は違った。

「つまり、屍の中で頭と手足だけが残されていたのか……。この屍の有様、この状況、どこかで見覚えがあるような、ないような……」

細く尖《とが》った顎《あご》に指をかけ、しきりに考え始める。

「感想はそれだけか。旧知の仲のおまえが、こんなにも肝が太いとは思わなんだぞ。おまえの出自は和歌の家であって、武士の家ではなかろうに」

胴体のない屍と知りながらも動じない定家に、保盛は驚き呆れる。

「和歌を汚した者を突き止めることが、何よりも優先されることでございます。恐怖している暇などございません」

「恐怖することに、暇であるか否《いな》かは関係ない気が……」

保盛が最後まで言い終えるより早く、絹を裂くような悲鳴が上がる。

見れば、人だかりのはずれにいた被衣《かずき》姿（頭から衣を被っている姿）の女が膝から崩れ落ち、両脇にいた野次馬達に助け起こされようとしているところであった。

だが、女は差し伸べられた手を取ることなく、生首を見続けていた。

「夜半月《よわのつき》、ああ夜半月。どうして。ひどい。夜半月」

夜半月とは、生首の女の呼び名らしい。

女は怒りと悲しみが綯《な》い交ぜになった声で何度もその名を繰り返すうちに、そのまま地面に打ち伏す。

すかさず、定家が駆け寄った。

「気の毒に。よほど親しい相手だったのだな」

大丈夫か否かと訊ねることもなく、定家は語りかける。

女は動転しているせいか、定家の言葉に疑問も抱かず顔を上げて頷《うなず》いた。

「はい。夜半月とは女童《めのわらわ》（貴族に仕える女房見習いの少女）の時分から親しくしておりました。昨晩だって、あまりにも月が明るくてきれいだから、みんなと松木立の中を一緒に歩いて月を眺めていたのに――」

女の顔に、恐怖の色が滲《にじ》み出る。

「――あの時の貴公子はやはり鬼だったのだわ。ああ、すべて夢であればよかったのに」

ひと際大きな悲嘆の声を上げると、女は再び地面に打ち伏し、動かなくなる。

「これはいけない。気を失ったようだ。どなたか、この女人がどこの家の人か知る者はいないか」

定家の呼びかけに、野次馬の一人が応じる。

「そこの屋敷の女房だよ。ありゃあ、そうか。どうりであの生首に見覚えがあるはずだ。いつも彼女と一緒に働いていた女房だからだ」

野次馬は、前半は呼びかけに答え、後半は独《ひと》り言《ご》ちる。

「お教えいただき、かたじけない。では、介抱するために、屋敷へ連れて行かねば」

だが定家が、いっこうに女房を抱え上げる気配がない。それどころか、顔を赤黒くし、額から脂汗を流している。

「どうした、定家」

何か定家にも異変が起きたのだろうか。

保盛が駆けつけると、定家は苦しげに息をしていた。

「保盛様。たいへん申し訳ございませぬが、この女人をあちらの屋敷へお連れいただけないでしょうか。不肖この定家《さだいえ》、病弱であるばかりか虚弱でもあるゆえ、彼女を支えるのがやっとで、抱え上げられないのでございます」

「おまえ、そこまで……。わかった。我《われ》が彼女を運ぼう」

保盛は、女房を両手で抱え上げると、定家と共に彼女が勤めている屋敷へと向かう。

屋敷は門構えの大きさから、裕福な貴族の住居《すまい》と察しがついた。

保盛と定家が声をかける前に、門の前でおしゃべりを繰り広げていた門番達が、被衣姿の女房に気づく。

「消残雪《けのこりのゆき》様ではございませんか」

「わざわざお運び下さったのですね。ありがとうございます」

「それにしても、消残雪様が気を失われておられるとは、先程から噂になっている松木立に吊るされた生首は、やはり……」

門番達も女の生首の素性に察しがついているらしい。ただならぬ様子の消残雪を見て、言葉を途切らせる。

「消残雪とは、『万葉集《まんようしゆう》』の大伴家持《おおとものやかもち》の和歌から取った呼び名か。趣《おもむき》深い。それはさておき、今は彼女を介抱したい。彼女の曹司《ぞうし》（部屋）へ案内できる者を呼んできてくれ」

門番達は落胆のあまりまともに考えられないせいか、素性を名乗っていない保盛達を帰して消残雪を引き取ることはせず、定家に言われるがまま館へ案内する。

館の前に来ると、門番の一人が簀子《すのこ》を歩いていた女房へ声をかける。男と見紛《みまご》うほど長身の女房で、年の頃は自分と同じ二十九かあるいは三十くらいだと保盛は当たりを付けた。

門番は、女房の許へ行くと、口早に事情を説明する。

長身の女房は、青ざめたものの、取り乱すことなく、保盛と定家を館に上げた。

「わたくしは、中将《ちゆうじよう》。主人が参拝に出かけて留守の間、この館を任されている者でございます。

わざわざ消残雪をお連れ下さって恐れ入ります」

中将と名乗った女房は、低く太い声で名乗ると恭《うやうや》しく頭を下げる。

中将が長身とは言え、男ほど腕力がないのは明白だ。そこで保盛は、消残雪の曹司に彼女を運びこみ、横たえさせる力仕事を引き受けた。

「優美なお姿に似ず、お力があるのですね」

中将が、意外そうに保盛を見る。元武士で池殿流平家の者と知られると、どんな態度を取られるかわからないので、保盛は返事に詰まる。すると、定家が口を開いた。

「かの在原業平《ありわらのなりひら》も、宇多帝《うだ》と相撲《すもう》を取った際に椅子の肘掛けを破壊した逸話が、歴史物語『大鏡《おおかがみ》』に記されるほどの大力の持ち主。有り得ない話ではありません」

定家の蘊蓄《うんちく》に納得したのか、中将は詮索をやめる。保盛は心の中で定家に感謝した。

それから、寝かしつけた女房の被衣をはずすと、二十二、三歳の女盛りの素朴で可憐《かれん》な顔立ちが現れる。消残雪との呼び名がつけられているだけあり、色が雪のように白い。

「それより、彼女が気を失う前に、松木立に吊るされている女人の生首が夜半月というこちらの女房で、昨晩あの松木立で月見中に会った貴公子に襲われたと話していた。それについて、何か御存知ではありませんか」

定家は中将へ単刀直入に問いかける。

保盛は、中将が眉を顰めたのに気づき、慌てた。

「すまぬ。我らがお仕えしている九条家の若君であらせられる三位中将様が、あの気の毒な女人をお見かけし、ひどくお心を痛めておられるのだ。そこで、三位中将様の使者として、一言お悔やみ申し上げよと、我らは仰せつかってきたのだ。だが、お悔やみを申し上げようにも、詳しい事情がわからぬ。そこでぶしつけながら問うたのだ」

口から出まかせであったが、良経の命令で来たことに偽りはない。

（先程定家にかばってもらった恩を返す機会が、こんなにも早く訪れるとはな……）

保盛は呆れ笑いを堪えつつ、中将を窺《うかが》う。

「摂政様にお仕えなさっている方々でしたか。これはますます恐れ入ります」

九条家の名を聞いた途端、中将は警戒を解いただけでなく、いくらか敬意のこもった顔つきに変わる。嘘が通用したので、保盛は密かに安堵《あんど》した。

そこへ、か細く呻《うめ》くような声が漏れ聞こえてくる。

続けて、消残雪が瞼《まぶた》を震わせた後、目を開けた。

消残雪は、中将に気づくとすぐに上体を起こす。

「中将様、大変です。夜半月ですが、やはり人々が噂をしていた松木立の……」

そこまで言うと、消残雪の両目に大粒の涙がこみ上げてくる。

「よければ、これを使うとよい」

保盛は、すかさず持っていた懐紙《ふところがみ》を渡す。

消残雪は、初めて保盛に気づいたらしい。懐紙と保盛を交互に見て、恥じらい顔になる。

「私は、九条家にお仕えしている藤原定家《さだいえ》です」

「同じく、その朋輩の保盛だ」

池殿流平家と知られたくないので、保盛は定家に便乗する形で、簡単に名乗りを済ませる。

「貴女の御友人であったあの女房――夜半月に、いったい何があったのですか」

定家は保盛の心情を察したのか、あえて何も触れず話を進めた。

消残雪は、色白の顔を蒼白に変え、身震いする。

「知りたい気持ちはよくわかるがな、定家。友があのような姿で見つかり、ひどく打ちのめされている女人へ恐ろしい出来事を思い出させるようなことは訊くものではないぞ。消残雪であったか。無理はしなくてもよい」

保盛が告げると、消残雪の顔に血の気が戻っていく。そして、懐紙を両目に交互に押し当ててから語り出した。

「夜半月がどれだけ惨《むご》い目に遭ったのか、わたしめが語ることで世の人々に知ってもらい、彼女が多くの供養を受けられるのであれば、無理をする値打ちはあります。……あれは、昨晩のことでした。わたしと夜半月、それにもう一人、女童の時分から親しくしている解語花《かいごのはな》との三人で、隣の屋敷へお届け物をした帰りに、月があまりにもきれいなので、あの松木立の中を通っていました」

「昨晩は中秋の名月でしたからな。私も飽くことなく澄み切った美しい月を一晩中見ておりましたので、お気持ちわかります」

定家は合いの手を打つ。

「ええ。あまりにも月が明るく輝いておりましたから、松の木陰に人が佇《たたず》んでいることにわたし達は気づいたのです——夜半月の首が吊るされていたあの木の陰です」

消残雪の声が震え始めた。

「月明かりに照らされて見えたその人は、とても見目麗しい貴公子でした」

声は、震えながらも次第に熱がこもっていく。

「貴公子は、夜半月を手招きしました。夜半月は、嬉しそうに貴公子のいる松へ行きました。わたしと解語花は、二人の逢瀬《おうせ》を邪魔しないよう、その場で世間話をして待っておりました。初めのうちは、貴公子と夜半月の楽しげな話し声がひそやかに聞こえてきたのですが、不意にその声がやんだではありませんか。驚いたわたし達が松を見やると、ほんのつい先ほどまでいた貴公子と夜半月が、影も形も見当たりません。その時、わたしも解語花も思い出したのです。これはあの怪談、『宴《えん》の松原《まつばら》の鬼』とよく似ている、と……」

俗に『宴の松原の鬼』と呼ばれる怪談は、保盛も幼い頃に父から聞かされ、よく知っている。

満月の晩、三人の女人が大内裏《だいだいり》にある宴の松原の前を通りかかった。その時、女人の一人が松の木陰にいた美しい貴公子に手招きされ、連れの二人を待たせて貴公子の許へ行き、仲良く話し始めた。連れの二人が待っていると、しばらくして話し声が途絶えてしまった。不審に思って松の方へ行くと、松の木の下には女人の手足が散らばるばかりで、彼女の頭や胴はもちろん、あの貴公子の姿もどこにも見当たらなかった。

驚いて助けを呼びに行くも、連れの二人も駆けつけた人々も松の木の下に何も見つけることはできなかった。女人の頭や胴どころか、残っていた手足すら、跡形もなく消えてしまっていたためだ。

あの美しい貴公子の正体は、世にも恐ろしい鬼で、女人を食いつくしてしまったのだ――。

今にして思えば、女の夜歩きを戒めるための他愛のない怪談だが、悲鳴を上げる隙も与えず、あっという間に人を手足だけ残して食い殺してしまう宴の松原の鬼の恐ろしさに、幼かった保盛は思わず父にしがみついたものだった。

しばし思い出にふけっていた保盛の耳に、消残雪の話し声が聞こえてくる。

「胸騒ぎがしてきたわたしと解語花は、夜半月を探すために松へ近づきました。そうしたら――」

消残雪の両目から、再び涙が溢《あふ》れ出してきた。

「――松の木の下に、夜半月の血のついた衣と手足、それに生首が転がっていました。ほんの少し前まで話に打ち興じていた夜半月が、あっという間に人の形を失っていたのです。恐ろしくなってわたし達は急いで屋敷へ助けを求めに走りました。途中、解語花が転んで姿が見えなくなった時には、彼女も鬼に捕らわれたのではないかと、生きた心地がしませんでした。幸い、彼女は足を挫《くじ》いただけで命に別状はありませんでした。それから、やっとの思いでわたし達は屋敷に到着して、事と次第を伝えて中将様達を松木立へ案内すると、そこにはもう夜半月の屍も衣も跡形もなく消え去っているではありませんか……」

消残雪は泣き叫ぶのを必死に抑えているような声音で語り終えると、震える己の体を両手でさする。

だが、保盛は彼女をいたわるよりも別のことが気にかかった。

「夜半月の屍を見たのは、昨晩で間違いないのか」

「はい、間違いありません。それが何か」

保盛が答えるより早く、中将が消残雪の背中をそっと撫でてから、保盛と定家の方を向く。

「あまり無理をしてはいけませんよ、消残雪。お二人とも。ここから先のことは、わたくしめがお話しいたしましょう。消残雪と解語花の話通りに、夜半月が跡形もなく消えていたことに、わたくし達屋敷中の者どもは、恐れ慄《おのの》きました。だって、月の明るい晩、三人の女人、松木立、見目麗しい貴公子、消えた屍と言えば、嫌でもあの話を思い出しますもの」

中将は、忌々《いまいま》しげな様子で首を横に振る。

「あの話とは――」

「――思い出しました。今を去ることおよそ三百年前の仁和《にんな》三年（八八七年）に大内裏の宴の松原で起きた、鬼による女人殺しですね。六国史の一つ『三代実録《さんだいじつろく》』に記されていたのを読んだことがあります。どうりで先程屍を見た時に、思い出すものがあったわけです」

「宴の松原の鬼」の怪談だろうと言いかけた保盛を遮《さえぎ》り、定家が淀みない口ぶりで応じる。

「……あの怪談は、公《おおやけ》の書物にも記されていた実話なのか」

「はい。その後、調べに来た者達が何も見つけられなかった点は同じです。ただ、このたびの一件と『三代実録』の記録には違いもあります。例えば、話し声が聞こえなくなった直後に見つかった屍は、このたびの一件においては首と手足でした。しかしながら、『三代実録』においては、手足のみで首と胴は見つかっておりません」

定家は考えこむように背を丸め、顎に指をかける。

「最大の違いは、このたびの一件において、屍は朝を迎えてから胴体を除くすべてが見つかったことと、和歌が添えられていたことです。それも、夜半月の名が含まれた和歌を」

「そのような物が添えられていたのですか」

中将は、気色《けしき》ばむ。

「そうなのです、中将様。今朝になって松木立に女の生首が吊るされているとの噂を聞き、もしやと思い見に行ったら、夜半月が変わり果てた姿になっているばかりか、和歌が添えられていたのです。ようやく見つけられた夜半月が、一目ではわからないほど変わり果てた姿で死んでしまったことを、せせら笑うような意味に読み取れて、とても腹が立ちました。鬼はどうしてあのような仕打ちを夜半月にできたのでしょう」

消残雪は、悲憤《ひふん》に満ちた顔で吐き捨てる。

「鬼と決めつけるのは早計っ。そもそも、鬼が人を殺して和歌を添えていったことなど、いまだかつてないことっ。人の仕業と考えるのが妥当ですっ」

定家が急に声を大きくする。夜半月の命を奪ったのが鬼では、紫式部の和歌が抹消されると危機感を覚えたらしい。保盛は定家の癖のある言動に慣れているが、そうではない消残雪と中将が目を丸くする。しかし、消残雪はすぐに気を取り直した。

「人の仕業だなんて、信じられません。つまり、夜半月が人から恨みを買うような人間だったと仰せになりたいのですよね。そんなこと、決して有り得ません。彼女は、誰にでも分け隔てなく優しい善良な娘《こ》でした。わたしが片恋に悩んでいた時は、和歌を代わりに詠んで恋を成就させてくれたんです」

消残雪は、両目から大粒の涙をこぼしながら、定家を睨みつける。

「消残雪、あなたは今、ひどく打ちのめされています。無理して話をしなくてもよろしい」

泣き崩れる寸前の消残雪へ、中将が脇から口をはさむ。それから、保盛と定家の方を向いた。

「もしも夜半月と親しかった女房とお話しなさりたいのならば、解語花がおります。彼女は足を挫いているので、今は休んでいます。よければそちらへ案内いたしますわ」

「ありがたい。是非そうしていただきたいです」

定家が話をまとめると、中将が立ち上がって歩き出したので、保盛と定家は彼女の後に続いた。

解語花は、館の車宿《くるまやどり》にいた。

車宿は牛車を置くための建物なので、外に近いことと、客人が寛《くつろ》ぐための休み所もあることから、外で足を挫いた解語花をあまり歩かせずに安静にさせる場所として適していた。

保盛と定家を廊に待たせ、中将は車宿に入ると、解語花に事情を説明する。

たちまち、怪我をして疲れている時にそんな使者と口をききたくないとごねる、若い女の声が聞こえてきた。

すると、保盛が止める暇もなく、定家が車宿に押し入ってしまった。

「それが、話をしたいと訪れた人を待たせる態度ですか」

「まあ、昼間なのに怨霊《おんりょう》が出たわ。ああ、恐ろしい」

「誰が怨霊ですかっ。私は生きていますっ」

「解語花、摂政様の使者に対して失礼ですよ」

定家、解語花、中将と、三者三様の騒々しい声が廊にまで聞こえてくる。たまりかねた保盛は、車宿に入り、すかさず仲裁にかかる。

「休んでいるところ、騒がしくして失礼した。迷惑をかけたなら、他を当たる」

保盛は初めて解語花を見た。美女を意味する解語花という呼び名に恥じぬ、華やかな美貌の持ち主だが、その顔は定家への嫌悪に満ち溢れていた。

だが保盛を見た途端、手櫛《てぐし》で髪を整え、とびきりの媚《こび》を含んだ笑みを浮かべた。

「迷惑だなんて、とんでもない。昨晩のことなら、喜んでお教えいたしますわ」

解語花は滑らかに語り始めたが、消残雪の話と同じ内容だった。

違いと言えば、大仰に怯えて見せ、保盛に媚を売る仕草を何度もしたことだけだ。

「口さがない女と思わないで下さいましね。死んだ夜半月は恋多き女で、気に入れば、館の主人から門番、下人《げにん》、童《わらわ》（雑用係の少年）、僧侶、牛飼童《うしかいのわらわ》、客の貴人、東国武士など、相手の身分の貴賤を問わず迎えるんです。ね、軽薄ではありませんこと。そして、飽きればすぐに別れるので、遊び好きの男達からはたいそう好かれていましたけど、遊び方を知らない男達からはひどく恨まれていましたわ。わたしは、愛しい殿方ただ一人を信じて辛抱強く待ちますから、夜半月のすることは理解できませんでした。男達も男達で、何を好き好んで背中に大きな青痣《あおあざ》のある夜半月なんかに夢中になったのか、不思議なものです」

定家とはろくに口をきこうともしなかったのが嘘のように、解語花は饒舌《じょうぜつ》だった。

「ところで、わたしと夜半月には、幼い頃から消残雪という友人がいるのですが、夜半月は彼女の恋人を横取りしたのです。消残雪は、呪い殺さんばかりに夜半月の仕打ちを恨んでいました。夜半月は際立って優れた人柄ではありませんでしたし、あのような最期を迎えましたが、死後に三位中将様からお悔やみの使者をお遣わしいただけたのですから、よほど前世の行ないがよかったのでしょう」

消残雪から聞いていた夜半月の人柄とはまったく違うので、保盛は何が真実なのかわからず途惑う。

「忌憚《きたん》ないお言葉、ありがとうございます。では、これにて失礼します」

定家は、そっけなく挨拶をすると立ち上がる。

「それではお見送りいたします」

すかさず中将も立ち上がるので、保盛もそれに倣う。

「またお出で下さいますか」

解語花が甘えた声で話しかけてきたが、執着されたくない類の女なので、保盛は無視して車宿を後にした。

廊に出て定家と合流したところで、中将が意を決したように顔を上げた。

「九条家の使者であることはもちろんのこと、お二人が消残雪を運びこんで下さった誠実な方々だから申し上げます。解語花は昔からひどい嘘つきで、夜半月が恋多き女であったこと以外は、すべて嘘でございます。今の話は信じないで下さいまし」

見送りをするのは口実で、どうやらそのことを伝えたかったらしい。これだけ言うと、中将は館の奥へ戻っていく。

「定家、今の話をどう思う」

「誰がまことの話をしているのかわからない時は、ひたすら他の者達からも話を聞き集めて、己で判断するしかありますまい」

定家は言うなり、庭へ下りると迷いのない足取りで門へ向かっていく。

そして、保盛が追いついた時には、先程の門番達に話を聞いているところであった。

「夜半月様のお人柄でございますか。あの人は、情の深いお方でしたよ」

「俺達のような下賤《げせん》の身の者でも、相手をして下さいましたからね。今も目に浮かびますよ、身分が上のお方なので、最初はこっちが気後《きおく》れしちまうんですが、二人きりになると『背中に大きな青痣があるのが恥ずかしいから、二人だけの秘密にしてね』と、仰った時のいじらしさときたら格別でしたね」

「あいつなんて、特に夜半月様に惚れこんでいたから、あんな惨い最期を迎えられたことを知り、ひどく心を痛めて塀に寄りかかっちまっています」

門番達の言葉に、門の脇の築地塀《ついじべい》を見れば、門番の一人が見るからに打ちひしがれた様子で座りこんでいた。夜半月が恋多き女であるのは真実だと、保盛は確信した。

「もしも、夜半月を殺したのが鬼ではなく人の仕業としたら、誰の仕業と考える」

定家の問いに、門番達が目に見えて青ざめる。

「あんな惨い殺し方をしたのが、鬼ではなく人なのですか」

「だけど、もしも人の仕業ならば、夜半月様に捨てられた男どもの仕業でしょうよ」

「もしくは、夜半月様を独り占めしたい男どもですかね」

青ざめながらも門番達が答えていると、塀に寄りかかっていた門番が突然立ち上がり、保盛と定家の方を向いた。

「俺のことだとでも言いたいのか。言わせてもらえば、夜半月様に恋人を奪われたことを恨んでいる女房の方々も怪しいぞ。例えば、おまえ。消残雪様に惚れているから、夜半月様を殺せと命じられれば、喜んで従うのではないか」

塀に寄りかかっていた門番は、朋輩の一人を指差す。

「馬鹿を言え。あの気立てのよい消残雪様が、そんなことをお命じになられるわけがあるか。その手の命令をするなら、解語花様だろう。あのお方が夜半月様に恋人を奪われた時、俺達へ金品を包んで恋人を袋叩きにするよう命じてきたのを忘れたとは言わせんぞ」

門番二人は、わめき声を上げながら互いに睨み合う。

一触即発の気配に、保盛は慌てて二人の間に割って入った。

「落ち着け。別におまえ達を疑ってなどおらぬ。そうだろう、定家」

同意を求めて振り向くも、いつの間にか定家はいなかった。

「お連れ様なら、たった今お帰りになられました」

「あやつめ……。その、つまり、だ。あやつが興味を失うほどおまえ達は怪しくないということだ。だから、今は争うよりも夜半月の後生を弔《とむら》ってやれ」

もっともらしい言葉を捻《ひね》り出し、その場を収めると、保盛は駆け足で先を行く定家の細い背中を追いかける。

「問うておきながら、答えの途中で興味を失って姿を消す奴があるか。おまえの不用意な問いのせいで、危うく門番達が喧嘩《けんか》を始めるところだったのだぞ」

「喧嘩を始めるところだったと仰ることから察するに、保盛様が鎮めて下さったのですか。まことにかたじけのうございます」

定家は丁寧すぎるほど丁寧に、頭を下げる。

気勢を削がれる形となり、保盛は忌々しく溜息を吐いた。

「頭を下げるくらいなら、以後己の言動をよく注意せよ」

「一理ございます。しかし、あの屋敷で話を聞いてまわり、夜半月を殺した見込みがある者は、夜半月を恨む男達か、あるいは女達の仕業であることが見えてきました」

「確かにな。恋多き女は、男女問わず恋の恨みを買いやすい。だが、定家。今の答えでは何も見えてないのも同然ではないか」

保盛は、腹を立てていいのか、呆れていいのかわからず、乾いた笑い声を上げることしかできなかった。

「これは言葉がたりませんでした。夜半月殺しの下手人について、その二つに基づき、幾通りか考えられたと言いたかったのです」

定家は指を一本立てる。

「一つ目。夜半月を恨む男達の仕業の場合。消残雪と解語花に顔を知られていない夜半月の恋人達が複数人で共謀して、あるいは単独で、夜半月を殺害したとも考えられます」

定家は、二本目の指を立てる。

「二つ目。夜半月を恨む女たちの仕業の場合。消残雪や解語花などの屋敷の女達が、門番のような男の仲間と組むか、男と見紛う長身の中将に男に化けてもらって貴公子役を演じさせ、夜半月を殺害したと考えられます」

定家は、三本目の指を立てる。

「三つ目。これは二つ目と同じく夜半月を恨む女たちの仕業ですが、こちらは中将が誰とも組まず、貴公子に化けて夜半月を殺害したと考えられます」

「よかった。ちゃんと下手人について考えられていたか」

保盛が安心したそばから、定家は大仰に溜息を吐きながら腕を組んだ。

「しかしながら、誰が下手人であろうとも、一度消えた屍が再び元の場所に捨て置かれた方法と理由が謎なのです」

定家は、もどかしげに顔を歪める。

目の前の謎を投げ出す様子はなく、挑み続けるがゆえの煩悶《はんもん》が見て取れて、保盛は感心する。

それから、定家に言いそびれていたことを思い出した。

「悩んでいるところすまぬが、定家。実はおまえに謝っておかねばならないことがあった」

「いったい何ですか、保盛様」

「おまえも先程、消残雪と解語花から話を聞いて気づいているかもしれないが、夜半月が殺害されたのは、今日の明け方ではなく昨晩だ。我はどうやら屍の見極めを誤ったようだ」

「それはないでしょう。保盛様は屍の見極めを間違えたと仰るが、二人の話によれば、夜半月が支解されていた場所と屍が見つかった場所は同じです。であれば、保盛様が仰ったように血の海になっていなければなりません。しかし、実際にはそうでありませんでした。こうした実際の事柄と照らし合わせて考えると、保盛様の見極めの方が信用できます」

「そ、そうか。しかし、屍の見極めでは明け方に殺されていた夜半月が、消残雪らの話では昨晩殺害されて支解された屍を晒《さら》していたとは、矛盾が過ぎる……」

保盛が首を傾げると、定家は眉間に皺《しわ》を寄せる。

「だから、先程申し上げたのです。誰が下手人であろうとも、一度消えた屍が再び元の場所に捨て置かれた方法と理由が謎である、と。ここはもう一度、生首のあった場所へ戻りましょう。彼女の屍を弔いにあの家の者達が来る前に、何か見落とした物を見つけられるかもしれません」

保盛は、定家に言われるがまま、松木立へ引き返す。

相も変わらず、夜半月の生首を中心に、黒山の人だかりができていた。

定家は、夜半月の生首と、下に散らばる手足と血の付いた衣に目を凝らす。

すると、唐突に定家は問いを発する。

「あれほどまでに宴の松原の鬼を真似たのに、下手人はなぜ屍の扱いを変えたのか」

「それは……」

「どうせ屍を晒すのに、一度隠す手間をかけたのはなぜか」

保盛が答えるより早く、定家はまた新たな問いを発する。

「一度隠す必要があったからか」

またしても保盛が答えるよりも早く、定家は間髪《かんはつ》を容《い》れず新たな問いを発した。

「その場にあっては都合の悪い物があったのではないか」

どうやら相談してきたのではなく、疑問を声に出して考えているのだと保盛が理解した頃には、定家は同じ問いを幾度となく繰り返し呟《つぶや》いていた。

やがて、呟きが終わったかと思うと、定家は忽然《こつぜん》と人だかりに紛れ姿を消した。人だかりに押しつぶされたか、目眩《めまい》を起こして倒れたのかもしれない。

保盛が、定家の名を呼んだ矢先だった。

「この界隈《かいわい》で仏像盗難はなかったか」

定家が野次馬達の一人に詰め寄り、訊ねている姿を見つけた。

「いいえ。夜な夜な盗賊は出ておりますが、仏像が盗まれた話なんて、ついぞ聞いたことがございません」

「わかった。礼を言う。おい、そこの者。この界隈で仏像盗難はなかったか」

「はあ、米や布を盗まれた話は聞きますが、仏像が盗まれたなんてとんと聞かねえですな」

定家は、次から次へと野次馬達に同じ問いかけをしていく。

保盛は、呆気に取られるしかなかった。

「定家。我らが調べているのは、夜半月殺し。仏像盗難などではないぞ」

保盛が力なく呼びかける頃には、野次馬の大半に話を聞き終えた定家が、顔の血色をよくして戻ってきた。そして、熱と光を帯びた目で、声高らかに叫んだ。

「保盛様。夜半月殺しの下手人がわかりました」

下の句

午《うま》の刻（現在の午前十一時頃から午後一時頃）を迎え、秋天に鱗雲《うろこぐも》が広がる。

保盛は後方を確認してから、定家の後に続き、ある小家《こいえ》の前に佇んでいた。

そこは、夜半月が勤めていた屋敷からほど近い小路にあった。

「ごめん下さい。九条家の使者でございます。本日は御用件があって伺《うかが》いました」

「これで三軒目だぞ、定家」

小家の住民へ丁寧に呼びかける定家に、保盛は小声で呼びかけた。

「一軒目は樟《くすのき》、二軒目は檜《ひのき》。今度こそここのはず……」

呼びかけに答えず奇妙な独り言を小さく漏らす定家に、保盛は呆れて大きく息を吐く。

すると、家の奥からかすかな血の臭いが漂ってきた。密かに刀の柄《つか》に手を伸ばし、いつでも抜けるように構える。

常人にはわからない程度の臭いだが、戦場で血の臭いを嫌ほど嗅いできた保盛が身の危険を感じるには充分であった。

小家の戸が開き、中から僧形の若い男が現れる。衣の至る所に木屑がついているが、なかなかの好男子だ。

「摂政様の使者がどうして我が家へ。今、観音菩薩像を作ろうとしていて忙しいのですが」

片眉を上げ、奇異そうに定家と保盛を交互に見る男へ、定家は一歩前に出る。

「この近くの松木立に女の生首が吊り下げられ、騒ぎになっていることを知っているな」

男は、保盛を見るのをやめ、定家だけを見る。

「えらい大騒ぎになっていましたから、存じ上げております。それが何か」

「おまえがその女——夜半月を殺害した下手人だな」

「いきなり何ですか。それに誰ですか、夜半月とは」

頓狂《とんきょう》な声を上げる男へ、定家は怯むことなく痩せて薄い胸を張る。

「それはだな……」

定家は言いかけ、激しく咳きこむ。病弱な体で無理をしたことで、たまっていた疲れが出たようだ。

「すまんが、水を一杯貰《もら》えるか。さもないと、こやつはこのままおまえの家の前で屍を晒しかねん」

保盛は、呆気に取られる男を押し切ると、咳きこむ定家に肩を貸して小家に上がりこむ。

ほのかに甘い木屑の匂いに混じり、たちまち血の臭いが前よりも濃くなる。土間にも板の間にも、所狭しと作りかけの仏像が並び、男が仏師だとわかった。

(間違いない。この家で夜半月殺しは行なわれた。しかし、定家はなぜここが下手人の家だとわかったのだ)

下手人がわかったと定家が叫んでから、数刻あまりが過ぎた。

その間、なぜか松木立の近隣にある家々を訪ね歩く羽目になった。定家にいくら訊ねても、思案顔をするだけで、その理由をただの一度も打ち明けてこなかった。

「このような賤家《しずや》ですので、円座《わろうだ》(藁《わら》などを渦巻状に編んだ円形の敷物)も何もございません。板の間にじかにお座りになられることをお許し下さい」

「土間に立つのでいっこうに問題ない。それより、水を頼む」

人が死んだ家の床に座ることは、触穢《しょくえ》と言って穢れが伝染することを意味する。とは言え、保盛は亡父の服喪中で、一年は内裏への出仕を控え、身を慎まねばならない。そのため、触穢となっても、今まで通り喪に服す暮らしを続ければいいので影響はない。だが、定家は違う。保盛は、定家のために水を催促するだけにとどめた。

定家は、仏師が持ってきた水をもらうと、味わうように飲み干した。

「失礼ですが、以前どこかでお会いしたことがありましたか」

仏師は土間に面した板の間に腰を下ろすと、薄気味悪そうに定家を見上げる。

「いいや、今日初めておまえの存在を知り、おまえと会った。厳密に言わせてもらえば、おまえが仏師であること以外は、何も知らぬ」

「ならば、どうして俺が夜半月なる見知らぬ女を殺した下手人だと言うのですか。あなたは巫覡《ふげき》(シャーマン)の類ですか」

「おかしなことを言う。先程も言った通り、我々は九条家の使者だ」

ちぐはぐなやりとりに、保盛は頭が痛くなってきた。

それは、仏師も同じらしい。形のよい頭を抱えこむ。

「噂によれば、あの女の屍は、いきなり頭や手足が泣き別れになっていたかと思えば、消えたり現れたりしたとか。そんなこと、到底人間業ではありません」

仏師の苛立《いらだ》った声は、次第に大きくなっていく。

「それなのに、どうして俺が下手人と言い切れるんです」

「理由はおいおい懇切《こんせつ》丁寧に説明してやるが、まずはおまえの衣にたくさんついているその木屑が、おまえが下手人である動かぬ証拠だ。同じ物が、夜半月の衣の外側にも内側にも付いていた。外側だけなら野次馬した時にうっかり近づきすぎて木屑を付けたと考えられるが、内側にもあったとなると、衣や屍を運んだ時に付いたことになる」

「だから、俺が下手人だと言うのですか。だが、木屑が衣に付いていて、それを落とした人間が下手人ならば、俺のような仏師の他にも、番匠や職人などがいるではありませんか。どうして俺一人に絞られるんです」

「白《しら》を切るな。榧は仏像作りに使われる木だ。その木屑を番匠や職人などが付けられるわけがない」

「だが、だからと言って俺だけが下手人だというのは、乱暴な理屈だ。この界隈には俺の他にも仏師が二人ばかりいるではないか」

「あいにくすでに会ってきたが、彼らは樟や檜を使って仏像を作っていた。すなわち、夜半月の衣に榧の木屑を落とせたのはおまえだけとなる」

「そんなの言いがかりだ。噂によると、あの松木立で起きた惨事は、まるであの怪談『宴の松原の鬼』そっくりだったそうではないですか。なら、人間の仕業ではなく、鬼の仕業ではありませんか」

　声を荒らげる仏師に、定家は怯えた様子もなく面と向き合う。

「確かに、宴の松原の鬼の仕業と似ている。だが、同じではない。あれだけ宴の松原の鬼を真似ていたのに、肝心要の屍の扱いに大きな違いがあることには、理由があるはず。そこで、私には人の仕業だとわかった」

「何を仰いますか。奇怪な出来事が起きていることこそ、鬼の仕業の証ではありませんか」

次第に語勢を強めていく仏師に、定家は薄く笑みを浮かべる。

「夜半月達が貴公子と会った晩は、中秋の名月で明るかった。とは言え、さすがに昼の明るさには劣る。そこで私は、一度消えた屍が再び元の場所に現れたのは、消残雪と解語花が最初に見た夜半月の手足が偽物だったからではないかと考えた」

意外な言葉に、保盛は目を丸くした。

「昨晩見た夜半月の屍が偽物だと」

思わず声を上げると、仏師が訝《いぶか》しげに保盛を見上げた。

「お連れ様は、こちらの方がしている話を御存知ではなかったのですか」

「こちらにはこちらの事情があるのだ。それよりも、定家。本当に昨晩彼女らが見た屍は偽物なのか。どうしてそう言い切れる」

「そして、屍が偽物なら、どうして俺が下手人になるのか教えていただけませんかね」

保盛に便乗し、仏師も定家を問い詰める。

「そう考えれば、下手人が一度屍を消したのが、鬼の仕業と見せかけるためだけでなく、屍が偽物であることを隠すためでもあったと説明がつくからでございます、保盛様。そして、仏師よ。これから順を追ってどうしておまえが夜半月殺しの下手人であるのか、懇切丁寧に説明してやるから、心して聞くがよいっ」

定家が威勢良く言い放つと、仏師は鼻で笑う。

「何の御用かと思えば、屍の手足が偽物だったからだとわけのわからないことを言って、ただ単に俺に言いがかりをつけに来ただけですか。こう見えても、俺は興福寺にお仕えする仏師。興福寺と言えば、藤原氏の氏寺。俺が誣告《ぶこく》（わざと事実をまげて人を訴えること）されたと興福寺に訴えれば、あなた方のような下っ端貴族など容易に路頭に迷わせることができます」

児戯に等しい牽制《けんせい》だが、九条家は藤原氏の嫡流《ちゃくりゅう》だ。もしも興福寺が九条家に対し、不埒《ふらち》な使用人を追放せよと言えば、定家も保盛も為す術もない。

（これまで定家が謎解きをしくじればどうなるか考えてもいなかったが、思った以上にこれは深刻だ。我の家もだが、定家の所もまだ子ども達は幼いだろうに）

家《いえ》の子《こ》郎党の命運を賭け、やんごとなき方々からの無理難題を解決してきた亡父の偉大さを、保盛は改めて痛感する。それに引き換え、今一つ考えが足りない自分が情けなくなった。

沈む保盛の隣で、定家は逆に高揚《こうよう》してきたようだ。蟀谷《こめかみ》に青筋を浮かび上がらせ、土気色の顔を赤くする。

「笑止っ。これから私が謎解きを語った後も、果たして同じ口をきけるかっ」

少し反論しただけで定家が激昂したことで、仏師は余裕を取り戻したらしい。不敵な笑みを浮かべる。

「よろしいでしょう。思う存分お話し下さい」

「よかろう。ではまず、夜半月と貴公子に扮したおまえが二人きりになったところで頃合いを見計らい、おまえは本物の手足と見間違えるほど精巧な偽の手足を地面に投げ出す。衣にはあらかじめ用意していた野犬か何かの血をかけて、いかにも殺害されたように見せかける。夜半月は、黒い布を体にかけて首だけ出して地面に寝転がる。これを月明かりの下で見れば、頭や手足が支解された夜半月の屍があるように見える——これで宴の松原の鬼の真似が完成だ。だが、ここからは違う。おまえ達は、消残雪と解語花が助けを呼びに行った隙に、偽の手足や血をかけた衣と黒布を回収し、彼女らが人を引き連れて戻ってくるのを松木立の中に隠れて見ていた。恐らく、夜半月はおまえから消残雪と解語花を驚かせるいたずらをしようと持ちかけられ、自分が殺されるとは思いもせず、協力したのだろう。それから、明け方を迎えたところで、おまえは松木立ではないどこかで夜半月を殺害。今度は本当に頭と手足を支解して、偽の手足を捨て置いた場所に元のように置くと、生首を本人の髪で松の枝に結わえ付けた」

屍の見極めでは明け方に殺されていた夜半月が、消残雪の証言では昨晩殺害されて屍を晒していた矛盾が解けた。

保盛は、定家の言った通り、己の屍の見立ては誤っていなかったと安堵する。仏師を見れば、不敵な笑みの中に、動揺がかすかに浮かび始めていた。

「そ、それなら、確かに人間の仕業です。しかしですね、その方法なら人でも鬼の仕業に見せかけられるとは言え、やはり私が下手人である決め手とはならないでしょう。先程話に出ていた榧の木屑も、見つけたのがあなた方だけなら、ただの言いがかりとこちらが言えばそれまでだ。それとも、もしかして、私が下手人のように、貴公子に見紛う美男子だからだと言うのではないですよね。そんなのは痩せぎすな醜男《ぶおとこ》の僻《ひが》みと世間では受け止められ、まともに取り合ってはもらえませんよ」

保盛は、定家の蟀谷に新たな青筋が浮かび上がるのを見逃さなかった。

(頼むから、挑発に乗って逆上するのではないぞ。そうなれば、相手の思うつぼだ)

保盛の心の声が通じたのか、定家が己の昂ぶりを抑えられたのか。

定家は、怒りの表情を浮かべるのではなく、引きつった笑みを浮かべた。

「私は、そのような薄弱な根拠で謎解きなどしていない。もっと確たる根拠の下、おまえが下手人であると絞りこんだ」

それから、仏師の家を一瞥する。

「人間の手足と錯覚するほど精巧な偽の手足を作るのも用意するのも、大いに手間暇がかかる。だから、下手人は偽の手足に仏像の手足を流用したのではないか。仏像は人間と同じ大きさで作られる場合があるし、手足と胴体を別々に作って後で組み合わせることもある」

定家の言う通り、家の中には作りかけの仏像だけでなく、その手足も散見している。

これまでは仏像の手足と思うだけで、格別気にも留めていなかった保盛だが、屍の偽物として使われた物があると思うと、いささか気味の悪さを覚えた。

「すると、下手人は仏像を利用するため、どこかから盗んだのではないか。そう思いつき、まずは仏像盗難はなかったか確認すべく、周囲に聞いて回った。屍の見つかった界隈で仏像が盗まれたとは限らないかもしれない。だが、遠い場所から人の手足と同じ大きさの物という目立つ代物を盗み出し、殺しを行なうまで密かに隠し持つことは難しい。下手をすれば、殺しを決行する前に誰かに検非違使庁に密告され、捕らえられてしまう恐れがある。下手人としては、そのような事態は何としても避けたかったはず。ならば、屍の見つかった界隈で仏像を盗み、できるだけ早く殺しを行なっただろう。そのように当たりを付けて聞きこみをした結果、仏像盗難はなかったことが明らかとなった。盗難がなかったとすれば、容易に仏像の手足を入手できる立場にあり、なおかつ、屍の手足の代わりに仏像の手足を持ち出しても疑われない立場の者が下手人と絞りこめた。すなわち、仏師だ」

「だが、仏師など今の都にはごまんといる。俺とは限らないのでは――」

「――ところで、夜半月の恋人達の中には僧侶がいた。そして、仏師は俗人であっても僧形だ。

よって、夜半月の許に通っていた恋人は、僧侶ではなく僧形の仏師とも考えられる。夜半月が貴公子に警戒せずに近づいて行ったことから、彼は夜半月の恋人で、しかも仏師であると考えるのが妥当だ。先程も述べたように、櫃を使って仏像を作っている仏師は、おまえ一人。残る仏師らは樟や檜を使って仏像を作っている。そして、家屋や家具など他の目的でも使える樟や檜と違い、櫃は仏像を作るための木だ。他の用途で使われることはめったにない」

「だから、俺が夜半月の恋人だと言うのですか。そんなわけないでしょう。俺は背中に大きな青痣がある女など好みでは――」

「――語るに落ちたな。おまえにとって、見知らぬ女であるはずの夜半月の背中に、どうして大きな青痣があると知っているのだ」

定家は、勝ち誇った笑みを浮かべる。

仏師は顔をひどく歪《ゆが》めていた。

「夜半月を騙《だま》すことができること。彼女の背中に大きな青痣があることを知っているほど親しい間柄であること。夜半月の衣に櫃の木屑を付けることができること。なおかつ夜半月の偽の手足を用意できる、つまり櫃を使う仏師であること。これらが夜半月殺しの下手人の証。すなわち、おまえしか夜半月殺しの下手人はいないっ」

定家は憤怒《ふんぬ》の形相に変わる。

「なぜ紫式部の名歌を汚すような真似をした」

仏師は完膚《かんぷ》なきまでに罪を暴かれたためか、悄然《しょうぜん》とした様子で答え出した。

「……俺はただ、夜半月の死を鬼の仕業に見せかけるのに都合のいい和歌があったから、札にしたためて添えただけだ。それより、何てことだ。鬼の仕業と見せかければ、絶対に俺の仕業と見抜かれないはずだったのに……。誰にも捕まらず、最高傑作となる美しい観音菩薩像を作り上げられたのに……」

仏師は悔しげに呻いたのち、肩を落とすと動かなくなった。

「おぬしが下手人とわかったところで、家の中を調べさせてもらうぞ」

人が死んだ家に上がると触穢になるが、下手人が明らかになった以上、こだわっている場合ではない。

保盛は仏師の脇をすり抜け、血の臭いを頼りに家の奥へ上がりこむ。

そこに並ぶ作りかけの仏像の隙間には、黒い布の包みがあった。

引き出して広げてみると、中には烏帽子と狩衣、鬘《かつら》が押しこめられていた。

「定家、ここに黒布と貴公子に化けた時の衣装があったぞ」

「これで決まりです」

定家は嬉しそうに答える。

続いて保盛は、裏口に通じる土間が水で洗い流され、濡れ光っていることに気づいた。裏口の脇には、筵《むしろ》をかけられた粗末な木箱がある。

――その上には、数匹の蠅《はえ》が力強く羽音を立てて輪を描きながら飛んでいた。

「おい。この木箱から漂う血の臭いは何だ。まさか、おぬし。ここで夜半月を殺して支解しただけでなく……」

そこから先は忌まわしく、保盛は到底口には出せなかった。

すると、仏師が音もなく近づいてくるや、木箱の筵をはずす。

そこには、白々とした女の胴体があった。

「どうです、この肌理《きめ》細かな肌。美しいでしょう。逆さ吊りにして喉を掻き切り、すべての血を抜いたので、ますます月のように光輝く神さびた色の白さに磨《みが》きがかかった。邪魔な背中の大きな青痣は白粉《おしろい》で塗りつぶしてやったし、この世に二つとない美しい観音菩薩像を作る時のよい手本になります」

仏師は恍惚《こうこつ》とした眼差しで、夜半月の胴体を見つめる。

「おまえは、恋の恨みから夜半月を殺したのではなく、胴体を仏像の手本にするために殺したのか」

人を人とも思わない仕打ちを目の当たりにし、保盛は怒声を浴びせる。

しかし、仏師は顔色一つ変えない。

「失礼な。夜半月が嫌がらずに仏像の手本を引き受けてくれさえすれば、殺しなどしませんでしたよ。俺は何も悪くありません」

仏師は腹立たしげに答える。悪びれず、自分の素晴らしい思いつきを理解されない苛立ちだけを見せる。

仏師は保盛と目と鼻の先の距離にいたが、彼との間に底知れぬ溝を感じた。

暗く重苦しい沈黙を破るように、突如奇声が上がる。

「笑止っ。夜半月が仏像の手本になるのを嫌がらなければ殺さなかったと言うが、彼女が嫌がらないようにうまく頼めなかった貴様が悪いっ」

定家は痩身《そうしん》のどこからと思うほど、大きな声を上げる。

「俺とて何度も夜半月に頼んだぞ。だがあの女ときたら、冗談だと思って笑ってまともに取り合ってくれなかったんだ。だから、あの女が悪いんだ」

唇を尖らせる仏師に、定家はさらに声を張り上げる。

「己の頼み方の工夫がたりなかったことを棚に上げ、相手を悪者にするとは、愚の骨頂っ」

定家は一度咳きこむが、すぐに持ち直して話を続ける。

「心と心が通い合わない。そういう時こそ、和歌の出番だっ。和歌とは人の心を和するものっ。難しい頼み事でも、和歌にしたためれば相手の心が動かされ、己の思いが伝わるものだ。貴様が汚した和歌の作者紫式部が書いた『源氏物語』を思い出すがいいっ。光源氏が気が進まないのに老女の源典侍《げんのないしのすけ》の誘いに乗るのも、彼女が詠んだ和歌に心動かされたからだっ。貴様も何度も断られたことに腹を立てる暇があったら、和歌の一つや二つ、詠めばよかったのだっ。さすれば、彼女の方から喜んで仏像の手本になったので、万事解決っ。だが、貴様はそれを怠《おこた》った。したがって、悪いのは夜半月ではない。貴様だっ」

定家は、容赦なく仏師の言い分を斬り捨てていく。

「美しい観音菩薩像を作りたいと願っていながら、美しい和歌を汚す行為をしていたのは、美の神髄をわかっていない証拠っ。紫式部を見習えっ。伝説によれば、紫式部は面白い物語を書くよう上東門院《じようとうもんいん》（藤原彰子《ふじわらのしようし》）を通じて大斎院《だいさいいん》（選子《せんし》内親王）に命じられた際、寺に籠《こも》り、どうか面白い物語を書けるようにと神仏に祈りを捧げ、それから艱難辛苦《かんなんしんく》の末に五十四帖にもわたる大作『源氏物語』を書き上げたのだ。それに引き換え、貴様は何だ。美しい物の上辺さえ真似すれば美しい物が作れるという、安易かつ怠惰《たいだ》な考えから生身の胴体を狙った挙句、その持ち主の命を奪っただけだ。それすなわち、紫式部のように真摯《しんし》に作品を作ろうとの心構えもなければ、新たな物を生み出す際の艱難辛苦を乗り切る覚悟すらないことを意味するっ。そんな心得違い者が観音菩薩像を作ろうとは、言語道断っ、御仏に対する侮辱っ。恥を知れっ」

定家に罵声を浴びせられ続けた仏師は、突然燃えるような目つきに変わるや、作業台の上の鑿《のみ》を手に取った。

そのまま、刃をきらめかせ、定家めがけて突進していく。

保盛はすかさず床を蹴り、仏師の背中に体当たりする。

続けざまに仏師が鑿を持っている方の手を素早くひねり上げつつ、膝を胛《かいがね》（肩胛骨《けんこうこつ》）に押し当てる。

仏師を床に押し倒した直後、骨が砕ける音が家中に響き渡った。

「怪我《けが》はないか、定家」

保盛は安堵しながら、激痛を訴えながら床を転げ回る仏師の頭を足で押さえこみつつ、定家に声をかける。

「お見事でございます、保盛様。さすが、元武士でございますね。おい、検非違使ども。これまでの話を聞いていたであろう。この仏師が往来の松木立に殺した女の生首を晒した不届き者だ。ただちに捕えよっ」

定家は律儀に保盛へ頭を下げた後、勢いよく戸を開ける。

仏師の家を探す前に定家があらかじめ同行するように連絡し、外で待たせていた検非違使達は、すぐに鬨《とき》の声を上げながら仏師を捕えにかかる。

（よかった。家に入る前に後方を確認した時は姿が見えなかったので気になったが、あらかじめ定家が指示した通りに家の外に待機していたか）

泣き喚く仏師を、検非違使達は容赦なく縛り上げ、獄舎に繋《つな》ぐべく連行していく。

「これで、紫式部の名歌がこの世から抹消されずにすむ」

定家は、心底安堵の笑みを浮かべる。

保盛も、そんな定家に笑みが零《こぼ》れた。


仏師の小家を後にした保盛と定家は、事の顚末《てんまつ》を良経に報告すべく先を急いでいた。

二人を追い抜くように、二匹の赤蜻蛉《あかとんぼ》が飛んでいく。

「定家。おまえがこんなにも謎解きの知恵に優れていたとは知りもせなんだ。見直したぞ」

保盛は興奮冷めやらず、声を弾ませる。

「保盛様こそ、屍の見極めができるばかりか、瞬《また》く間に暴漢を鎮圧するお力があるとは驚きです。おかげさまで、助かりました。まことにありがとうございます」

「なに、無事でよかった。それにしても、お互い旧知の仲だが知らない面もあるものだな」

保盛の言葉に賛同するように、定家は頷く。

「そうだ、定家。よければ来月十七日に、我が一門の別邸で行なう庚申待《こうしんまち》に、おまえも来ないか。父が亡くなってから初めて行なう庚申待に、謎解きする知恵を持つ歌人が来てくれれば、父も草葉の陰で喜ぶ」

庚申待とは、延命長寿を祈る行事だ。六十日に一度巡ってくる庚申の日の夜に、眠っている人間の体内から抜け出す三尸《さんし》と呼ばれる虫が、人の寿命を司る天帝に宿主である人間の悪事を報告し、寿命を縮めさせるという。それを阻止するために徹夜で宴をする。その際、夜を徹して和歌を詠んだり、碁や雙六《すごろく》（現代の双六《すごろく》とは異なり、バックギャモンに似た遊戯）に打ち興じたりしてすごす。

歌人の定家ならば、和歌を詠む機会があれば喜ぶとばかり思った保盛だが、定家から返事はなかった。

不思議に思い彼を見れば、先程までの威勢のよさはどこへやら、土気色の顔はひどく青ざめ、まるで死人のようだ。体は小刻みに震えている。

「庚申待……それだけは御勘弁をっ、保盛様っ。我が先祖御堂関白の姉で冷泉帝《れいぜい》の妃であった超子《ちょうし》様は、庚申待の最中に座ったままの姿勢で身罷《みまか》られましたっ。以来、庚申待は死を招く不吉な行事と見做《みな》し、嫡流は女房達を参加させず、我が一族御子左家においては、代々行ないもしなければ参加もしない習わしとなっているのですっ」

定家の目には、恐怖の色さえ浮かんでいる。

保盛は呆れた。

「鬼の仕業と見せかけた殺人は即座に否定し、惑わされることがなかったのに、先祖代々の言い伝えは頭から信じているのか」

「何とでも仰って下さい。私は、決して、庚申待だけは、参加しませんからっ」

「わかったわかった。無理強いはせぬよ」

保盛が折れると、たちまちのうちに定家の体の震えは止まり、顔は明るくなる。

「ありがとうございます、保盛様。さあ、若君に報告したら、今回の一件で汚された紫式部の和歌の汚名返上のために、彼女の和歌を後世にまで広める方法を考えねばなりません。これから忙しくなりそうです」

定家は、嬉しそうに意気込む。

「……和歌のことしか頭にないのだな、定家は」

定家が歌人であることは承知していたが、ここまでとは思いもしなかった。

保盛は、溜息を吐く。
路傍の薄が、慰めるように小さく揺れた。

二　かこちがほなる　わがなみだかな

上の句

文治《ぶんじ》二年（一一八六年）十二月。分厚い灰色の雲の下、頬を切るような寒風が都を吹き抜ける。

物乞い達と下人《げにん》達が、往来でせわしなくすれ違う。

前者は不運にも源平《げんぺい》の争乱で主人《あるじ》を失ったせいで今日の糧を求めねばならないため、後者は幸運にも失わずにすんだ主人にたくさんの用事を言いつけられたためだった。

そんな彼らを疲れた顔で見つめ、いまだに行方がつかめない源《みなもとの》義経《よしつね》を探し求める東国《とうごく》武士達もいる。

平《たいらの》保盛《やすもり》は、武士達へねぎらいの会釈《えしゃく》をしながら、喪服の袖《そで》を寒風に翻《ひるがえ》しつつ、大ぶりの枝についたままの干し柿を片手に歩んでいた。

昼こそかろうじて穏やかだが、日が落ちれば盗賊達の時間となる。毎晩のように盗みや付け火（放火）が行なわれ、都は修羅の巷《ちまた》と化す。

源平の争乱が終わり、鎌倉《かまくら》の源《みなもとの》頼朝《よりとも》が新たな権力者として台頭してきたものの、ここ数年続いた戦乱や飢饉《ききん》などが世の中に残した爪痕は深い。平穏無事とは程遠い荒みきった世の中となっている。

（それでも、我の境遇はよい方だ。憂鬱《ゆううつ》に思っては、苦しむ者達への侮辱《ぶじょく》となる）

保盛は、頼朝の命の恩人の一族として、東国武士からも一目を置かれ、暮らし向きも安定している。これで嘆いてはいやみにしかならない。

(今は目の前の出来事に最善を尽くすのみだ)

保盛は気を取り直し、都の九条《くじよう》にある藤原定家《ふじわらのていか》の邸宅、通称九条宅の門をくぐる。

定家が九条家に仕えるために今年構えたばかりの新居は、平家一門の栄華を経験してきた保盛の目には小さく慎ましく映った。

庭には若い桜の木が目立ち、定家の趣味のよさを窺《うかが》わせる。

今は葉がすべて落ちて華奢《きやしや》な枝ぶりばかり目につくが、春になれば立派に花を咲かせるだろう。

保盛が庭を通り抜けて九条宅の簀子《すのこ》の前まで来ると、邸内から女達の賑《にぎ》やかな声が聞こえてきた。

「その衣の色は、もっと濃い目に染め直してちょうだい。ああ、それとそちらの衣は皺《しわ》だらけだから、火熨斗《ひのし》(炭火を熱源にしたアイロンに似た道具)をかけるのよ」

衣の手入れは女の仕事なので、簀子を右へ左へ歩きながら、声を張り上げて九条宅中の下女や女房達に命じているのは、一家の女主人である定家の妻こもきだと保盛はすぐにわかった。

それから、来訪者の作法として、咳《せき》ばらいをして自分が来たことを知らせた。

こもきは慌てて扇で顔を覆いながら、近くの曹司《ぞうし》の几帳《きちよう》の陰に隠れる。ある程度の高貴な身分の女人は、家族以外の男に顔を見せないためだ。

「その品のよい咳ばらいのお声は、保盛様でございますね。容姿のみならず、咳ばらい一つとっても美しいものですわ。こう申し上げると不謹慎かもしれませんが、喪服の黒い色が保盛様の端整なお顔立ちと肌の白さを際立てて、この世ならざる美貌に昇華されていますわね。あら、わたくし、何の話をしていたのかしら。そうそう。女房達がお相手できず、申し訳ありません。何しろ新年に向け、新しい衣の支度に追われ、人手がたりておりませんものですから」

こもきは几帳の陰から一息に語った。そののち、短く嘲笑《あざわら》うような声を上げてからまた口早に続ける。

「保盛様はうちの定家《さだいえ》に会いにいらっしゃったのですよね。こんな忙しい時なのに、あいつときたら、あいにく西行《さいぎょう》様にお会いするとかで外出中なのです」

西行とは、当代を代表する一流の歌人の一人だ。

裕福で鳥羽《とば》院（後白河《ごしらかわ》院の父）の御所を守る前途有望な北面の武士でありながら、二十二歳の若さで突然、その地位も将来も捨てて出家した。俗世のしがらみから解き放たれて、歌と旅に生きるようになった彼の風雅な生き様は、多くの貴族達に尊敬され、彼の詠む和歌に至っては万人に愛されている。

特に、『願わくは　花の下にて　春死なむ　その如月《きさらぎ》の　望月のころ』という彼の和歌は、広く人口に膾炙《かいしゃ》している。

御子左家《みこひだりけ》という和歌の家出身で、新進気鋭の歌人である定家にとって尊敬すべき先達《せんだつ》なので、大喜びで出かけて行ったのだろう。そんな定家の姿を容易に想像できた。

「まったく、昨年内裏《だいり》の大事な行事の最中に、上司と喧嘩《けんか》をして紙燭《しそく》（室内用の照明具の一種。松の木を棒状に削って先端に油をつけて燃えやすくした物）で殴って除籍処分（停職処分）になったせいで、出世の見込みが薄くなったのに。そんな無為徒食《むいとしょく》の輩《やから》を、誰が食わせてやっていると思っているのだか」

こもきは朗らかな声のまま、毒づく。

夫は妻とその実家からの支えを受ける一方で、出世して妻と彼女の実家に恩恵をもたらすのが、当世における夫婦の常識だ。

その最たる例が、鎌倉の頼朝だ。彼は妻の実家である北条氏《ほうじょう》からの支えがなければ、朝廷と渡り合える実力者にまでは成り上がれなかった。

ひと昔前の例なら、保盛の伯父にして、武士として初めて太政大臣《だいじょうだいじん》となって平家一門の栄華を築き上げた稀代《きたい》の傑物であり、五年前に亡くなった平清盛《たいらのきよもり》だ。彼が都の八条《はちじょう》に築いた大邸宅の土地は、本を正せば彼の後妻が所有していた。右腕として活躍した平時忠《たいらのときただ》は後妻の弟で、後白河院の妃として、上皇側と平家一門との橋渡しに尽力した建春門院《けんしゅんもんいん》平滋子《たいらのしげこ》は、後妻の妹だ。

このように、女とその実家が男の今後の人生を大きく左右するので、結婚に限らず恋愛の段階でも女は強い。

女が逢瀬《おうせ》に来た男を拒めば、男は引かねばならないし、それができない男はたしなみに欠ける、弁《わきま》えていない等、男としてどころか、人としても信頼されない。

保盛が、平家一門の生き残りとの理由で周囲から疑惑の目を向けられ、ありもしない謀叛《むほん》の疑いをでっち上げられて族滅（一族皆殺し）の憂き目に遭わないよう、目立たず静かに暮らすことを信条にできているのは、妻のおかげだ。目立たないことで出世から遠のいたとしても、すでに充分な荘園と財産を持ち、妻にも彼女の実家にも恩恵をもたらしている。なので、妻の実家が平家一門全盛期と変わらずに支え続けてくれていることが大きい。そしてまた、恋人として今の妻の許へ通っていた頃、拒まれればおとなしく引くことがあっても、遊びの恋愛ではないと伝えるために文《ふみ》や贈り物を届けるなどの配慮を怠《おこた》らず、深い信頼を得ていたのも大きい。

一方で定家は、出世の見込みが薄いばかりか、御子左家の次男なので荘園も財産もろくにない。加えて、恐らくは和歌が常に一番で恋愛は二の次にするといった配慮に欠けた行動が目立ったであろうし、妻のこもきから詰《なじ》られるのは無理もなかった。

（他人である我に夫の不満を打ち明けるとは、定家の細君は我慢の限度を超えているらしい。気の毒なものだ）

保盛は、暮れの近いこの忙《せわ》しない時期に、家のこともやらずに飛び出していった定家に対し、こもきが快《こころよ》く思っていない心情もまた容易に想像できた。

「何でも、西行様は奥州《おうしゅう》へ東大寺《とうだいじ》大仏殿再建のための勧進《かんじん》（寄付を募ること）の旅に出て行かれていたのが、先日都へ帰ってこられ、お義父《とう》様のお住まいである五条京極《ごじょうきょうごく》邸にいらっしゃるとかで――」

こもきの言葉が終わるか終わらないかのところで、門から蹄《ひづめ》の音がする。

振り返ると、定家が冬らしく枯色《かれいろ》（表・淡香《うすこう》、裏・青）と呼ばれる色の組み合わせの狩衣《かりぎぬ》姿で馬にまたがっていた。

寒風に晒《さら》される中、馬に乗ってきたためか、頬は赤くなり、目も充血している。そのせいで、熱病に侵された瀕死の重病人のような有様となり、普段に輪をかけて病弱に見えた。

「――せっかく西行様にお会いするのに、手土産《てみやげ》を持って行くのを忘れ、途中で引き返して来たのだっ。何かよい物はないかっ」

定家は馬から下りることなく、屋敷へ向かって大声で呼びかける。

「呆れた。どうせ暇を持て余しているんだから、自分で見繕えばよいのに」

こもきが低く毒づく声が聞こえ、保盛は気まずくなった。

「定家。今、おまえの細君から聞いたが、一流の歌人と名高いかの西行に会うそうではないか。土産としてこの干し柿を使ってよいから、我も西行に会わせてくれぬか」

保盛の声に、定家は痩《や》せこけて青黒い目の下の隈《くま》ばかりが際立つ顔を向けた。

世間では夏痩せする者が多いが、病弱な定家の場合は冬痩せもするため、秋よりも顔の肉が落ちて頰骨が目立っていた。

「これはこれは、保盛様ではありませんか。ありがたいお申し出、喜んでお受けします。では、さっそく父の家へ参りましょう。そうそう、思い出した。今夜は西行様とお話をするため、父上の家に泊まるので夕餉《ゆうげ》の支度はいらぬぞ」

定家は保盛に丁寧《ていねい》に礼を述べてから、またしても大声で妻へ呼びかける。

(最初に出かけた時に伝えるべきことを今伝えるとは、細君が気を悪くするのではないか)

ただでさえ機嫌が悪そうなこもきを目の当たりにしていた保盛は、気が気でない。

しかし、保盛の懸念に反し、こもきの口調は明るかった。

「わかったわ」

定家に聞こえるように大きな声で答えてから、再び保盛にしか聞こえない低く小さな声で、心底嬉しそうに呟《つぶや》いた。

「あの無為徒食の輩の面倒を見ないですむと思うと、せいせいするわ」

保盛は、この忙しない時期に家のことをやらずに出歩いている我が身を振り返り、帰宅次第妻をいたわろうと決心した。

「保盛様、歩いてこの九条から五条まで行くのは骨が折れましょう。我が家の駄馬で申し訳ありませんが、お貸しいたします」

定家はこもきの声が聞こえていないのか、西行に会えることにばかり関心が向いているのか、上機嫌だった。

(聞こえていないとは、幸せなことなのだな)

保盛は馬を借り、定家の父藤原俊成《ふじわらのとしなり》、通称俊成《しゅんぜい》の家へ向かった。

その途上、保盛はこもきの機嫌を思い出し、定家に何か助言すべきか考えあぐねていると、彼の方から声をかけてきた。

「保盛様が、たまたま干し柿を持っておられてたいへん助かりました」

馬上からではあるものの丁寧に礼を述べる。

急に声をかけられて驚いた保盛は、片手に手綱《たづな》、反対の手で枝についたままの干し柿を持っていたので、思わず落としそうになる。

「なに、荘園からたくさん干し柿を献上されたのでな。妻子や郎党《ろうとう》と食べても食べきれぬし、こんな荒んだ世の中だ。朋友《ほうゆう》であるおまえと細君と一緒に食べて、楽しいひと時を過ごそうと訪れたところだったのだ。細君へはまた日を改めて干し柿を届けよう」

取り繕った笑顔にならなかったかと懸念するも、定家が得心のいったようにうなずいたので杞《き》憂《ゆう》に終わった。

「さようでしたか。おかげさまで、西行様にたいして無礼を働くことにならずにすみます。西行様が奥州へ旅立たれる前に、伊勢神宮《いせじんぐう》に奉納する和歌を百首詠むよう頼まれていたのです。しかし、お目にかなう出来栄えか不安な和歌が数首ほどある上に、土産もなしに会いに行っては、歌人としてどころか、人としての品性も疑われてしまうところでした」

定家はそこまで語ると、盛大に咳《せ》きこみ始める。冬を迎えたせいか、持病の咳がさらに悪化したようだ。

それから、咳がやむと少しかすれた声になりながらも、また話を始めた。

「歌人は、詩人のように漢詩文に通じているからと言って、儒者弁《じゅしゃのべん》（文章道《もんじょうどう》の専攻課程を修了した弁官。事務官の中枢に必要とされた）のような官職にありつける道はなく、出世のめどは無きに等しいです。けれども歌人は、和歌を通じて官位を超えて貴賤《きせん》を問わず交流できることで、その縁から出世できる道が残されています。そのためには、和歌の技量を上げ、少しでも多くの人々の胸を打つような和歌を詠めるようにならねばなりません。ですから、西行様とお会いして和歌を教授していただければ、私の和歌の技量も上がり、出世への礎《いしずえ》となるので、今よりも妻子の暮らし向きをよくすることができます。このように西行様と会うことは、私にとって非常に大事なことなのです。保盛様が西行様への土産となる物を提供して下さったこと、感謝してもしたりません」

定家が咳きこんだ直後の痛む喉でも長々と語ったのは、感謝の弁を述べるためだったとわかり、保盛は微笑《ほほえ》ましくなった。

（生真面目《きまじめ》で律儀者の定家らしい）

それに、自分の妻のことも忘れずに思っているようだ。

保盛は、胸を撫で下ろした。

やがて、保盛達は五条京極邸に到着した。

「前にもらい火で全焼してしまったのが嘘に思えるほど、見事に建て直されたものだな」

保盛は、五条京極邸を感慨深く見上げる。

今を去ること六年前の治承《じしよう》四年（一一八〇年）二月に、五条京極邸はよその貴族の出した火事をもらい火して全焼してしまった。

当時まだ両親と同居していた定家を、保盛は親戚の一人として火事見舞いに出かけたので、よく覚えていた。

保盛の叔父で、平家一門屈指の歌人であった忠度《ただのり》（平清盛末弟）も、俊成を和歌の師として仰いでいる縁から、親身に火事見舞いへ出かけていた。

（まさかそのほんの数年後に、今度は自分達が焼け出される羽目になるとは、あの時は夢にも思わなかった）

保盛の感慨は、五条京極邸の復興だけでなく、平家一門へも及ぶ。

「実に一年と九ヶ月の歳月をかけ、父が苦労して建て直しましたから」

定家は誇らしげに答えてから、不意に苦々しげに顔を顰《しか》めた。

「あの火事を出した貴族は、後日謝罪に来たのですが、その時の話で、まことに信じられない理由で火を出していたことがわかったのですよ。忙しい父や兄に代わって応対に当たった私は、怒りを抑えるのに必死でございました」

定家の顔は、どんどん険しくなっていく。

「確かその方は、庭の竹林を自慢にし、笛を愛する風流な方であったな。そんな彼がいったいどんな火の出し方をしたのだ」

定家をなだめたい気持ち半分、興味半分で保盛は訊ねる。

「それは――」

「――ようこそ、次郎君《じろうぎみ》。お父上様がお待ちですよ」

恐らく定家を幼い頃から知っていると思《おぼ》しき老いた女房が、にこやかに定家の子どもの頃の通称で呼びかけて出迎えたので、話は打ち切りとなった。

女房に案内され、保盛達が寝殿を訪れた時、中ではちょうど西行が家主である俊成と、火桶

（木製の火鉢。燃えないよう中に真鍮《しんちゅう》が内張りされている）を挟んで話に花を咲かせているところだった。

「奥州へ行く途中の旅路で、八月頃だったでしょうか。鎌倉に立ち寄りましたが、鎌倉殿に和歌の極意を訊ねられて困りましたよ。心に感じたことを三十一文字《みそひともじ》に収めると答える他ありませんのに、はぐらかしたのではないかと疑われ、誤解を解くのが大変でした」

西行は、六十八歳。好々爺然《こうこうやぜん》とした僧侶だが、かつては佐藤義清《さとうのりきよ》という武士であり、道ならぬ恋に苦悩した末に出家したとの噂《うわさ》も頷《うなず》ける、老いてなお甘い顔立ちをしている。

清盛とは同い年なので、保盛は西行を見るたびに、伯父が健在であったらこのように矍鑠《かくしゃく》としていたのかと、思い描くことがあった。

「それは災難でしたのう。もしも私が鎌倉殿に同じ問いをされていたら、もっと誤解されそうですのう。何せ、私の和歌の極意と言えば、火桶にあたりながら夜を徹して考えることですからのう」

俊成は、そこまで言うと、声高らかに笑う。今年七十二歳の当世を代表する歌人の一人である彼は、正三位《しょうさんみ》の位を授けられた貴族であり、後白河法皇に見込まれて勅撰和歌集《ちょくせんわかしゅう》の編纂《へんさん》を命じられた撰者でもある。

十年ほど前に出家して頭を丸め、釈阿《しゃくあ》という法名があるのだが、いまだに周囲からは俗名の俊成と呼ばれていた。

（当世を代表する歌人のお二人の和歌の極意が、えらく極意らしくない。凡人にはなぜそれであんなに美しい和歌が詠めるのか、到底理解できぬ……）

保盛が仰天する横で、定家が目を輝かせて話の輪に加わる。

「父上の和歌の極意ばかりか、西行様の和歌の極意も小耳に挟むことができるとは、この定家《さだいえ》、果報者でございますっ」

「おお、せがれ。来ておったか」

「定家殿、久しぶりです。定家殿も、和歌の極意はありますか」

「はい、西行様にも父上にも及びませぬが、この定家が我が家で歌を詠もうとする時は、必ず南西の障子を開いて遠くを望み、衣服を整え正座します。それから、源　為憲《みなもとのためのり》の『故郷有母秋風涙。旅館無人暮雨魂』か白楽天《はくらくてん》の『蘭省花時錦帳下。廬山雨夜草庵中』という詩の一節を吟じ、心を練り、気を丹田《たんでん》に沈めてから取りかかるようにしているのでございます」

和歌を詠むというより、そのまま深山幽谷《しんざんゆうこく》に籠《こも》って仙人になる修行に取りかかるようなことをしている。

保盛はそう思ったが、西行と俊成は違った。

「まだ若いのに素晴らしい極意です。これは、私めが奥州へ旅立つ前に頼んだ、伊勢神宮へ奉納する百首の和歌も期待できます」

西行は感心と歓喜に満ちた笑みで、頬を紅潮させる。

「どうかのう、せがれ。試しに一番自信のある和歌を西行殿の前で吟じてみよ」

俊成は嬉々として定家を促す。

(わからぬ……。今の定家の語った極意のどこで、定家の和歌に期待を持てると見定めることができたのだ)

歌人三人の話に保盛が取り残された気持ちになる間、定家は照れくさそうにしつつも、咳ばらいをした。そして、喉を整えてから和歌を吟じ始める。

見わたせば　花も紅葉《もみじ》も　なかりけり　浦のとま屋の　秋の夕暮れ

保盛は瞬《またた》く間に、平家一門の別荘があった摂津国福原《せっつのくにふくはら》（現代の兵庫県神戸《こうべ》市）で過ごした、ある秋の日の夕暮れを思い起こした。

福原の別荘で詩歌管弦の宴を楽しみながら眺めた夕映えの海は、黄金《こがね》を溶かしたように光り輝き、辺りは笑い声や歌声、楽の音に満ち溢《あふ》れていた。

（花と言えば、維盛《これもり》と重衡《しげひら》。紅葉と言えば、知盛《とももり》従兄上《あにうえ》……。あの頃は、みんないた……）

年が近く、親しかった親族達。

光源氏の再来と呼ばれ、桜や梅になぞらえられた美貌の維盛も、牡丹《ぼたん》を思わせる異国めいた美貌を誇った重衡も、紅葉のように鮮烈な美貌の知盛も、誰もかれも、今はもういない。

風の噂によると、福原の別荘は平家一門が都落ちした後に、立ち寄って焼き払ってしまったという。実際に目にしたわけではないが、保盛は焼け野原を思い浮かべた。

華やかさと艶やかさを鮮烈に呼び起こしておきながら、眼前に広がるのは荒涼とした光景という、一抹《いちまつ》の寂しさ。

様々な思いと情景が、保盛の胸を過ぎ去っていく。

「おお、保盛様が涙されましたぞ」

「見事な出来栄えだ、せがれや」

西行と俊成の言葉で保盛は頬を伝う涙に気づき、袖で拭《ぬぐ》う。

「まったくだ。和歌を詠めぬ我の心すら動かすとは、定家の和歌はまことに素晴らしい」

保盛が手放しで感心すると、定家は晴れがましそうに胸を張る。

「平家一門には、薩摩守《さつまのかみ》様（平忠度）を筆頭に、和歌の名手が多数おられましたが、保盛様はお詠みになられないのですか」

西行が意外そうに首を傾げる。

保盛は、情けなくなった。

「恥ずかしながら、和歌は苦手で……。前に一度定家に和歌を見せたら、ひきつけを起こして卒倒させてしまった」

歌人三人が静まり返り、外の寒風の音だけが寝殿に響く。

保盛の祖父忠盛《ただもり》は、自ら歌集を編むほどの和歌の名手で、叔父の忠度、伯父の経盛《つねもり》と教盛《のりもり》も和歌の名手であった。しかし、どうしたわけか保盛は父頼盛に似て、和歌は不得手だった。

三年前、木曾義仲《きそよしなか》軍に攻められ、平家一門が都落ちした。その際、戦場の最前線にいた保盛達は都落ちすることも知らされておらず、平家一門によって家屋敷を焼き払われてしまった。

戦場から都へ引き返し、生まれ育った屋敷が燃えていくのをただ指をくわえて眺めていなければならない苦痛の中、保盛の父はつとめて明るい声で言った。

『保盛、考えようによってはこれでよかったのかもしれぬ。何しろ、我々の書いた和歌がすべて灰になってくれたのだからな』

父子の間で自分達の和歌のできの悪さは笑い種《ぐさ》になっていたので、保盛の苦痛は和らいだ。

「そうだ、思い出しました。西行様、保盛様がお土産にと荘園から献上された干し柿をお持ち下さいました。どうぞお召し上がり下さい」

定家が重苦しい沈黙を破り、保盛の持っていた干し柿を西行へ恭《うやうや》しく手渡す。

保盛に恥をかかせまいと、気を遣ったらしい。

「これはこれは、大きな干し柿ばかりが十六も枝についているとは、たいへん珍しい。ちょうど火桶もあることですし、炙《あぶ》ってみなさんで食べましょう」

西行も、気まずい気配を薄々感じていたようで、すぐに定家に調子を合わせる。

気楽な話題に変わったためか、雰囲気が和やかなものへと変わる。

「干し柿が一人四個と均一にいきわたり、よかったです」

枝を折って干し柿を四等分にした後、各自で枝につけたまま火桶の炭火で炙り始めたところで、定家は微笑む。

「そうだな。だが、このまま干し柿を炙り続けるだけでは退屈だ。何か面白い話はないか」

保盛の言葉に、西行が愛想よく頷《うなず》いた。

「年寄りの繰《く》り言《ごと》となって恐縮ですが、退屈ならば私めが若い頃に出くわした不可思議な出来事をお話しいたしましょう」

「それは面白そうですな。是非ともお話をお聞かせ下さい」

「西行様の若かりし頃のお話を聞けるとは、たいへん恐悦至極っ。私からもお願いいたしますっ」

保盛が返事をするよりも早く、歌人父子が身を乗り出して返事をする。

西行は穏やかな笑みを浮かべたまま語り始めた。

*

あれは私めが、佐藤義清という武士だった頃のことでございます。妻子ある身でありながら、名月のように冴えわたる美しさを持つ人妻と恋をしておりました。本当の名では差し支えがございますので、仮に名は紅涙《くれないのなみだ》としましょう。

彼女は高貴な御身分のお方でしたので、私どもの恋は『源氏物語《げんじものがたり》』の柏木《かしわぎ》と光源氏《ひかるげんじ》の妻の女三宮《おんなさんのみや》のような道ならぬ恋でした。

ある時、彼女から「阿漕《あこぎ》が浦《うら》」と言われたことがありました。

これはいにしえの和歌である、「伊勢の海　阿漕ヶ浦に　曳《ひ》く網も　度重なれば　あらはれにけり」の一節を引用したもので、何度も逢瀬を重ねて行けば、いずれ人に知られてしまうという意味です。つまるところ、私どもの逢瀬を何度も重ねるのは危険なので、これきり逢うのはやめにしようとの警告でした。

それを悟った私は、彼女の屋敷へ行くのを一度はやめました。

けれども、どうしても恋情やみがたく、屋敷の前、屋敷の庭、と通うようになり、紅涙もまたそんな私めを哀れにお思いになられて、御自身の曹司《ぞうし》へ招き入れて下さりました。そしていっそう人目を忍びながら、逢瀬を再開したのでした。

世間に知られれば破滅するとわかっていながらも、私どもはまるで縺《もつ》れた糸のように、互いに別れがたく日々を過ごしておりました。

さて、今日のような寒風吹きすさぶ冬の日のことです。

私めは馬で、紅涙は牛車《ぎっしゃ》で、それぞれ別々に紅涙の乳姉妹《ちきょうだい》である濡袖《ぬれそで》の館を訪れ、逢瀬を楽しんでおりました。もちろん、濡袖という名も仮のものでございます。

緑に囲まれた立地こそ風情があってよかったのですが、館そのものは非常に古く、私どもが通された母屋《もや》の調度品はほとんどなく、かろうじてあったのは館同様に古い几帳と屏風《びょうぶ》、それに帳《ちょう》台（天蓋付き寝台）だけでした。その上、あちこちの床や簀子が歪んでいて、それはもうひどい有様でした。ただ、火桶だけは新しい物と古い物があったので、古い方は濡袖が、新しい方は私どもで使いました。

人心地ついたのち、二人で睦まじく語り合っていると、牛車に乗って紅涙の御子息の長雨殿《ながめどの》が館に来訪されました。重ねて申し上げますが、長雨殿も、仮の名でございます。

ただでさえ人目を忍ぶ関係だった私どもは、慌てふためきました。

長雨殿は、紅涙の息子ではありますが、幼い童《わらわ》ではなく、当時の私めより一つか二つ年下の、すでに元服した若者でしたので、言いくるめることはできません。

どうしたものか焦るばかりの私どもでしたが、やがて、濡袖が紅涙を館の中で唯一鍵がかかる塗籠《ぬりごめ》（納戸部屋）の中へ隠すことを思いつきました。

塗籠の中には、大人の腰の高さほどの、竹でできた棚があり、そこに器がいくつか並んでおりました。明かり取りの窓がないので日がある時だというのに薄暗く、気味の悪さが漂っていました。しかし、埃《ほこり》一つなく清潔だったので、紅涙には多少の気味悪さは目をつぶってもらい、しばらく隠れていただくことになりました。

御存知の通り、塗籠は母屋と壁一枚を隔てて隣接しております。なので、母屋で長雨殿を何食わぬ顔で待ち構える役目を果たす私めにとって、何かあればすぐに彼女の許へ駆けつけることができるのも、決め手の一つでした。

「くれぐれも気をつけなさいまし、義清」

「はい。用心に用心を重ねます」

私どもは、濡袖が塗籠の戸を閉める前に互いに言葉を交わし合いました。

まさかこれが今生の別れになるとは、その時は思いもよりませんでした。

それから濡袖は、私めがあくまで、紅涙と濡袖へ和歌の指導に来たが、自分も会えずに待ちぼうけを食らって母屋に滞在中だと、長雨殿に説明すればよいと助言してくれました。

「あなたは武士とは言え、和歌の名手として少しは名が知られているから、そう長雨殿に申し上げれば怪しまれないと思う」

「それは名案だ。助かった」

動転していた私めは、一も二もなく彼女の案に賛成しました。

「話はこれで決まり。塗籠の鍵、あなたが持っていて」

彼女は、紅涙が隠れている塗籠の鍵を私めに預けてきました。

もしもこの鍵が長雨殿やそのお供の者達の手に渡れば、紅涙が見つかってしまいます。ひいては私どもの関係が長雨殿にはもちろんのこと、彼を通じて世間に広く知れ渡るのは目に見えています。

私めは鍵を決してなくさないよう、しっかりと懐《ふところ》にしまいました。

そこへ長雨殿が、母屋に現れました。

「義清、そちが母の滞在している濡袖の館にいるということは、やはりそちは我が母と――」

「――滅相もございません。私めは、紅涙様と濡袖に和歌の指導に伺《うかが》っただけでございます」

「義清の申し上げた通りです。わたくしと紅涙様は同じ牛車でこの館へ来たものの、紅涙様は近くに住む尼君の庵へ遊びに行かれたので、義清を待たせているところでございます」

「ええい、そちどもの言い訳など聞かぬわ」

彼は、私めと紅涙の仲を前々から疑っていらっしゃいました。なので、私めや濡袖の説明にも耳を貸さず、紅涙を連れ帰ろうと館中を探し回られました。

私めと濡袖は、紅涙を見つけられてはまずいと、母屋を飛び出して長雨殿の後を必死でついて行きました。

その時です。

私どもが先程までいた母屋で突如、雨も降っていないのに落雷があったような、たいへん奇妙な轟音《ごうおん》がしました。

見れば、古い火桶が砕け散り、火の手が上がっているではありませんか。

「雷が落ちたのだわ」

稲光こそ見えませんでしたが、濡袖がそう悲鳴を上げました。

その間も火の手はどんどん大きくなり、火事になりそうでした。

ちょうど簀子に出ていた私めと長雨殿は、即座に外にいるそれぞれの供の者達を呼び出し、火を消させました。おかげで、館の至る所が水びたしになりましたが、何とか床や壁の一部が焦げるだけにとどまりました。

しかし、この奇妙な落雷による小火《ぼや》騒ぎの火消しの最中も、長雨殿は母親探しを諦《あきら》めず、最初のうちこそ館の寝殿と廊で繋《つな》がっている、他の建物の中をお探しになられていました。

当然のことながら、紅涙は母屋に隣接する塗籠にいるので、その探索は不首尾に終わりました。

やがて、ついに探す場所が塗籠のみとなりました。後をついて回っていた私めは、塗籠の前に立つ長雨殿の後ろ姿を見て、ついに恐れていた瞬間が近づいてきていると、生きた心地がしませんでした。

「ここにだけ錠がついているとは、怪しい。中に我が母を隠しているのではないか」

鍵がかかっているにも拘《かかわ》らず、長雨殿は塗籠の戸を開けようと何度も叩き始めました。

どう彼を遠ざけたものか、私めが途方に暮れていると、突然塗籠の中から大きな物音がしました。

「母上、やはりこちらにいるのではありませんか」

長雨殿は、塗籠を開けるためにますます戸を叩き続けました。

驚いた私めは、中にいる紅涙の身を案じ、長雨殿からいったん離れて見られないようにしてから、懐に入れていた鍵を取り出して塗籠の錠を開けに行こうとしました。

しかしその時、濡袖がどこからともなく現れました。

「それではお二人の関係が、完全に長雨殿に見抜かれてしまいます。わたくしが開けに行けば、紅涙様が盗賊によって塗籠に押し込められたとでも何でも言い訳が立ちます」

小火騒ぎで乱れた身だしなみを整え終えた濡袖にそう言われ、なるほどその通りだと思った私めは、彼女に鍵を渡しました。濡袖は、何ごともなかったような顔をして、長雨殿へ話しかけました。

「この塗籠の中が気になっておられるようですので、鍵をお持ちしました。どうぞお開け下さいまし」

「でかした」

長雨殿は鍵を受け取るや否《いな》や、すぐさま戸を開けました。

私めは、ついに紅涙が見つかってしまったと思い、気が気ではありませんでした。

「母上、いらっしゃるのでしょう。母上」

塗籠に向かって長雨殿の呼びかける声が聞こえた時、私めはこれはおかしいぞと気づきました。

塗籠はさほど広くなく、しかも大人の腰ほどの高さの竹の棚と器しかありません。そして棚は、背板も天板もない造りであるため、後ろに隠れても姿は見えてしまいます。ですから、塗籠の戸を開ければすぐに紅涙を見つけられるのです。探すために呼びかける必要など、まったくありません。

これまで私どもの仲を長雨殿に知られるのが恐ろしくて、塗籠からも彼からも少々離れた所に身を置いていた私めでしたが、恐る恐る様子を見に行きました。

すると、塗籠の中には倒れた棚や転げ落ちた器、丸めた紙がいくつかあるばかりです。紅涙の姿は、跡形もなく消え去っておりました。

まるで、先程の奇妙な雷にさらわれてしまったかのようです。

塗籠の壁にあいた鼠穴《ねずみあな》から、小火を消すためにかけた水が簀子を通じて流れこみ、床やありとあらゆる物を濡らしているのが、目につきました。

ふと私は、紅涙が丸めた紙に私に宛てた文章を書いていたのではないか心配になり、濡れていたその紙をちぎらないように慎重に広げました。

しかし、それはどちらも昔の訴訟にまつわる文書の一部で、今は不要になった、いわゆる反故《ほご》紙《し》でした。紅涙の書いた物ではなかったので、私は密かに胸を撫で下ろしました。

「邪推してしまってすまなかった、義清。この中に母が隠れていると思っていたが、恥ずかしながらとんだ勘違いだった。濡袖、小火が起きて災難であったな。これ以上とどまっては迷惑にしかならぬので、帰らせてもらう」

長雨殿は、私めと濡袖に詫びると、来た時と同様に牛車に乗って帰っていかれました。

私めが見送るなか、牛車は門の木製の敷居を大きな音を立ててへし折り、去っていきました。

ております。
どこか破鏡《はきょう》（男女の仲が終わること）を思わせる光景でしたので、今も私めの心に深く刻まれ
長雨殿が去った後、私めと濡袖は途方に暮れました。
いったい、塗籠の中に隠れていた紅涙はどこへ行ってしまったのでしょう。
そこで、私どもは手分けして館中探し回りました。
まずもう一度塗籠を見ましたが、床が水びたしになったままでした。
長雨殿が塗籠の戸を開けようと叩いていた時に、棚が倒れた音がしたことから、紅涙はその時
はまだ塗籠の中にいたことになります。
その時すでに床は、小火を消した水のせいで濡れていたはずです。
ですから、例えば何者かが床下からやって来て、塗籠の床板をはずして紅涙を外へ連れ出した
とすれば、開いた床の穴から水が流れ落ちるので、水びたしになることはありません。
つまり、紅涙は床から外へ出て行っていないことがわかります。
あるいは、天井裏から何者かがやって来て紅涙を連れ去ったのかと思い、天井を見上げました。
しかし、ここの館は古いので梁《はり》があるばかりで天井板はありませんでした。
仮に梁を伝った何者かが紅涙をさらったとしても、大人の女人を梁に担ぎ上げるのは至難の業
ですし、いくら何でも駆けつけた長雨殿にすぐに見つけられます。
私めは首を傾げながら、その後は残るすべての曹司、車宿《くるまやどり》、そこに止めてある彼女の牛車の
中、母屋の中と、どこもかしこもくまなく探しました。
しかし、新たに見つけられたものと言えば、落雷で粉々に砕け散ったせいで、焦げた木片や竹
片ばかりか、灰までがあちらこちらに散らばった古い火桶や家具の残骸《ざんがい》、それに床と壁の焦げ跡

くらいでした。紅涙の姿は、館のどこを探しても、見つかりません。

そこで庭に出て、井戸や蔵、それに厩《うまや》まで探しに行ったのですが、紅涙が見つかることはとうとうありませんでした。

私めの供の者達に、紅涙を連れ出した者は見なかったか訊いたのですが、長雨殿の御一行以外に館から出て行った者はいないとの答えが返ってきました。

するとつまり、彼女は確かに鍵のかかった塗籠の中にいたのに、忽然《こつぜん》と消えてしまったことになります。

私めや濡袖は悲嘆に暮れましたが、後日、紅涙が自邸でつつがなく暮らしているとの噂を耳にしました。

けれども、私めが愛した紅涙はあの日閉ざされた塗籠の中に消え、自邸で暮らしている紅涙は彼女の姿を借りた物《もの》の怪《け》なのではないか。

そんな不安に捕らわれたため、自然と足が遠のき、彼女とはそれきりの縁となってしまったのです。

＊

干し柿が炙られ、濃厚な甘い香りが母屋中に広がり出したところで、西行はいったん話を打ち切った。火桶で炙っていた干し柿の向きを変える。

「いかがでしたか。干し柿を炙る間の退屈しのぎにちょうどよい、摩訶《まか》不思議な話でございましょう」

西行は、穏やかな声音でまた語り出す。

「あたかも、在原業平《ありわらのなりひら》が后《きさい》がね（后候補）だった藤原高子《ふじわらのたかいこ》と駆け落ちして、蔵の中に彼女を隠しておくも、蔵に潜む鬼に食われて消えてしまった『伊勢物語《いせものがたり》』の芥川《あくたがわ》の話のような出来事でした。それが、よもや自分の身に訪れるとは思いもしませんでした」

西行は、感慨深げに長々と息を吐《つ》く。

『伊勢物語』の芥川の話は、保盛も知っていた。

在原業平は、藤原高子を負ぶって、夜陰に紛れて駆け落ちする。

やがて夜も更けて来た頃、雷雨に見舞われ、鬼が潜む蔵とも知らず、高子を蔵の奥に入れた。

業平は蔵の戸口の前に、弓と胡籙《やなぐい》（矢筒の一種）を構えて追手に備えた。

すると、蔵に潜む鬼が、一口で高子を食い殺してしまった。

高子は悲鳴を上げたが、雷鳴にかき消され、業平の耳には届かなかった。

朝を迎え、業平が蔵の奥を見るも、高子の姿は影も形もなくなっていた。

そこで初めて鬼のいる蔵だと業平は気づくも、どうしようもなかった――。

（確かに、女人が隠された先で忽然と姿を消すところは、似ている。では、塗籠の中にも鬼がいたのだろうか）

保盛が考えていると、西行の声が聞こえてきた。

「稲光もないのに落ちた雷による小火騒ぎ。鍵のかけられた塗籠の中から物音がしたのに、鍵を開けたら中にいた人が消失していた怪事。これらは、鬼の仕業だったのか。そうでなかったのか。あまりにも摩訶不思議なことで、私めは年を取った今でも忘れられずにいるのですよ」

炙り終えた干し柿の一つを食べていた俊成は、最後の一欠片《ひとかけら》を飲み下したように喉仏を上下させた。そうしてから、飄々《ひょうひょう》とした調子で干し柿の付いていた枝を小さく振る。

「まことに摩訶不思議。しかしながらですのう、西行殿。『伊勢物語』の芥川の話は結末において、実は高子の兄達が業平から高子を取り戻したのが真実で、鬼の仕業ではないと種明かしがあったではありませぬか。西行殿の愛した紅涙も、息子である長雨殿に連れ去られたのではないですかのう」

興醒《きょうざ》めな真相だが、愛する女人が鬼に食われたよりは救いがある。

保盛はそう思ったが、西行は違うようだ。緩やかに首を横に振った。

「私めもそれは考えました。けれども、それは無理なのです。よくよく私めが先程した話を思い出して下さい。塗籠の鍵を持っていたのはほかならぬ私めです。そして、あの稲光のない奇妙な落雷による小火騒ぎのせいで、長雨殿が塗籠の前に来たのは、紅涙が中で物音を立てる直前しか機会はありませんでした。だから、連れ去ることはできないのです」

かすかな困惑があるのか、西行の眉《まゆ》は僅《わず》かに下がっていた。

「保盛様なら、よいお知恵が浮かぶのではありませんかのう。何しろ、平家一門きっての知恵者と謳《うた》われた、今は亡き池大納言《いけのだいなごん》様の御子息。それに、池殿《いけどの》流平家……平相国《へいしょうこく》（平清盛の呼称）の流れの者達が絶えた今となっては、平家一門の棟梁《とうりょう》なのですからのう」

かつて平忠度と交流があり、俊成の孫娘が平維盛の正妻だった等、平家一門と昵懇《じっこん》であった頃の名残《なごり》なのか、俊成が保盛へ花を持たせたがるかのように話を振ってきたので、保盛は焦った。

「よく周囲の方々にもそのように言われますが、亡き父のような知恵をあいにく我は持ち合わせておりません。それから、棟梁となったのは、我ではなく末弟です」

保盛の末弟光盛《みつもり》は、まだ十四歳だが、正妻の息子のため、今や平家一門の本流となった池殿流平家の棟梁となっていた。

ようするに、保盛は跡取りの座からはずされたのだが、兄弟間に蟠《わだかま》りはなかった。

（すでに元服して久しい長兄の我《われ》が棟梁となるよりも、まだ年若く何も知らない光盛がなれば、兵を率いて戦《いくさ》を起こすだけの実力がないので、世間は池殿流平家を恐れることはなくなる。さすれば、我や他の弟達に対する風当たりは弱まり、全員生き延びられる。そう父上が説明された際は、我らを守るためとは言え、まだ幼い光盛を矢面に立たせるその非情さに腹を立てたものだ）

むしろ、末弟に重荷を背負わせてしまっている負い目がある。

他の五人の弟達もそれは同じだ。通常、異父同母の兄弟は結束が固くて交流も多く、保盛達のような、同父異母の兄弟は結束が弱く交流も乏しいものだ。だが、こうした事情も手伝って、平家一門が栄華を極めていた頃よりも、さらに固く保盛達兄弟は結束していた。

（弟達……そうだ。それだ）

保盛は胸の前で、拳でもう片方の手のひらを打った。

「弟で思いつきました。子どもの時分に弟達と我とで屋敷の中で隠れ鬼をしたことがあったのですが、その時に弟の一人がどうしても見つかりませんでした。それと言うのも、塗籠の中に隠れていたその弟は、塗籠の中にあった棚の陰に息を潜めて念入りに隠れていたのです。そして、鬼を務める我《われ》が塗籠を探し終えて他の場所へ向かった隙を見計らい、我の探し終えた曹司へ移動して隠れたのでした。これと同じで、塗籠を開けた時、実は紅涙は物陰に隠れていたのではないですか。西行が長雨殿を見送りに出た隙に自力で抜け出し、探し終えた曹司を転々と移動した末に、彼女自身の牛車の中に隠れたのではないでしょうか」

自分でも、なかなか妙案だと保盛が思っていると、西行の眉がさらに下がった。

「さすが池大納言様の御子息です。よく考えられております。ただ、思い出して下さいませ。塗籠の中にあったのは、竹でできた低い棚でございます。おせじにも、大の大人が隠れられるほどの大きさはございません。しかも、背板も天板もないのです。たとえ棚の陰に身を潜めたとしても、身を隠しきることは到底できません。それから、長雨殿が帰った後、私めは濡袖と共に館中を探し回りました。けれどもその際、紅涙の牛車の中も探しましたが、そこにも彼女はおりませんでした」

つまり、保盛の妙案も違うことになる。

保盛は、今のやりとりを見て、定家が何を言ってくるかと思いながら、彼の方を見た。

定家は、いい塩梅《あんばい》に炙られた干し柿を食べようともせず、中空を睨《にら》んでいた。

よくよく聞き耳を立てると、定家は何やら呟いていた。

「何もかも古い物ばかりの館で、なぜ火桶だけ新品と古物の二つあったのか」

定家の呟きに、保盛は思わず耳を疑う。

(閉ざされた塗籠の中から人が消えた話で、なぜ火桶に注目しているのだ、定家……)

よほど声に出して指摘しようかと思ったが、それより先に次の呟きが聞こえてきた。

「雷が落ちた古い火桶には、どうして真鍮の内張りがなかったのか」

定家は、まだ火桶にこだわっていた。

(火桶の何がそこまで、おまえの心をとらえて離さないのだ)

保盛が、またも声に出して指摘しかけたが、

「もしや、真鍮の内張りがあっては雷が落ちることができず、小火も出ず、館中水びたしにして塗籠から紅涙が消えることができなかったのではないか」

ますますわけのわからないことを言う定家に、呆れ返るしかなかった。

その直後、中空を睨みつけていた定家の目が大きく見開かれ、西行へ注がれた。

「西行様っ。塗籠の中に丸めた紙はいくつありましたかっ。『どちら』と仰っていたからには、二つ以上ですよねっ」

母屋中に轟《とどろ》かんばかりの大きな声だ。

保盛も俊成も度肝を抜かれたが、当の西行は動じた様子も見せず、定家の問いかけを吟味し始める。

しばしの沈思黙考の末、西行は考え考え答え出した。

「二つあったと思います。しかし、それが何か」

そこまで言ってから、目を見開いた。

「定家殿。もしや――」

「――はい、西行様。この定家《さだいえ》、紅涙がどうやって消えたのか、その謎が解けました」

下の句

炙られた干し柿の甘く濃厚な香りが、いっそう際立つ。

見れば、保盛の干し柿に焦げ目がつき始めていた。

保盛は、炙るのをやめると、しげしげと定家を眺めた。

「本当に謎が解けたのか」

「はい、保盛様。西行様が遭遇された摩訶不思議な出来事を拝聴していた時、まず雨が降っていない日に落ちた、稲光のない奇妙な雷の謎が気になりました。それに、鍵のかかった塗籠の中から物音がしたのにも拘らず、忽然と姿を消した紅涙の謎の他、西行様が御指摘にならないもう一つの謎が気になりました」

「もう一つの謎……ですか、定家殿。はて、それはいったい何でしょう。この二つの他に摩訶不思議な謎などないように思うのですが」

西行が小首を傾げると、定家は重々しく頷いた。

「それがあったのです。建物のみならず調度品まで古い屋敷の中で、火桶だけ新旧二つの物がありましたでしょう。そして古い火桶に、稲光もなければ音も奇妙な雷が落ちたために、小火騒ぎが起きました。この時、落雷で砕け散った火桶の欠片について西行様がお話しになられましたが、それを聞いて私はおやと思いました。あるべき物がないくせに、余計な物があったからです。これは、大いなる謎です」

「……すまん、定家。もう少しわかりやすく話してくれ。西行は、火桶が砕け散った所に木片と竹片があったと、きちんと話していたではないか。あるべき物も余計な物もどこにも見当たらぬぞ」

保盛が定家に口を挟むと、俊成と西行が助かったと言わんばかりの面持ちになる。

自分だけ定家の謎解きについていけていないのではないことがわかり、保盛は安堵《あんど》した。

定家は気を悪くした様子もなく、しばし細い顎《あご》に指をかけて考えこんでから、また語り出した。

「ちょうどいい。私達の目の前に火桶がございますので、よく御覧下さい。火桶は木をくり抜き、内側に真鍮の薄板を張り、そこに灰を詰めて炭火を乗せてあります。金属《かね》でできた火箸《ひばし》も刺さっていますね」

「自明の理だ。それがどうした」

「西行様のお話をよく思い出して下さい。砕け散った火桶の欠片には木片のみならず竹片がありました。しかし、火桶は木と金属でできています。落雷で砕けたなら、木片と金属の破片がなければならないのです。ならば、竹片はどこから出てきたのでしょうか」

定家の言葉に、保盛も俊成も西行も、いっせいに目の前の火桶を見た。

だが、何度見ても火桶のどこにも竹が使われていなかった。

「竹片は、母屋の調度品の欠片が類焼して出てきた物なのではありませんか」

西行は、何を不思議がるのかわからないと言いたげな顔で、定家を見やる。

「私も一瞬そう思いましたが、母屋にあった調度品は几帳、屏風、帳台だけです。これらは木と紙と布でできた物ですから、竹片など出しようがありません」

「しかし、竹の調度品なら、私めは確かに目にした覚えがありましたよ」

「竹の棚のことですね。しかし、あれは母屋ではなく、塗籠の中にありました。だから、これも竹片を出せません。すなわち、火桶の欠片について、あるべき物とは、金属の破片。余計な物とは、竹片となります」

「言われてみれば、確かにおかしなことです。私はどうして今まで謎と思わなかったのでしょう」

西行は途惑いを隠せず、震える声を上げる。

「それほど西行殿は、紅涙が消えたことに気を取られていた証拠。気に病むことはありますまいのう」

俊成が優しく西行をなだめた。落ち着きを取り戻した西行は、途惑うまなざしを定家に向けた。

「定家殿、あなたはもうおわかりなのでしょう。金属の破片はどこへ消え、竹片はどこから現れたのですか」

「はい。そのことについて、順を追って説明させていただきます」

恭しく西行に答えてから、定家は謎解きを再開した。

「竹片がどこから現れたのか、わかりやすくするために、まずは竹そのものについてお話しいたします。御存知の通り、竹は調度品や家具、箸や籠《かご》などありとあらゆる所にあらゆる用途で使われておりますが、唯一使われない用途があります。それは何か、おわかりになりますか」

「船か」

保盛は思いつくままに言った。定家は、溜息を吐いた。

「海戦や交易など、海にまつわることにお強い平家一門でありながら何を仰りますか、保盛様。船は船でも、唐船《からふね》（中国の船、またはそれに似せた船）の帆は竹を編んで作るというではありませんか。だから、違います」

定家は、保盛よりも五歳年下にも拘らず、彼を子ども扱いするような口ぶりでたしなめる。

「私が答えを言いましょう。よろしいですか。竹が唯一使われない用途。それは薪《たきぎ》に使うことです。なぜなら、竹は穴を開けずに火にくべると破裂してしまうからです」

「それは本当か、せがれ」

俊成は、目を丸くする。

「私めは、竹を薪に使ってはならない理由を、ありとあらゆる物を作る元になる貴重な植物なので使ってはならないと、昔から大人達に聞かされていただけでした。しかし、まさかそんな理由があったとは……」

西行も、俊成に負けず劣らず目を丸くする。

「長命で博識のお二人すら知らないことを、なぜこの場で一番若い定家が知っているのだ」

保盛は、湧いて出た疑問を即座に定家にぶつけた。

「この家が、もらい火で全焼した時に謝罪に来た火元の貴族が、教えてくれたのです。『火事になったのは、庭の竹林を手入れするために伐採した竹を処分するために火にくべたせいだ。もしも、老いた下人の言う通りに、竹に穴を開けてから火にくべるよう他の下人達に命じておけば、焚火の中で破裂した火の粉が我が家に燃え移ることもなく、このような大惨事にはならずにすんだ』と」

「あの時、火を出したと謝罪に来た相手様と、やけに話しこんでいると思ったら、そんな話をしておったのか」

俊成は、得心がいったように何度も頷く。

「我々は焚火をする際、支度せよと命じ、実際に支度する身分ではないので、知らなかったのですね」

西行もまた愕然《がくぜん》とした面持ちで呟く。

「信じられない理由で火が出たと話していたのは、そういうことだったのか」

保盛は、先程定家と交わした火事の話が、思いがけず西行の摩訶不思議な思い出話と繋がり、驚嘆する。

「ええ。話は戻りますが、竹に穴を開けずに火にくべると破裂するという前提の下《もと》、落雷で砕け散った火桶の欠片として竹片があった光景を思い浮かべた時、私には別の光景が見えてきました」

「別の光景、ですか。それは、いったい何でしょうか」

西行が抑えた声ではあるが、定家の方へ身を乗り出して訊ねる。

「薪に向かない竹の特徴を利用し、あらかじめ適当な大きさに切られた竹が入った火桶が、炭火によって熱せられ、竹が火桶ごと破裂して母屋に小火騒ぎをもたらした光景です。ところで、破裂した竹の衝撃で、一緒に火桶も破裂しやすくするためには、頑丈な真鍮の内張りをあらかじめはずしておく必要がありました。だから、あるべきはずの金属の破片が落ちていなかったのです」

定家の言葉に、保盛は驚愕《きょうがく》した。

「では、稲光がない奇妙な雷は、人の手によって作られた偽物だったのか」

「さようでございます、保盛様。稲光はなかったけれども、落雷のような音と小火騒ぎが起き、濡袖の『雷が落ちた』との発言も手伝って、西行様は落雷があったと思いこまされただけなのです」

「まさか、偽の落雷とは思いもせなんだ……。だが、わからぬ。いったい、何のために偽の落雷を細工する必要があったのだ」

「保盛様の言う通りだ、せがれや。危うく小火騒ぎを引き起こすような、偽の落雷を用意するなど危険極まりないではないかのう」

「そもそも、誰がどうして火桶と竹を使ってまでして、偽の落雷を起こしたのでしょうか、定家殿」

保盛が疑問を呈すると、俊成と西行も口々に定家に話し出す。

定家は、慌てず騒がず答えた。

「偽の落雷によって小火騒ぎを起こすことには、二つの重要な役割があったからです。一つ目は、小火騒ぎに周囲の注意関心を向けることです。これにより、誰もが小火に目を奪われている隙に、濡袖は塗籠へ行って鍵で錠を開けて、中にいた紅涙を外へ連れ出して別の場所へ隠し、何ごともなかったかのように鍵をかけることができます」

定家の答えに、西行が力なく笑った。

「それは考えられません、定家殿。あの時、鍵は私が持っていたのですよ」

「ええ。確かにお持ちでしたでしょう。しかし、鍵が偽物だったとすれば、話は違います」

「偽物……ですと。いくら何でも、荒唐無稽《こうとうむけい》ではありませんか」

西行は半信半疑の顔で言った。

「荒唐無稽と言い切れるでしょうか。ならば、どうして西行様に一度預けた鍵を、濡袖は取り戻してわざわざ自分で塗籠の錠を開けに行ったのでしょうか。紅涙が隠れている塗籠の鍵を西行様がお持ちでは、長雨殿に二人の関係を知られてしまうから自分で開けると、親切ごかしに言っておりますが、ならば最初から濡袖自身が鍵を持っていればよいだけの話です。それなのに、彼女は西行様へ鍵を預けた。これは、西行様に渡した鍵が偽物だったので気づかれる前に回収し、自分が隠し持っていた本物の鍵で塗籠の錠を開けねばならなかったからと考えれば、筋が通ります。つまり、濡袖は最初から偽物の鍵を西行様へお渡ししました。偽の落雷で小火騒ぎを起こした後、その混乱に乗じて塗籠へ行き、鍵を使って中から紅涙を連れ出して別の場所へ移す。そして、しっかりと本物の鍵を使って錠を閉めました。それから、長雨殿が塗籠を開けようとしている時、西行様が鍵を開けに行こうとしたところを押しとどめる。もっともらしいことを言って西行様に預けていた偽物の鍵を回収し、持っていた本物の鍵で、誰もいなくなった後の塗籠を開けたのでした」

「西行が鍵を持っているから、塗籠を誰も開けることはできないと思っていた。だが本当はその逆で、偽物の鍵を渡して油断させて塗籠を開け放題だったのか。何て巧妙な騙《だま》しだ」

保盛は、驚き呆れる。

「だがのう、せがれ。濡袖が西行殿に鍵を預けたのは、そんな計略があったからではなく、単に突如長雨殿が訪れたことで気が動転してしまったせいではないかのう。動転していたせいで筋道に合わない行動をしでかすことは、普段からよくある話だ」

俊成は二つ目の干し柿をかじりながら言った。

「それはありません、父上。気が動転していたなら、招かれざる客である長雨殿が来て、落雷が起きた挙句の小火騒ぎを経た後で、乱れた身だしなみを冷静に整えられたでしょうか。とてもではないが、できますまい。よって、濡袖は落ち着いて西行様へ偽の鍵を渡して、小火騒ぎが起きてから塗籠の前でその鍵を受け取ると、もともと自分が持っていた本物の鍵とすり替えた。そして、本物の鍵を使って錠を開けたのです」

「まさか、濡袖が私を騙していたとは……」

西行は明らかになった事実に愕然とし、そのまま声を途切れさせる。

「これは思いがけない話になってきたのう。では、せがれよ。偽の落雷によって起こした小火騒ぎの、二つ目の重大な役割とは何なのかのう」

俊成は西行へ同情する眼差しを向けたのち、定家には好奇心に満ちた表情を見せる。

「その二つ目にして最たる役割が、館中を水びたしにすることです」

「水びたしにするのが、重要なことなのか」

保盛は、調子はずれにならないように声を出すのに苦労した。

「とても重要です。私がそれに気がついたのは、紅涙が消えた塗籠の中に、丸めた紙が残されていたからでした。これもまた竹片と同様に余分な物です。西行様が塗籠を確認した時には埃一つなく清潔な場所であり、竹でできた背の低い棚とそこに置かれた器しかなかった。では、この丸めた紙はいったいどこから現れたのでしょうか」

「塗籠の中になかったとなれば、中に隠れていた紅涙が持っていたのではないか。そして、姿を消す前に何かの拍子で紙を落としてしまった」

保盛が思いつくままに答えると、定家は溜息を吐いてから答えた。

「紅涙が持っていたと考えるのは一見筋が通るようで、通りません。なぜなら、丸めた紙は反故紙だからです。しかも、昔の訴訟にまつわる文書だったそうなので、高貴な身分の女人である紅涙の持ち物としては、不自然です」

「何か自身の先祖にまつわる文書だったら、肌身離さず持っているのではないか」

「何のためにですか。もしも持っていたのが訴訟にまつわる文書ではなく、家土地の権利を書いた文書や相続にまつわる文書ならば、反故紙のように見えても本人にとっては大切な物なので持っているのはわかります。けれども、昔の訴訟にまつわる文書を、どうして逢瀬の時にまで持ってくる必要があるのですか。しかも、高貴な女人である紅涙が、反故紙を丸めて床に捨てるような、子どもじみた真似をするとお思いですか」

「思わぬ。では、定家。いったい丸めた紙はどこから現れたのだ」

保盛はとんだ浅知恵を口にしてしまったと恥じ入りながら、訊ねた。

「紙は誰かの手によって持ちこまれたと言うより、最初から塗籠の中の気づかれにくい場所にあったのです。ここで思い出していただきたいのが、丸めた紙が見つかったのは、紅涙が消え、塗籠の中の棚が倒れ、器が転げ落ちた後であることです。西行様の思い出話の中で、器の中に紙が見えた記憶がないことから、棚の方に丸めた紙は隠されていたことになります。そして、先程確認したように、丸めた紙は二つあった。一見して丸めた紙が見つけられなかったということは、棚の下、もっと言えば、棚の脚にかまされていたのです」

「どうして、そう断じることができるのだ」

「丸めた紙が二つあり、なおかつ棚が倒れたからでございます、保盛様。紅涙が消えた後の塗籠の状況をよく思い出して下さい。倒れた棚と転げ落ちた器。二つの丸めた紙。そして、壁の鼠穴を通って水が流れ込み、床は水びたしとなっておりました」

「改めて聞くと、ひどい惨状だな……」

「まったくです。さて、もしも、棚の前方の二本の脚が短く切られ、固く丸めた紙がそれぞれの脚にかまされていたとしましょう。最初のうち、棚は紙の硬さで支えられて立っていました。塗籠の中には明かり取りの窓がないので薄暗く、何よりも西行様は長雨殿が来ていることで気もそぞろなので、かませられた紙の存在に気づけなかったのです。やがて、濡袖が偽の落雷によって小火を出します。その火消しのために使った水が、床や廊の板の歪みを伝い、塗籠の壁にあいた鼠穴を通って中に入ります。そうやって床が濡れると、当然のことながら紙も濡れていきます。そうして、柔らかくなって棚を支え切れなくなり、ひとりでに倒れます。載っていた器もそれに伴い転げ落ち、誰もいない塗籠の中で物音が立つのです」

塗籠の床が水びたしであったことは、床からの出入りがない証のように見えたため、ただ紅涙消失の謎を深める材料とばかり、保盛は思っていた。

(だが、実は重要なことだったのか)

保盛は、感心するしかなかった。

「こうしてあたかも、塗籠を開ける直前まで紅涙が中にいたように、西行様に錯覚を起こさせることができたのでした。偽の落雷による小火騒ぎを起こしたことには、混乱に乗じて塗籠から紅涙を連れ出すためだけでなく、塗籠の床を水びたしにして、細工をした棚を倒して物音を立てる狙いもあったのです。丸めた紙は、その名残として塗籠の中に残されていたのです」

西行は嘆息する。

「摩訶不思議な出来事とばかり思っておりましたが、考えようによってはすべて説明のつく出来事だったのですね、定家殿」

それから、西行は再び首を傾げた。

「しかし、わかりません。塗籠から外へ連れ出された紅涙はどこへ行ったのでしょうか」

西行の問いに、定家は僅かに逡巡《しゅんじゅん》の色を見せる。

（ためらいなど、定家らしくないな）

保盛が訝《いぶか》しんでいると、定家がいかにも気乗りしない様子で西行を見た。

「西行様のお話を拝聴している時、私は西行様が一ヶ所だけお探しになられない場所に気がつきました」

「そんな場所などあったのか、定家。我の覚えている限り、西行は館の中だけでなく、外にある井戸と蔵と厩まで抜かりなく探していたぞ。いったい、西行はどこを見落としていたと言うのだ」

保盛の問いに、定家は彼を正面に見据え、静かだがよく通る声で答えた。

「長雨殿の牛車の中でございます」

たちまち俊成が、声高らかに笑いながら、顔の前で手を振った。

「確かにそのような場所、西行殿も探さなかったかもしれぬがのう、せがれ。紅涙を連れ戻しに来た長雨殿の牛車に、どうして彼女が隠れる必要がある。むしろ、避ける場所ではないかのう」

西行はひどく動揺しているのか、反駁《はんばく》もせず、俊成に賛同するように何度も頷く。

「そうでなければ、長雨殿の牛車が帰っていった際に、門の敷居が折れないからです」

「どういう意味だ、定家」

定家は、少し咳きこんでから続けた。

「長雨殿が牛車に乗って館へ来た時に折れなかった門の敷居が、なぜ帰りには折れてしまったのか。それはただ、牛車に乗っている人数が増え、来た時よりも牛車が重くなっていたので、敷居が限界を迎えたからです。では、誰が長雨殿の牛車に乗ったのか。西行様と濡袖が乗っていなかったのは、明らかです。西行様のお供も当然乗っていなかったでしょう。そうなると、残る人物は塗籠から出ていた紅涙だけです」

定家が語り終えると、西行は声を震わせた。

「では、濡袖だけでなく、長雨殿も紅涙を消すために結託していたのですか」

乾いた笑い声を上げながらの言葉であったが、激しい動揺を抑えるためだったのだろう。西行は笑い終えた後、目に見えて落胆した。

定家はその様子を見て、少しためらいがちに口を開いた。

「はい。西行様の仰る通りでございます。一連の出来事に、長雨殿も結託しておりました。つい先程説明した、塗籠を開ける直前に物音がするようにした細工も、西行様が見ている前で、長雨殿が塗籠を開けようとしている時に物音がしなければ、何ら意味を持ちません。それがうまい具合に、西行様と長雨殿のいる時に物音がしたということは、長雨殿が棚が倒れて物音を出すまでの間、塗籠を開けようと奮闘しているふりをし続けていたからに他なりません。こうすることで、

『今まさに長雨殿が塗籠を開けようとしている時に中から物音がした』と西行様に思いこませ、紅涙が塗籠からいなくなったのは怪事であると印象づけたのです。こうした行動からも、長雨殿は紛《まご》うことなく結託しています」

保盛の頭の中には、ある情景が浮かんだ。

長雨殿は、館に押し入って母である紅涙を探すふりをしながらも、濡袖と密かに目配せを交わし合う。

長雨殿と濡袖は、気づかれないように西行の様子を注視し続ける。

そして、偽の落雷で起きた小火騒ぎの火消しによって館中が水びたしになったのを見計らい、長雨殿は濡袖によって紅涙が連れ出された後の無人になった塗籠の戸を叩く。

あたかも、まだそこに紅涙がいるように見せかけて、叩く。

塗籠の中で棚の仕掛けが作用して倒れるまで……。

その間、しばし西行を幾度となく盗み見ていたに違いない。

(母親の愛人を、どのような思いで長雨殿は見ていたのだろう)

保盛は、長雨殿の心中を思いやる。

その時、西行が口を開いた。

「濡袖に塗籠から連れ出され、長雨殿の牛車に乗って館から出られたということは、紅涙はすべてを承知の上で行動していたことになりますね」

「さようでございます、西行様」

「しかしのう、せがれ。西行殿に紅涙が奇妙な状況で消えたように見せかけるため、濡袖と長雨殿が結託し、なおかつ紅涙も承知の上で姿を消したのは、いったい何のためなのだ」

慎重な声音で答える定家をよそに、俊成は最後の干し柿をたいらげてから口をはさんだ。

「決まっているではありませんか、俊成卿」

西行が泣き笑いのような表情を浮かべた。

「すべては、紅涙と濡袖と長雨殿が、私めとの縁を完全に断ち切るために仕組んだことでございましょう。図らずも、俊成卿が仰られた、長雨殿が紅涙を連れ帰ったというのは真実でございましたね。……それにつけても、あのような怪事を仕組まれるほど彼女から疎まれていたとは、気づきもしませんでした」

保盛は、西行へかける言葉が見つからなかった。

だが、定家は違った。

「お言葉ですが、西行様。それは違います。二人の恋が世間に知れ渡ってしまえば、自分だけならまだしも、西行様まで破滅されてしまう。それを避けるために、自分との縁を完全に断ち切ろうと、紅涙は濡袖と長雨殿を抱きこんで策を弄《ろう》して怪事を仕組んだのです」

直前までの、慎重な声音とは打って変わって迷いのない物言いに、西行は訝しげに定家を見つめた。

「そんなことがありましょうか、定家殿。私めを気遣って優しいお言葉をかけなくてもよいのですよ」

「優しい嘘と思われるのは心外。これは筋道立てて考えた結果、導き出された答えでございます、西行様。まず、言わずと知れたことですが、恋愛においては、女に逢瀬を拒まれれば男は引かざるを得ないのが常識でございます。つまり、紅涙が西行様との恋を終わらせたければ、ただ拒めばよいだけです。事実、以前の紅涙は『阿漕が浦』と言って拒絶をほのめかしました。しかし、結局西行様への想いが高じて拒絶し続けられませんでした。そんな己の弱さを実感したゆえに、紅涙はあたかも自分が物の怪だと思われるような消え方をして見せて、西行様への想いを断ち切ったのです。言い換えれば、彼女もまた西行様に負けず劣らず、西行様への想いが強かったのです」

西行は、目と口を大きく開き、驚愕をあらわにしていた。

「そうでしたか。てっきり私めばかりが紅涙への愛執を捨てきれず、未練がましく生きていると思っておりました。しかし、本当は紅涙もまた私と同じくらい愛執が強かったのですね。そして、私めを想うがゆえに、破滅させまいと、まだ取り返しがつくうちに別れて下さった……」

そう語るうちに、西行の顔は驚愕から、長年胸のうちに抱えていたものが氷解したかのごとく、穏やかな表情へと変わっていく。

「私めは、いまだに紅涙への未練を断ち切れておらず、月を見てはその美しさに彼女を思い出して涙するほどで、このような和歌を詠んだことがあるのですよ」

西行は居住まいを正すと、朗々たる声で和歌を詠み上げた。

嘆けとて　月やはものを　思はする　かこち顔なる　我が涙かな

保盛は、目を閉じて西行の和歌を吟味した。

(嘆けと言って月は物思いをさせているのではないのに、月にかこつけて私は恋の悩みで涙するのだ……といった感じの意味か。西行の心情のようにも聞こえるし、紅涙の心情のようにも聞こえ、趣《おもむき》深いな)

定家の和歌を聞いた時のようには、涙は出なかった。

それでも、心に深く染み入るものがある。

保盛が吟味し終えて目を開けたところで、ちょうど西行が定家の方へ頭を下げる様子が見えた。

「定家殿のおかげで、私めはようやく愛執の念から解き放たれました。まことにありがとうございます。いつか定家殿が名歌秀歌を選ぶ撰者になる日が来ましたら、世に知られた『願わくは……』の和歌ではなく、今の和歌をお選び下さい」

定家は、痩せて薄い胸を骨ばった拳で力強く叩いた。

「世の荒みを止める美しい和歌の傑作なのですから、もちろんお選びいたしますっ」

すると、俊成がやおら笑い声を上げた。

「せがれや。まだ撰者になれるかどうかもわからない若輩者が、何を言うか」

和歌の撰者は、朝廷から一流の歌人と認められた者がなる。

よく言えば新進気鋭、悪く言えば実力も実績もまだまだ乏しい定家が撰者になる日は、いつ来るのかどころか、来ない見込みの方が大きい。

俊成が呆れ返って笑ったのも当然のことだと、保盛は思った。

だが、ここでおとなしく引き下がる定家ではなかった。

「和歌を通じて世の荒みを止める志《こころざし》を持つ私が撰者になれないわけがないし、なってみせます、父上っ。そして、いずれは出世して公卿となり、和歌を広めて世の荒みを止める政治をして御覧に入れましょうっ」

「言いおったのう、せがれ。だがのう、おまえは兄の成家《なりいえ》とは違って御子左家の家督を継ぐ者ではなく、家の芸である和歌を継ぐ者なのだ。歌人として和歌を極めるのはよいことだし、止めもせぬし、それどころか応援する。しかし、公卿にまでならんでいい」

「な、に、を、仰い、ま、す、か、父上ぇぇぇぇぇぇぇぇっ。和歌を極めてもっ、ある程度の官位がなければ世に対する影響力が少ないではありませんかっ。それではっ、和歌を通じてっ、世の荒みをっ、止めることにはっ、なりませんっ」

俊成にさらに声高らかに笑われたことで、定家は顔を首や耳まで朱に染めて怒り始める。

歌人親子が言い合いを始める横で、保盛は西行へそっと話しかけた。

「西行。一流の歌人と名高いおぬしだから訊ねるが、あんなに世俗に塗《まみ》れた定家でも一流の歌人になれるのか」

西行は、将来有望な道を捨て、出世にも背を向け、歌と旅に生きている。

俊成は、和歌を愛するも、出世に関しては血道を上げている様子はない。

言わば、世俗から超越した心境に達している。

だが、定家は全然違う。

（心得違いも甚《はなは》だしいように思えて仕方がないのだが、そこのところはどうなのだろう）

そんな保盛の本心を読み取ったのか、西行は穏やかに微笑んだ。

「定家殿の和歌への愛は、本物だから大丈夫です。それにこの世の中、大欲と大志を持つ者が歴史に名を遺すほどの大業を成すものですよ」

「……そういうものなのか」

保盛は、一族が生き延びるために、目立たず静かに暮らすのを信条としている。

それは、亡き父が半生をかけて自分達一族を守り抜いてくれた思いを無駄にしないためであるが、こんな荒んだ世の中を生きる価値があるのか、常に自問自答の日々だ。

だが、定家は、そんな世の中であろうとも、大欲と大志を持って生きている。

(闇に屈せず毎夜空に昇る月のようだな、定家……)

保盛の目に、定家が眩《まぶ》しく映った。

三　からくれなゐに　みづくくるとは

上の句

三　からくれなゐに　みづくくるとは

文治《ぶんじ》三年（一一八七年）三月。晩春の早朝は春霞《はるがすみ》と桜と柳が醍醐味《だいごみ》とばかりに美しく、保盛《やすもり》は喪服の裾《すそ》をなびかせ、馬を走らせていた。

「おはようございます、保盛様」

一昨年《おととし》から行方知れずとなっている源《みなもとの》義経《よしつね》捕縛のために都に滞在している東国《とうごく》武士の一人が、礼儀正しく挨拶《あいさつ》をする。

「おはよう」

保盛は馬上から挨拶を返した。

摂政九条兼実《せっしょうくじょうかねざね》の進言で、義経の名前が兼実の子良経《よしつね》と同じであることを忌み、義行《よしゆき》に変えただけに留まらず、すぐに義経が見つかるようにとの願いをこめて昨年の十一月に義顕《よしあき》と改名させたのが功を奏したらしい。先月の二月に、義経が奥州《おうしゅう》へ向かっているとの噂《うわさ》が本物だったと確認され、それに伴い、目に見えて都に滞在する東国武士達の数は減ってきていた。

そのためだろうか、日に日に都を荒らしまわる盗賊の数が増えていた。

保盛が乗馬して都中を駆け回る間も、盗賊に襲われて付け火をされた家屋敷がいくつも目につく。

（源平《げんぺい》の争乱が終わっても、今度は盗賊どもが闊歩《かっぽ》するとは、いったいここはどこの修羅の巷《ちまた》だ。まったく、まことに荒みきった世の中だ。父上が生きておられたら、どんなにお嘆きに……いいや。あの父上のことだ。存外盗賊討伐を鎌倉《かまくら》にやらせてはどうかと朝廷に進言し、鎌倉へは朝廷に大きな顔ができる仕事を与えたと伝え、それぞれにうまいこと恩を売りつけ、池殿《いけどの》流平家の安泰と躍進に繋《つな》げていたやも知れぬ）

保盛の父　平　頼盛《たいらのよりもり》は、よく言えば死中に活を求むたくましさが、悪く言えばしぶとさがあった——潔《いさぎよ》く散る、泣き寝入りすることなど、彼にとって慮外《りょがい》だった。

（あんな父上だから、平家一門の怨霊《おんりょう》に祟《たた》られて雷に打たれることもなければ、熱病に苦しめられることとなく安らかに逝かれたのだな）

父の死から、じきに一年が経つ。

保盛は馬上でしばしの感傷に浸っていたが、自邸の門前に黒く禍々《まがまが》しい人影を見つけ、思わず馬の歩みを緩めさせる。

（平家一門の怨霊が、父とは違って惰弱《だじゃく》な我に目をつけたか）

今や平家の本流となった池殿流平家の棟梁《とうりょう》は、末弟で十五歳の光盛《みつもり》が務めている。だが、一門の長老格として陰ながら彼を支えているのは、今年三十歳を迎えたばかりの保盛だ。

（我に何かあれば、池殿流平家が揺らぐ。しかし、なぜだ。朝夕毎日平家一門を供養するための経を読んでいるのに……）

己の身にもしものことがあった場合を考え、目の前が暗くなる保盛だった。だが、門に近づくにつれ、門前の人影が怨霊などではなく、生身の人間であることに気がついた。

「保盛様、おはようございます。今朝は遠駆け（馬を駆って遠くまで行くこと）するのに打ってつけの美しい春の朝でございますね」

定家《ていか》は痩《や》せさらばえた立ち姿に、四季を通じて着られる縹色《はなだいろ》の重ね（表・縹、裏・縹）と呼ばれる、色の組み合わせの狩衣《かりぎぬ》を着ている。縹という深い青色の衣を着ていることも手伝って、青白いのを通り越して土気色《つちけいろ》の顔と青黒い目の下の隈《くま》がいっそう暗く沈んで見える。しかも、病弱な体で無理をして走ってきたのか、荒く肩で息をしている有様は、あたかもこの世ならざる者のようだ。

（失礼な見間違いをしてしまった。許せ、定家）

心の中で詫びてから、保盛は馬を下りて定家の許へ行く。

「おはよう。馬鹿に早起きではないか。九条家で何かあったのか」

「それよりも、一大事でございます、保盛様っ」

二人が仕える大貴族九条家の有事でなければ、朝廷か鎌倉で一大事が起きたことになる。だが、定家の口から続けて出てきたのは、ある意味で非常識、ある意味で定家らしい言葉であった。

「近所の川の浅瀬に、女の屍が見つかったのですっ。それだけなら、都でよくある悲劇で片づくのですがっ。彼女の胸には高札が打ち込まれておりっ、その高札の表には盗賊の言葉がっ、裏には在原業平《ありわらのなりひら》の和歌が書かれていたのですっ。またも和歌を汚す変事が起きたとは、まことにゆゆしきことっ。ただちに和歌を汚した罪深き盗賊を見つけ出しっ、説教してやらねばなりませんっ」

定家が、早朝の静寂を破るように、頭から突き抜けるような甲高い大声で熱く語る。そのため、道行く人々の誰もが驚きの顔を向けて通り過ぎていく。

「そうか。確かに歌人であるおまえには、ゆゆしき事態だ。だが、我は今、乗馬から帰ってきたばかり。家で一休みしたい」

定家が自分に会いに来た理由を、保盛は手に取るようにわかっていた。

昨年の八月、殺された女の生首が松の木に吊り下げられて大騒ぎになった際、保盛に屍の見極めという、死因や死んだ時がわかる何とも罰当《ばち》たりな特技があると知った定家は、このたび見つけた女の屍の見極めもしてほしいと考えているのだ。

「前にも言ったが、その手の仕事は検非違使《けびいし》か、死んだ女の身内がやるべきこと。我やおまえがすることではあるまい」

つとめてつれない声で答え、馬の手綱《たづな》を引いて門をくぐろうとする保盛の肩に骨ばった指が食いこんできた。

「和歌を汚す者はっ、世の荒みに加担する者っ。和歌を汚す者を突き止めない者もまた、しかりでございますっ」

振り返ると、思った通り怨霊めいた形相の定家がそこにいた。

「わかった。若い女の無残な死を黙って見過ごすのは寝覚めが悪い。手を貸そう」

「ありがとうございます、保盛様っ」

静かに笑って答える保盛に、定家は騒々しいまでの大声で礼を述べるのであった。


「このところ、よい医師に出会ったおかげか、咳《せき》があまり出なくなり、少々の頭痛のみですんで体の具合がよいのです。そこで、来年の春に向けて美しい桜を株分けして下さる家屋敷はないか、連日のように早朝から都中を歩き回っているのですが――」

屍を見つけた場所へ案内する道すがら、定家は頼みもしないのに語り出した。

「――すると、我が家の近所の川にかかる橋を渡ったところ、河原と浅瀬の境にあたる場所に、女の屍があったのでございます。この御時世、河原に屍が捨てられているのはよくあることです」

殺伐とした物言いに、保盛は思わず苦笑する。

ほんの数年前に旱魃《かんばつ》によって引き起こされた養和《ようわ》の大飢饉《だいききん》のせいで、都中に餓死者が満ち溢《あふ》れ、鴨川《かもがわ》の河原に捨てられた屍によって川の流れが堰《せ》き止められた。当時、定家もそんなおぞましい光景を目の当たりにしていたので、屍を見ても取り乱さないのだろう。

（歌人が屍を見慣れているとは、つくづく荒んだ世の中になったものだ）

保盛の憂いをよそに、定家は立ち止まると、近所の川と称している名も無き鴨川の支流である小川と、そこにかかる橋を指さした。

早朝のこの時間なら、普段はせいぜい五指《ごし》に満たないほどの人影しかないその小川と橋に、今は十数人ばかりの人だかりができていた。

「あちらでございます、保盛様。私が見つけた時は、ほんの数名しかいませんでしたが、どんどん人が増えてきているので、早いところ屍の見極めをすませていただけませんか」

定家はそう言うなり、ためらいのない足取りで人ごみに突進すると、河原へ下りていく。

突然、痩せこけた貴族が割りこんできたので、野次馬達は驚いた。衣の前裾だけが濡れて右手の指先が墨で汚れた尼と、濡れた髪に布を巻いて右頰に薄墨の跡が残っている若い武士、両足が濡れた物売りが、怪訝《けげん》そうな眼差しを定家に向ける。

保盛は、軽く息を吐《つ》いて腹をくくってから、定家の後に続いた。

女の屍は、背中が川に浸ったまま、河原の浅瀬に仰向けで横たえられていた。

単《ひとえ》と袴《はかま》だけのいでたちも手伝い、川に浸かっている姿は気の毒なまでに寒々しい。

目は、生きたまま胸に高札を打ちこまれたのだろうか、理不尽に人生を断ち切られることへの恨みと、死にゆく恐怖によってか、大きく見開かれたままだ。口は、悲鳴を上げさせまいと河原からむしり取ったと思《おぼ》しき草や土が詰めこまれている。青い指先も、己の身から離れていく魂をつかみ取ろうとするかのように曲がり、死に際の苦悶《くもん》を無言のうちに訴えていた。河原の浅瀬に近い砂利《じゃり》は血で赤黒く染まり、小さいゆえに流れが弱い川の水は、女の屍を中心にいまだに赤く染まっていた。

そんな川の中に浸かった女の長い黒髪は、血の海をのたうちまわる黒い大蛇のようだ。

(倶利伽羅峠《くりからとうげ》の戦いを思い出してしまった……。あの時も、木曾義仲《きそよしなか》殿の巧みな指揮によって山奥に誘《おび》き出された我ら平家軍は、谷底に落とされ、谷は屍で埋まり、谷底に流れる川は血で赤く染まっていた……)

濃厚な血の臭いに、保盛の心は過去に引き戻される。

今を遡《さかのぼ》ること四年前の寿永《じゅえい》二年(一一八三年)、保盛は平家軍として次弟の為盛《ためもり》と共に倶利伽羅峠の戦いに参戦。惨敗を喫した。

命からがら敗走する大将の平維盛《たいらのこれもり》に従い、保盛はその過程で起きた篠原《しのはら》の戦いにも参戦した。その際、日本一《にっぽんいち》の剛《ごう》の者と謳《うた》われた老将斎藤別当実盛《さいとうべっとうさねもり》が殿軍《しんがり》を務めて討ち死にした。

そうして、その後も様々な怒濤《どとう》の出来事を経て、保盛だけが生き永らえた。

(今宵《こよい》は悪い夢を見そうだ。家に帰ったら、妻に悪夢除けのまじないをしてもらおう)

手のひらに嫌な汗が滲《にじ》むのを感じつつ、保盛は静かに息を整える。

「私が見かけた時は今よりももっと、川が鮮血で赤く染まっておりました。しかし、それ以上に腹立たしかったのが、こちらでございますっ」

定家は、保盛の懊悩《おうのう》に気づかず、女の屍の胸に深々と刺さっている高札を指差した。

高札には、つたない文字でこう書かれていた。

コレヲシタルハ竜王丸《りゅうおうまる》ガ仕業

「下賤《げせん》の者らしい間違った文章の書き方と卑《いや》しい水茎《みずくき》の跡（筆跡）でございましょう。そのくせ、学があるところを見せたいのか、裏には在原業平の名歌を書きつけているのですっ」

定家は話すうちに気が昂《たかぶ》ってきたのか、憤慨《ふんがい》しながら保盛を高札の裏の見える位置へと導く。

高札の裏には、上等な紺瑠璃《こんるり》色《いろ》の墨を使って和歌が書かれていた。

ちはやぶる　神代《かみよ》も聞かず　竜田川《たつたがわ》　からくれないに　水くくるとは

三　からくれなゐに　みづくくるとは

保盛が目を通し終えたと思える頃合いを見計らったように、背後で定家が激昂《げっこう》する。

「在原業平とはっ、最高の歌人の一人っ。皇族の血を引く高貴な出身ながらっ、出世には程遠くっ、生涯官職には恵まれなかったっ。しかしながら、恋愛に関してはっ、后《きさい》がねっ。神の后《きさき》たる伊勢《いせ》の斎宮《さいぐう》っ。白髪《しらが》の老女っ。無教養な田舎《いなか》娘と言った具合に、誰もがなし得ないような恋をっ、一人でいくつもしていったっ。その人生と和歌は『伊勢物語《いせものがたり》』という歌物語で語られっ、勅撰和《ちょくせんわ》歌集《かしゅう》『古今和歌集《こきんわかしゅう》』においてその作風は、心余りて言葉たらずと評されっ、歴史書『三代実録《さんだいじつろく》』においてその人柄をっ、『顔も姿もさわやかだが、気ままでものにこだわらない。あまり学があるとは言えないが、よい歌を作る』と評されっ、今なお歌人達の間で深く敬愛されているっ。その業平の和歌を殺した状況に重ね合わせるとは、何ごとだぁぁぁぁぁぁぁっ」

定家は、よくぞ痩せ細った体から出るものだと思えるほど、大きな声を上げる。

「信じられますか、保盛様っ。この和歌は、『不思議に満ちている神代の昔にも、川一面を唐《から》紅《くれない》（深紅）に絞り染めしたことは聞いたこともあるまい。散り敷く紅葉《もみじ》に、唐紅の絞り染めの帯となって流れゆく竜田川の美しさを』と、まことに風情ある意味のっ、とても胸を打つ美しい和歌なのでございますっ。この和歌が詠まれた状況は、『伊勢物語』においては、在原業平が親《しん》王《のう》様のお供として紅葉の名所として名高い奈良の竜田川を見た時とされっ、『古今和歌集』においては、屏風《びょうぶ》に描かれた竜田川を見た時とされっ、状況こそ異なるものの生み出された和歌は、まさに目に浮かぶような鮮やかな美しきものっ。それがっ、こんなっ、残虐非道な殺しの状況をなぞらえるのに使うとはっ。しかも、自身の『竜』王丸と『竜』田川をかけて気取ったかのような傲慢《ごうまん》さっ。言語道断っ。筆舌尽くし難しっ。竜王丸を見つけ出し、その辺りを問いただしてやりたいっ。嗚呼《ああ》、弾指《だんし》すべしっ。弾指すべしぃぃぃぃぃぃぃぃぃっ」

もはや、後半からは雄叫《おたけ》びに近かった。

なだめようかどうしようか、保盛が迷う間も定家は止まらない。

「しかもっ、秋の和歌をっ、春に使うのもっ、いただけないっ。せめて、在原業平の和歌を踏まえたっ、春の和歌を詠めばいいのだっ。例えばっ、『霞立つ　峯のさくらの　朝ぼらけ　くれなゐくくる　天《あま》の川波《かわなみ》』とか……」

唐突に、定家が沈黙した。

そればかりではない。天を注視したまま、動かなくなった。

これには保盛ばかりか、橋の上や河原沿いの道から遠巻きにしていた人々からも、不安や懸念の声が漏れ始める。

「定家……」

ためらいがちに保盛が声をかけると、定家は急に動き始めた。

「何たることでございましょう、保盛様っ。和歌の極意に沿った手順をきちんと踏んだ時に匹敵するほどよい和歌が、即興ながら詠めてしまいましたっ。嗚呼、忘れないうちにどこかに書き留めておかねばっ。だがしかしっ、紙がなければ、筆もなしっ。如何《いか》にせんンンンンンンッ」

盛大に唸《うな》り始めた定家に、保盛は自分の懐《ふところ》をまさぐり、懐紙《ふところがみ》を差し出した。

「定家。我の懐紙でよければ使え」

懐紙を渡した後、保盛は続けて懐から檜扇《ひおうぎ》の形をした矢立《やたて》（小型の携帯用筆記具。墨壺と筆が一緒に入っている）を取り出し、蓋《ふた》を開けて墨のついた筆を渡した。

「何とっ。硯箱《すずりばこ》よりも小さな箱なのにっ。筆もあれば、墨もあるとはっ。ありがたく使わせていただきますっ、保盛様っ」

定家は筆を受け取るや否《いな》や、先程詠み上げた和歌を懐紙に書き記していく。

書き終えると、定家はすぐに保盛へ筆を返した。

そして、筆をしまう保盛の手にある矢立を興味深げに見つめた。

「このような便利な物があるのですねっ。初めて見聞きしましたっ。まさに神代も聞かずっ」

「おまえが知らないのも無理はあるまい。これは矢立と言って、戦場において武士が大将や朋輩《ほうばい》などに戦況を知らせる文《ふみ》を書くべく、箙《えびら》と呼ばれる矢筒の中に入れて持ち歩いていた、いわば簡略化された硯箱だ。墨はあらかじめ墨汁《ぼくじゅう》にしておき、零《こぼ》れ出ないように墨壺の中に真綿（繭《まゆ》を煮て綿状にほぐしたもの）や艾《もぐさ》に染みこませてある」

「なるほどっ、そうでしたかっ。しかしながら、まことに便利っ。早く武士だけでなく歌人の間にも普及してほしいものでございますっ」

定家は矢立にいたく感銘を受けた後、懐紙へ目を落とす。

「よい墨と筆を使って書くと、和歌がいっそう引き立ちます。まことに、ありがとうございました、保盛様。それでは、保盛様は屍の見極めをお願いいたします。私は、竜王丸なる下劣かつ下賤なる盗賊の輩《やから》について知る者はいないか、野次馬達に聞いてまわろうと思います」

先程までの激昂は幻だったかと疑いたくなる平静さで、定家は勝手に役割分担を決めこむと、有言実行を地で行くがごとく、野次馬の中へ交わっていった。

保盛は軽く溜息を吐いてから、手短な所に落ちている長い枝を拾い上げる。

屍が河原に捨てられるのは、水が流れ、風が吹き抜ける場所なら、穢《けが》れが発生も伝播《でんぱ》もしないことによる。

それでも、じかに屍に手で触れることに、保盛はためらいがあった。

木履《きぐつ》を脱ぎ、袴の裾についている括り紐をすぼめて膝《ひざ》の辺りで止める。こうして衣が濡れないようにしてから、保盛は浅瀬に入ると屍の見極めを始めた。


遠くから寺の鐘が鳴り渡る。

その頃には、定家と保盛は河原のはずれにある木の陰でくつろいでいた。

保盛は持っていた懐紙で足を拭いて木履を履くだけだったが、定家は幹に寄りかかり、大きく息をしながら休息を取っていた。

病弱な定家には、早朝から桜を分けてほしいと頼むために都中を歩き回った後、屍を見つけ、休むことなく野次馬達に聞きこみをしたことが相当きつかったらしい。気がつくと、息をする音が聞こえなくなっていた。

保盛は焦った。

「定家、我の声が聞こえるか。定家」

「肩を叩きながら呼びかけていただかなくとも、これでもまだ生きております、保盛様」

「それはよかった。今、野次馬の一人に頼んで近くの井戸から水を汲んできてもらっているので、飲みながら我の話を聞くといい」

保盛が話し終えるか終えないかのところで、気立てのよさそうな顔をした十二、三歳の女童《めのわらわ》が、はにかんだ笑みを浮かべながら木の器に入れた水を差し出してきた。

「御苦労であった」

保盛はねぎらいの意を込め、褒美として持っていた扇を与える。女童は顔を赤らめながら扇を受け取ると、深々と一礼してそそくさと去っていった。

定家は起き上がって保盛から水を受け取ると、少しずつ飲み始めた。

「屍の見極めをしたところ、水に浸かってしまっているので、亡くなった正確な時はわからぬが、体中の血が抜けきっていないところから察するに、夜明け頃に胸に高札を刺されて殺害されたようだ。そして、彼女はどこかの屋敷に仕える染物を司る女房だ」

「染物を司っていたと、なぜわかるのです。もしや竜田山の女神である竜田姫《たつたひめ》が染物の名人という伝説を踏まえているから、わかったのですか」

「そうではない。彼女の指先が、青く染まっていたからだ。染物を生業《なりわい》にしていないと、指が染まることはない。指先が青いことから、生前は藍染《あいぞめ》を得意としていたのだろう」

「なるほど。では竜王丸は、染物を司る女房に、染物名人の女神がいる川を詠んだ在原業平の名歌が書かれた高札を胸に突き刺したのですか。あたかも、竜田姫を殺害してその血で川が染まったと、在原業平の名歌に対して悪趣味な解釈をしたような振る舞いっ。ますますもって許せんっ」

定家は激昂してから、ふと何か気づいたように平静な顔に戻る。

「ところで、屍が生前染物を司っていた人物なのはわかりましたが、どうして女房だと断言できるのですか。単と袴だけのみすぼらしい服装《みなり》だったので、下女だと思いました」

「おまえも見たから思い出せるだろうが、かの女人の屍は、髪が長かった。下女は働く際に邪魔になるので、大蛇に見紛《みまご》うほど長くは髪をのばせぬ。次に、枝で袴をめくり、屍の足の裏をついてみたのだが、川の水に浸っていたことを差し引いても、足の裏が柔らかい。下女ならば、足の裏の皮はまるで太鼓の皮のように硬いし、土踏まずがある。しかし、女房は下女のように外を歩き回らぬから、足の裏は柔らかいままだし、土踏まずがない場合が多い」

「髪長く足の裏が柔らかいならば、高貴な女人の特徴と重なりますが。それに、大人になっても生まれつき土踏まずができない人間もいると、前に医師から聞いたことがあります」

「我もそれは承知の上だ。だが、いいか。高貴な女人は染物の指示を出すことはあっても、手ずから染物に携わることはない。よって、染物を司る女房と断言できるのだ。我の方でわかったことは以上だ。次は、定家。おまえの番だ」

定家は水を飲むのを中断し、器を傍《かたわ》らに置いた。

「野次馬達に竜王丸なる盗賊について聞いてまわったところ、ますますもって下賤で下劣で愚劣な輩だとわかりました。と言うのも、竜王丸はただの盗賊とは異なり、盗みや付け火を働くだけではなく、老若男女貴賤親疎《きせんしんそ》を問わず、人を殺すことを好むばかりか、己の愚行を世間に知らしめたい思いが強いらしく、悪事を働いた後には必ず私達も目にしたあの高札を置いていくとのことでございます。まこと、胸が悪くなる話でした」

戦《いくさ》において、その手の輩は腐るほどいる。

だが、今は平時であって戦時ではない。

保盛も、聞いていて胸が悪くなってきた。

「そんな竜王丸には、手下が数人から五十人ほどいるそうですが、悪事を働く時にだけ呼び集める手下と、常に従えている手下がいるので、正確な数はわからないとのことでした。そして、昨晩この河原から五町（約六百メートル）先にある右衛門尉《うえもんのじょう》の屋敷に手下どもを率いて押しこみ、盗みを働いたとのこと。私達の聞いた話を擦り合わせるに、あの女の屍、否、女人の屍は、生前右衛門尉の屋敷で働く女房だったのではないでしょうか」

定家は語り終えると、器に残っていた水を飲み干す。

「我の屍の見極めの結果とも一致することだし、間違いない」

「そうと決まれば、右衛門尉の屋敷へ行き、竜王丸について訊きましょうっ。大男なのか小男なのかっ、太っているのか痩せているのかっ。いずれにせよどのような姿かたちをしていようとも、必ずや見つけ出しっ、在原業平の和歌を汚した罪深さについて説教してくれようぞっ」

よろめきながらも立ち上がると、定家は右手で拳を握り締める。

「盗賊の姿かたちを訊ねるために、盗賊に襲撃された後の屋敷を訪れても、先方を怒らせて鼻先で門を閉められてしまうぞ、定家。ここはもっと良識ある行動を取れ」

普段は礼儀正しい定家だが、こと和歌が汚された一件がからむと、瞬《また》く間にそうした世間の常識を忘れてしまう。

「よいか。これから我《われ》が言う通りにするのだ」

保盛は、角を立てることなく、右衛門尉の屋敷を訪れる方法を定家によくよく言い含めたのだった。

三　からくれなゐに　みづくくるとは

右衛門尉。

従六位《じゆろくい》相当の武官で、内裏《だいり》の警備や皇族貴族の雑用をこなし、時には宮中行事に必要な舞人《まいびと》を集めるために都の民と交わることがある下級貴族だ。中には五位《ごい》に上がる者がいて、その場合は衛門大夫《えもんのたいふ》と呼ばれる。朝廷に財物を納めて官職を得る者も含まれることから、裕福な者が多い。

保盛と定家が訪れた右衛門尉の屋敷も、そうした当世の常識からはずれず、地位に比して立派な佇《たたず》まいであった。

さすがに門は位によって意匠を決められているので、身分相応に小さなものだし、門の奥に垣間見える屋敷の屋根も、六位という身分の低い貴族の物らしく茅葺《かやぶき》だ。

ただし、庭は別だった。門をくぐると白い砂が敷き詰められ、むせ返るような花々の香りが漂い、見事な枝ぶりの桜や柳が目立つ。中でもひと際美しいしだれ桜を、定家が物欲しそうに眺めていた。

だがそれも、萎烏帽子《なええぼし》と褌《ふんどし》姿で薙刀《なぎなた》を携えた門番が顔を出すまでだった。

「どちら様でしょうか。せっかくお越しいただいたのにたいへん申し訳ねえだが、御覧の通り、右衛門尉様の屋敷は、盗賊に押し入られ、ひどいものですだ」

「取り込み中、まことにすまぬ。だが、こちらも右衛門尉殿の屋敷の女房と思われる女人の屍を見つけたので、知らせに来たのだ」

「えええっ」

驚く門番に、定家も畳みかける。

「お宅に押し入った盗賊は、もしかしなくとも、竜王丸だったのではないか」

「へえ、そうです。その通りですだ。よくおわかりで……」

「その竜王丸の高札を胸に刺され、この近くの川を血染めにする形で女人が屍となっていたので、この屋敷の女房だと見当をつけてきたのだ。ついでにお悔やみを申し上げたい」

定家が前もって言い含めていた通りのことを門番に告げたので、保盛は密かに胸を撫で下ろす。

(女房の死を知らせに来たのは、何も怪しいことではない。これで屋敷に入れる)

まさか、ただお悔やみを言うだけではすませず、盗賊を見つけ出すつもりでいるとは、誰も思うまい。

保盛は、我ながらおかしな状況にいると思った。

「ええ、月草《つきくさ》様が見つかったと思ったら、殺されていたんですか。これは、大変だ。今、おらより上の人を呼んできますだ」

門番は青ざめるなり、飛ぶように上役を呼びに行く。

「あの殺された女人は月草という名なのか」

「月草。別名露草《つゆくさ》。花の汁は染物の下描き絵に使われる。そうした花の名を呼び名につけられていたことを踏まえると、生前の彼女の仕事は、保盛様が仰《おつしや》った通り、屋敷の染物を司る女房で間違いありません。屍の見極め、お見事でございます」

保盛と定家が小声で話すうちに、門番が上役を連れて現れた。上役は、門番と同様の裸同然のいでたちだった。

「お待たせいたしました。竜王丸にさらわれた我が家の女房が殺されたことをわざわざ知らせに来て下さり、ありがとうございます。ええっと……」

「九条家に仕える藤原《ふじわらの》定家と申します」

「その朋輩の保盛だ」

「摂政家のお方でしたか。これは本当にわざわざ……。ただちに旦那様の許へご案内いたします」

大貴族九条家の名を出したことは効果覿面《てきめん》で、保盛と定家は苦も無く寝殿造《しんでんづくり》の屋敷に上がることができた。

それはまた、盗賊竜王丸に押し入られた右衛門尉家の惨状を、さらに目の当たりにすることでもあった。

屋敷の召し使い達は、男は全員門番らと同様の裸同然の姿で、女は袴すらない単だけの姿で、破られた板戸の修理や荒らされた室内の片づけを疲れた顔で進めていた。

床は土足で踏み荒らされ、盗賊達の目に金目の物と映らなかった文書《もんじょ》の類《たぐい》が床にも庭にも散らばっている。

厩《うまや》に盗みに入った竜王丸の手から逃れた馬が庭先を駆けて行き、褌の男達がその後を追う姿は、滑稽《こっけい》でもあり哀れでもあった。

「何とひどい……」

面食らう定家の声が漏れ聞こえたところで、寝殿の母屋《もや》に到着し、主人《あるじ》である右衛門尉と面会することになった。

召し使いは、右衛門尉に二、三何か耳打ちした後、月草と呼ばれる女房の屍を下人《げにん》達に命じて川から引き上げると言い、立ち去っていった。

右衛門尉は、四十歳をいくつか過ぎたばかりだろう、日焼けしてよく肥えた中年男だ。折《お》烏帽子を被って単と袴を身に着け、盗賊達が見向きもしなかったのも納得の古ぼけた円座《わろうだ》に腰を下ろしていた。

傍らには、十八、九歳ほどの女房が、単だけのみじめな姿で控えている。だが、愛らしい顔立ちと、右衛門尉が時々彼女へ向ける親しげな表情から、召人《めしうど》（愛人兼使用人）のようだ。

「今、召し使いから聞きましたが、九条家にお仕えする方々だそうで。前々から、九条家とお近づきになりたいと思っていましたが、まさかこのような形で御縁ができるとは、思いもしませんでした。そんな方々が、我が家の女房の死を知らせて下さって、まことに恐れ入ります」

　盗賊に屋敷中を荒らされた後だが、右衛門尉は調子のよい口ぶりで話す。

　それから、やおら目つきを鋭く光らせる。

「それに、覚えておりますよ。そちらのお方は、平《たいらの》保盛様でしょう。鎌倉殿の恩人である、今は亡き池大納言《いけのだいなごん》様が鎌倉から都へお帰りになられた行列で、お姿を拝見しました。いえね、あたしゃ鎌倉殿ともお近づきになりたいと思っておりましたので。本当に御縁ができてよかったですよ」

　出世に利用したい態度を包み隠さずにいる右衛門尉が、保盛は不快で仕方なかった。

　定家もそう思ったらしく、眉《まゆ》を顰《ひそ》めていたが、竜王丸を見つけ出したい気持ちが勝ったらしく、激昂はしなかった。

「このたびは、盗賊に襲われ、女房が一人殺害されることになり、実に気の毒であった。あまりの惨状に、こちらにお邪魔した直後は言葉を失ったぞ」

　右衛門尉の位階が自分より低いので、定家は相手が年上ではあるものの、敬語を使わずに話す。

「家中の召し使い達の替えの衣すら根こそぎ盗まれ、あいつらを下着姿で働かせねばならず、みじめな思いをしておりましたが、九条家にお仕えする方にそう仰っていただけて、救われた気分ですよ」

右衛門尉は、調子よく追従するように言った。

(定家が我慢してちゃんと対応しているのだ。我も無難に振る舞わねば)

保盛は不快な気持ちを押し隠しながら、世間話らしい話を捻《ひね》り出すことにした。

「合戦場と比べれば、無事な部類だ。すぐに再起できるから、気を落とすな」

言ってから、定家と右衛門尉に怪訝な顔をされたことに気づき、慌てた。

(いかん。武士の感覚で口走ってしまったが、普通に考えれば右衛門尉の屋敷は悲惨な状況だ。ここは、武士の気概がいまだ抜けていないと右衛門尉の口から世間に噂が広まり、謀叛《むほん》の疑いを鎌倉からも朝廷からもかけられぬよう、貴族らしい話をせねば)

平穏に暮らすため、目立たないことを信条としている保盛は、慌てて母屋中を見渡し、話の種を探す。

すると、保盛から見て右衛門尉の左側に、衣架《いか》(衣掛け)にかけられた、華やかに染め上げられて美しい狩衣を見つけた。

「そちらの狩衣は災難を免れたようで、何よりだ」

右衛門尉は相好《そうごう》を崩した。この話は、貴族らしい話題だったようだ。

「そうでしょうとも。幸いなことに、盗人どもは昨日仕上がったばかりの狩衣には気がつかなかったのですよ。おかげで一緒にかけられていた単と袴をこうして身に着けることができました」

そこまでは調子よく話したが、不意に右衛門尉の顔は暗く沈む。

「この狩衣を縫い仕立ててくれたのは我が妻の森下草《もりのしたくさ》ですが、染めてくれたのは保盛様と定家様が見つけられた月草なのですよ」

「そう言えば、そのような名を召し使いも言っていた。どんな女房だったのだ」

　定家は、話が屍──月草に及んだのをいいことに、ためらうことなく訊ねる。

「月草は、いい娘でしたよ。一年近く前に別の貴族の館をやめてあたしの家で働くことになった新参者でしたがね。染物の腕が確かなので森下草はとても重宝していましたよ。しかも、彼女は情け深くてね。時々、我が家の近くをうろついている物乞いの尼に施しを与えていましたよ。それなのに、あの忌々《いまいま》しい竜王丸の一味にさらわれた挙句殺害されて、とても残念ですよ」

　右衛門尉は、月草について語るうちに、だんだん悲しみが募ってきたらしい。ますます暗く沈んだ顔に変わる。

「いかなる前世の因縁《いんねん》か、あたしは不幸にばかり見舞われているのですよ。そう、思い起こせば、福原遷都《ふくはらせんと》があった七年前には大事な白珠《しらたま》（真珠）を盗賊に盗まれたことがありましてね。あの時は、悔し涙で袖が濡れましたよ。そして、一年前。さる貴族に仕える堅香子《かたかご》という女房を妾《めかけ》にして彼女の勤め先の屋敷に通っていまして、もうじき赤子が産まれるという時期に彼女は里帰りをしたのですがね。ある朝、彼女が我が家の門前で、全身を火傷《やけど》して赤い屍となって息絶えているのが見つかりました。彼女の長く美しい黒髪だけはそのままだっただけに、余計にひどく変わり果てた姿が際立ちましてね。私は人目を忍ばず声を大にして泣きましたよ」

　そこで、右衛門尉は、傍らに控えていた召人に目を向ける。

「もしも、妻の森下草とこの娘が慰《なぐさ》めてくれなければ、あたしはもっと不幸でみじめな気分でいたでしょう。ところが、不幸はこれだけでは終わらないんですよ」

　右衛門尉は、今まで溜まっていたものを吐き出したいのか、話に熱がこもってくる。

　彼の勢いに飲まれたのか、定家も竜王丸に繋がらない話だからと止めることもしなかった。

「あたしには、あたしの父が後妻に産ませた親子ほど年の離れた、弟の助有《すけあり》がいましてね。あたしと妻との間に子がないので、後継ぎとして我が子のように慈《いつく》しみ、育ててきました。ところが、風の噂によると、助有が堅香子に横恋慕して、無理矢理関係を迫ったものの、彼女にふられてしまった。その腹いせに助有が昔の誼《よしみ》を使って堅香子を実家から誘《おび》き出し、嬲《なぶ》り殺しにしたということなんですよ。あまりにも信じられない話で、あたしは、助有の許へ真偽を問い質《ただ》しに行きました。でも、その時には助有は屋敷を逃げ出し、今に至るまで見つからんのですよ」

右衛門尉は、肥えた体を大きく身震いさせた。

「そう言えば、堅香子は全身を火傷して赤くなり、月草は高札を胸に突き刺されたために川を赤く染めたことを考えると、どちらも赤い屍になっていますよね。もしかしたら、盗賊竜王丸の正体は助有かもしれません……」

保盛も定家も、右衛門尉の言葉に思わず耳を疑った。

「なぜ、そう思うのだ」

「盗賊になりかねないほど、素行の悪い弟だったのか」

二人で訊ねると、右衛門尉は、ためらいがちに声を低めた。

「保盛様がいらっしゃるので、お話しすることにしますよ。実はですね、助有はかつて、六波羅《ろくはら》殿《どの》（平　清盛《たいらのきよもり》の呼称）にお仕えする禿髪《かぶろ》だったのですよ。平家一門が都落ちしたことに伴い禿髪は解散し、大半が世間のあぶれ者となって、盗賊に身を落とした者もいるので、ありえない話ではないんですよ。それに、助有は元々禿髪の頃から、誣告《ぶこく》されたくなければ宝をよこせと都の民を脅して金品を巻き上げていましてね。先程お話しした白珠も、本を正せば助有が誰かから取り上げてきた物をあたしに贈ってくれた物なんですよ。このように、平気で他人の物を奪える輩でもあるんです。だから、盗賊に落ちぶれ、手下を率いて我が家へ仕返しに来たのかもしれません」

禿髪という言葉に、保盛は思わず息を飲む。

「禿髪の特徴と言えば、平家の旗印と同じ色をした、赤の直垂《ひたたれ》ですからね。禿髪をやめた後も、助有は赤い衣や赤い花など、赤い物を好んでいたのですよ。だから、あいつが、自分の仕業だとあたしに知らしめるために、月草を惨《むご》いやり方で殺したのかも……」

右衛門尉は、最後は絞り出すような声で語った。

「もしも、右衛門尉の言う通りであるなら、気の毒であったな」

保盛が同情した横で、定家は思案顔で再び訊ねた。

「竜王丸が弟の助有かもしれないとのことだが、昨晩盗賊に襲われた時、竜王丸やその手下達はどんな姿をしていた。顔や声、年齢は。助有と少しでも重なるところがあったのか」

「いいえ。夜中で真っ暗でしたし、やっと灯りをつけたら、覆面をつけた男達がたくさんいて、誰が誰やらわかりませんでしたよ。助有かもしれないと思ったのは、あくまでも月草の屍の有様を聞いたからですよ」

「すると、助有が竜王丸ではないとも考えられるか」

「そうかもしれないですし、そうでないかもしれないですね」

「では、暗闇で見た覆面をつけた男達は、太っていたのか、痩せていたのか。背が高かったのか、小さかったのか。どれか一人くらい特徴を覚えてはおらぬか」

「そう言えば、大男がいたような、太った小男もいたような、中肉中背の男もいたような、そうでないのもいたような……。何せ押し入ってきた盗賊がたくさんいたものですから、様々な人間がいたとしか答えようがありませんよ」

右衛門尉の答えを聞くなり、定家は小さく舌打ちする。

右衛門尉は、耳を疑うような顔で定家を見つめた。

「さあ、定家。あまり長居をしては右衛門尉に悪い。そろそろ帰るぞ」

保盛は雲行きが怪しいのを感じ取り、すかさず定家の腕を引き上げて立たせ、廊に出た。

そんな保盛達を追うように、右衛門尉は廊へ顔だけ出した。

「我が家と鎌倉との御縁を繋げて下さるのは無理でも、せめて九条家との御縁は結んでくれませんかね」

保盛は、思った以上に右衛門尉の面の皮が厚いことに呆れ返るしかなかった。

この期に及んでも、保盛達を利用しようと目論《もくろ》む右衛門尉に、定家は振り返らずにまた舌打ちをする。

「定家。そう何度も舌打ちする奴があるか」

「竜王丸に繋がる手がかりは何一つ得られなかったのに、右衛門尉の俗物ぶりがひどく鼻につきましたゆえ……」

声を潜めて話すうちに、「鼻につく」の言葉の辺りで保盛はかすかな異臭を嗅《か》ぎ取った。

そして、廊を出た直後から目についていたが、見て見ぬふりをしてきた人影が近づいてくることに気がついた。

「もし。お客様方。もし」

人影は、山吹匂《やまぶきにおい》(表・山吹、裏・黄)の色の組み合わせの衵《あこめ》(幼童向きの裾短な袿《うちぎ》)に赤い袴姿の、樋洗童《ひすましのわらわ》だった。

樋洗童は、常に貴人の用便のための樋箱《ひばこ》(おまる)を持ち歩き、下の世話をする。主な仕事は、樋箱を丁子《ちょうじ》染めの薄い布で包み、絵が描かれている赤い色紙《いろがみ》の扇で隠しながら、屋敷の外に出て、大路に張り巡らされた側溝や、川に繋がる溝《どぶ》に中身を捨てて樋箱を洗うことだ。この時、外の人人から見られるため、樋洗童は身分以上に上等な服装《みなり》をすることができた。また、貴人の周辺に侍《はべ》り、下の世話をする関係から、身分は低い者達の中から容姿が整って礼儀正しい十七、八歳までの少女が選ばれるのが通例となっている。

その御多分に漏れず、右衛門尉の屋敷の樋洗童は、十三、四歳のあどけなく可憐《かれん》な顔立ちの美少女で、まるで内裏や院御所に仕える女房達に使われる樋洗童のように華麗な服装をしていた。ただし、さすがに大貴族や内裏とは異なり、樋箱を包む薄い布もなければ、箱全体に装飾が施されておらず、質素な蓋《ふた》のある木箱という樋箱本来の姿が剝き出しとなっていた。

（この樋箱の中にはまだ、口にするのも憚《はばか》られる物があるのだろうか）

樋箱を直視する羽目となり、保盛は辟易《へきえき》する。

「お客様方。北《きた》の方《かた》（正室のこと）様が、お会いしたいそうです」

礼儀正しい美少女しかなれない樋洗童だが、本来の務めは貴人の下の世話であり、身分は低い。伝言の使者として客を呼び止めることは決してしない。それは、彼女達が務めの関係上、たとえ華やかな装いをしていても、見て見ぬふりをしてやり過ごす存在であるためだ。

だからこそ、保盛も、そして定家も見て見ぬふりをしていたのだが、こうもはっきりと話しかけられてはそうはいかない。

（樋洗童を使者によこすとは、右衛門尉の妻は何を考えているんだ）

あまりの非常識さに呆れ返る保盛に、定家は小さな声でつぶやく。

「『源氏物語《げんじものがたり》』に、頭中将《とうのちゆうじよう》の娘近江君《おうみのきみ》が、樋洗童に自分の和歌を託して姉である弘徽殿女御《こきでんのにようご》へ届けさせた逸話があるのですが、今はその時の弘徽殿女御の気持ちがわかります」

「我もだ」

保盛も、小声で返す。

樋洗童は、そんな保盛達のやりとりも知らず、女主人の許へ客人を案内するという、本来なら ば与えられない晴れがましい役目を与えられたのが誇らしかったのだろう。嬉しそうに二人を屋 敷の北対《きたのたい》と呼ばれる建物へ案内する。

北対では、主に正妻が暮らす。ここも母屋と同様に竜王丸によって荒らされていたが、曹司《ぞうし》と 廊を仕切る御簾《みす》は無事だった。

そこで、森下草は曹司に、保盛と定家は廊に置かれた円座に腰を下ろし、御簾を隔てて対面す ることになった。

「ごめんあそばせ。昨夜《ゆうべ》、我が家に盗賊どもが押し入ったことを、九条家にお仕えする方々が見 舞いに来て下さったと聞いて、夫だけでなく、あたくしからもお礼を申し上げようと思いました のよ。それにしても、さすが摂政様の九条家。お仕えしている方も美男子ですわね。久しぶりに 美貌の人妻であるあたくしと釣り合う殿方にお会いできて、光栄ですわ」

森下草の品のないあけすけな話し方に、保盛は呆れる。定家を見れば、露骨《ろこつ》に侮蔑《ぶべつ》の眼差しを 御簾の奥へ向けていた。

「礼など、とんでもない。こちらは、この家の女房がいなくなって心配しているだろうと思って 知らせに来ただけだ。なあ、定家」

「はい、保盛様」

定家は、森下草と口もききたくないのか、珍しく口数が少ない。

「そうそう、月草が死んだことを、わざわざ知らせに来て下さったのですわよね。あの娘ったら、染物の腕は一流なのに、どこかぼんやりしたところがありましてね。昨夜も盗賊達がここへ押し入ってきた時、早く隠れればいいものを、ぼんやりとしていたから、盗賊達が逃げ出す時に人質として連れ去っていってしまったのですよ」

思いがけず、月草がさらわれた時の状況が聞けたので、保盛も定家も円座に座り直す。

「盗賊の首領は、竜王丸というのだが、顔や背格好はわかるか」

定家が問いかけると、森下草が芝居がかった口調で声を上げる。

「竜王丸。ああ、その名を耳にすると寒気がするわ」

思ったよりも、森下草は御簾のそばにいたらしい。身をよじらせる音と共に、御簾が波打つ。

(何なんだ、この女は)

保盛は、驚き呆れるしかない。

すると、彼女が声を落とした。

「これからする話は、ここだけのもので、夫には内緒にしておいて下さらないかしら」

保盛と定家が返事をするより先に、森下草は語り出した。

「その竜王丸という盗賊。本当は、月草ではなくて、右衛門尉の若く美しい妻として評判のあたくしをさらおうとして、暗がりで間違えてさらってしまったのでしょうよ。夫は、竜王丸の正体は、弟の助有だと言っているのだけど、そうすると、あたくし、助有がまだこの家にいる時から目をつけられていたことになりますのよ。あたくしの罪な美しさで、何の関係もない月草が殺されたとは、なんて恐ろしい」

御簾の向こうから、咽《むせ》び泣く声が聞こえてくる。

月草の死を悲しむより、己の不幸に酔い痴《し》れて楽しむ森下草に、保盛は眉を顰める。

「竜王丸の顔や背格好はわかるか」

定家が辛抱強い調子で、再び問いかける。

その声はやけに硬く、本音としては極力森下草と口をききたくないことが、長い付き合いの保盛は察することができた。

「いいえ。夜陰に紛れてたくさんの男達が来たから、誰が竜王丸で手下なのか、さっぱりわかりませんでした」

森下草もまた、極力定家と口をききたくないのか、そっけない口調で答える。それから一転、保盛へは切々と訴える口ぶりへと変わる。

「保盛様。この罪な美しさのせいで、あたくし、とても不幸な人生を送っておりますのよ」

ここで、右衛門尉と同様に一年前の堅香子殺しを語った。

しかし、話の締めくくり方は夫とは異なった。

「もしも、助有が女の趣味が良くて、さほど美しくもない堅香子ではなくあたくしに横恋慕していたのだったら、あたくしも彼女のような目に遭わされていたのかしら。そして、夫が言うように竜王丸が助有だったらと思うと、考えれば考えるほど恐ろしくてたまりませんわ。それに、恐ろしいことはまだありますのよ」

森下草は、嬉々として己の不幸を披露し続ける。保盛はもちろん、定家も辟易した顔になるのをこらえているため、奇妙なほど無表情になっていた。

「たった七日前のことなのですけどもね。あたくしが唐櫃《からびつ》から染め終えた布を出して衣に仕立て上げようとしたら、何とその中に剝ぎたての兎《うさぎ》の生皮が入っておりましたのよ。今にして思えば、これも恐らくは竜王丸の仕業でしょうよ。あたくしに己の存在をほのめかすために、盗賊らしい野蛮《やばん》で悪趣味な真似をしたんです。何も知らずに布と一緒に兎の生皮を取り出してしまった時の、あたくしの気持ちを御想像下さいまし。とっても恐ろしかったですのよ」

彼女の物言いが不快だった保盛は、話半分に聞き流す。

その時、御簾が少しめくれ上がり、黒猫が顔を出す。滑稽味溢れた愛嬌のある姿に、保盛は思わず目尻を下げて手をのばす。黒猫にも保盛の心が通じたのか、人懐こく御簾から出てきて近寄ってくる。

「ねえ、保盛様。あたくしのこと、お守り下さいませ。盗賊どもにされるがままだった夫なんて頼りにならなくて、あたくし、とっても心細いんですのよ」

森下草は甘えるような声を出しながら、御簾の隙間から手をのばし、保盛が黒猫へ差し出していた手に重ね合わせようとする。彼女の手の甲は、昨夜の盗賊騒ぎの際に逃げようとしてぶつけたのか、赤く腫《は》れ上がっていた。

普段の保盛なら、怪我《けが》をした女人をいたわるところだが、そのような同情心は一欠片《ひとかけら》も湧き上がってこなかった。素早く手を引いてかわす。黒猫は、撫でてくれるとばかり思っていた保盛が手を引いたので、残念そうに小さく鳴いた。

「あら。遊び慣れているのかと思いきや、意外と純情なお方なのですわね。ごめんあそばせ。でも、兎の生皮を唐櫃に仕込む嫌がらせをしてきた挙句に家に押し入り、あたくしと間違えて女房をさらい、人違いに気づいたら殺すような恐ろしい盗賊に目をつけられていますのよ。遊びではなく、本気で保盛様に守っていただきたいのですのよ」

不幸な女を楽しんで演じているような森下草に、保盛は我慢の限界だった。

だが、保盛が一言言い返す前に、定家が勢い良く立ち上がった。

「知っての通り、我々は九条家に仕える者であって、検非違使ではないっ。自分の家の問題は、自分で解決するようにっ」

定家は一息で言うなり、保盛の方を向く。

「さあ、保盛様。帰りましょう」

「あ、ああ。では、これにて失礼する」

痩せた体に似合わず、大きな足音を立てて歩き出す定家に、保盛はすぐに追いかける。

黒猫が、保盛へ向かって名残惜しげに鳴く声が聞こえた気がしたが、森下草とこれ以上関わり合いになりたくないので、聞こえないふりをした。


保盛が定家に追いついたのは、右衛門尉の屋敷を出てしばらくの所だった。

月草の屍が見つかった小川と右衛門尉の屋敷の間に位置するこの道は、貴族に仕える召し使いや従者達の小家《こいえ》が建ち並ぶ一角だ。似通った板葺《いたぶき》の小家が隙間なく連なり、どれも古びて屋根板が汚れて黒ずみ、みすぼらしい。

どの小家も夫婦そろって勤めに出ているのだろう、まだ日のある時刻にも拘《かかわ》らず、人気《ひとけ》がなく閑散としていた。

「定家。確かにあの夫は俗物で妻は常識知らずの、品のない連中で不愉快だったが、それごときで腹を立てる奴があるか。いったい、何がそんなに気に食わなかったんだ」

保盛が訊くと、定家は不機嫌そうに振り返る。

「右衛門尉の狩衣が無事で、森下草の樋洗童が衣を着ていたからでございます、保盛様」

珍妙な答えに、どういう意味か訊き返そうとした時だ。

辺りの静寂を打ち破るように、怒号と悲鳴が飛び交った。

続いて、路地から尼が飛び出して来る。その後ろには刀や薙刀を思い思い手にした五人の覆面の男達が現れる。

「これはまずい。定家、人を呼ばねば――」

「――昼盗人《ひるぬすびと》とは、理不尽なっ。尼殿、今助けに参るぞっ」

定家は、骨と皮に近い体のどこからと思えるほど大きな声を上げると、尼の許へ駆け出した。

「定家、おまえは武人ではなく、歌人だろう。……仕方ない」

保盛は、意を決して男達に向かっていく。

その頃には、どうにか尼を保護した定家が、無人の小家を背にして、落ちていた紙燭《しそく》を拾い、振り回して男達を牽制《けんせい》していた。

裕福な貴族しか持っていない蠟燭《ろうそく》とは違い、紙燭は庶民の手にも届く値段なので小家の前に落ちていてもおかしくはない。だが、それを貴族が大真面目《おおまじめ》に振り回しているのは、おかしな光景以外の何物でもなかった。

目の下に青黒い隈ができて痩せこけた顔で、それに負けず劣らず痩せ細った体という貧弱を絵に描いたような貴族が抵抗しても、失笑ののち一刀のもとに切り伏せられそうだが、定家は違った。

「盗賊とはっ、無明長夜《むみようじようや》に出てくる者っ。それがっ、白昼堂々と現れるとはっ、言語道断っ。道理を弁《わきま》えないこと甚《はなは》だしいっ。恥を知れっ。恥を知れっ。は、じ、を、し、れぇぇぇぇぇぇぇ」

彼の手にある紙燭より、矢継ぎ早に繰り出される罵倒《ばとう》が刃となって、男達を牽制していた。

「むみょ……何て言われたんだ」

けるものまでいた。


「わからねえよ」

男達の中には、定家の使う言葉が難しくて理解できず、手を止める者までいた。

(素朴な連中でよかった)

保盛は、男達の中でも定家に気を取られて隙を見せた者を狙い、走ってきた勢いを右の手のひらに込め、蟀谷《こめかみ》に一撃を食らわせる。

男達は、仲間が突如吹き飛ばされたのを目の当たりにし、初めて保盛を敵と見做《みな》して武器を向ける。

「お貴族様よぉ。身ぐるみ剝がされてえのか」

雲を衝くような大男が、薙刀を振り下ろしてくる。

保盛は、体を低くして薙刀をかわすと同時に、左足を軸にして右足で大男へ足払いをかけた。

組打《くみうち》と言って、戦の際に矢尽き刀折れた際に、打つ、蹴る等、己の体を武器にして戦う武芸で、使うのは久しぶりだ。

だが、幼少の頃から鍛錬していたおかげで、動きを忘れていなかった。

大男が、仰向けに倒れて目をまわしたのをいいことに、保盛は男から薙刀を奪い取ると、今度は刀で斬りかかってきた中背の男の喉を薙刀の石突《いしづき》で突き、ひっくり返す。

いつまでも片手では扱いづらいので、薙刀を両手で持ち直す。そして、定家と尼に刃を向けていた小男が保盛への攻撃に転ずるより先に、薙刀の柄《え》で頭をしたたか打ちのめす。

この頃には、男達で立っている者は一人もいなかった。

(奴らは、五人だった。それなのに立っている者が一人もいないとは、数が合わぬ)

保盛の疑問に答えるように、頭上から板がきしむ音と共に、黒い人影が現れた。

「どいつもこいつも不甲斐ない。それでも、この都一の大盗賊の竜王丸様の手下か」

竜王丸と名乗った覆面の男は、薙刀を片手に、定家が背にしている小家の屋根の上で、悔しそうに地団太《じだんだ》を踏んでいた。

「この埋め合わせに、烏帽子も残さずおまえの身ぐるみ剝いでやるぜ」

烏帽子を取られ、頭頂部を晒《さら》すのは、裸を晒す以上の恥辱にあたる。

竜王丸は下卑た笑い声を上げながら、屋根から飛び降りると、そのまま薙刀を保盛へ振り下ろす。

保盛は薙刀の柄で弾き返すと、すぐに間合いを取るため、後ろへ飛び退《しさ》る。

竜王丸は覆面をしているため、顔や年齢はわからない。だが、長身で恰幅《かっぷく》のよい男であり、身のこなしや胸板の厚い体つきから、戦い慣れていることは見て取れた。

保盛は薙刀を握る手に力を入れた。

「やれるものなら、やってみるがいい。貴様ごとき盗賊に、やすやすと触れられる我ではない」

「大口を叩いたものだな。泣いて命乞いするなら今のうちだぞ」

竜王丸が迷いのない動きで、保盛の首へ刃を突き出してくる。

保盛は、刃をかわしながら、素早く柄を持つ両手の前後を変える。刃の向きは瞬く間に上から下へと変わり、相手の脛《すね》を斬りつける。

竜王丸は両足をそろえて飛び上がると、そのまま後ろへ下がって保盛の一撃をかわす。

「何だ、今の薙刀の動き。ただのお貴族様にしてはえらく薙刀の扱いに慣れているではないか。わしがよけなければ、足を斬り落とすつもりだったであろう。何て物騒な奴。名を名乗れ」

竜王丸は声を低くしながら、油断なく薙刀の刃を天に向けて構える。

「貴様ごとき盗賊風情に名乗る名など、ない」

保盛も、竜王丸から間合いを取りながら、薙刀の刃を地面に向けて構える。

桜の花びらを乗せた風が、二人の間を吹き抜けていく。

静寂だけが辺りを包みこむかと思われたが、風を切る音が聞こえてきた。

「お、ま、え、が、竜王丸、かぁぁぁぁぁぁぁっ。己の仕業と書き記した高札を女人に突き刺して惨殺したこともさることながらっ、在原業平の名歌を書き記していくとはっ、和歌を汚す筆舌尽くしがたき悪行っ。ようやく会えて、嬉しいぞっ。おまえに、在原業平の和歌の素晴らしさを叩きこんでくれようっ」

保盛は、竜王丸からできる限り目を離さないように用心しながら、目の端で定家を見た。

定家は、風を切る音が聞こえるほど紙燭を振り回しながら、熱弁を奮い出す。

「何をわめいているんだ、そこの痩せぎす。正気か」

竜王丸は保盛から目を離さないようにしながら、定家に怒鳴り返すも、明らかに困惑していた。

「和歌に狂っていると言われることは多々あるがっ、私はこの上なく正気だっ。それよりも、在原業平の和歌の素晴らしさがわかったかっ」

定家は臆することなく、竜王丸を睨《にら》みつける。

保盛は、竜王丸が標的を自分から定家に変えて襲いかかるのではないか、気が気ではなかった。

「わかるわけないだろうが。わしは、アリワラのナンチャラなる奴の和歌など書いていない。だいたい、和歌など知らなくとも生きていける」

竜王丸は、鼻で笑う。

たちまち、定家の眦《まなじり》が吊り上がる。

「和歌のよさを理解できないとは、盗賊としても人としても愚劣極まりなしっ。和歌とは、人の心を和するものっ。和歌の前には神もなければ人もなくっ、貴賤もなければ敵味方もなしっ。人が人として心の内を打ち明け、伝え合うことができるものなのだっ。例えば、今を去ること百数十年前に起きた前九年《ぜんくねん》の役《えき》にてっ、八幡太郎義家《はちまんたろうよしいえ》と安倍貞任《あべのさだとう》が戦ったがっ、敗走する安倍貞任に、八幡太郎義家が『衣のたてはほころびにけり』と歌を詠みかけたところ、安倍貞任が『年を経し糸の乱れの苦しさに』と歌を詠み返して来たので、わざと矢をはずしてその場で仕留めるのをやめたという逸話があるっ。これはっ、和歌によって敵味方を超えっ、人としての心と心が通じ合ったゆえに起きた美談っ。八幡太郎義家も、安倍貞任も、武士としてだけでなく、人としての高みにある人物と、多くの者達に称えられたっ。しかし、しかし、しかしぃぃぃぃぃぃぃぃぃ」

竜王丸は明らかに、眼前で薙刀を構えている保盛よりも、寸鉄《すんてつ》一つ帯びていない定家に気圧《けお》されさ
れ、言葉を飲みこんでいた。

「竜王丸。おまえは、都一の大盗賊を標榜《ひょうぼう》しながらっ、和歌など知らなくてもいいと断言したっ。それすなわちっ、人としての高みに上る気もない小物の証っ。和歌を詠めぬおまえがっ、いくら都一の大盗賊を名乗ろうとっ、人々の心には何も残らぬっ」

「そんなわけがあるか。わしは、人の物も命も奪い尽くす極悪非道の都一の大盗賊として、未来永劫語り継がれる者になるのだ。奪われる恐怖ほど人の心に深く刻まれるものはない。和歌など、すぐに忘れ去られてしまう短い言葉だ。そんなものを詠めずとも大盗賊になれる」

竜王丸は気を取り直して言い返すも、定家は心底呆れ果てたように彼を見据えた。

「人から物や命が奪われるのは、ごく当たり前のこと。そのような誰もができることを誇って何になる。例えるなら、日なたに出たら影ができたと自慢する程度のものだ。その点、和歌は違う。

誰もができることであるようでいて、その実、まことに人の心に響く出来栄えの和歌ができるのはごく稀《まれ》。おまえが与えたがっている恐怖も、和歌として詠むことで人に与えることができるし、何なら恨みや憎しみも詠むことができる。そして、和歌になった時点で、こうした負を帯びた感情も、美しい作品へと昇華され、未来永劫数多《あまた》の人々の心に刻まれる」

定家が激昂しながら語った時よりも、静かに諭すように語った時の方が、竜王丸の感情を逆撫でしたらしい。

竜王丸は保盛と対峙していることを忘れ、怒号を発しながら定家めがけて走り出す。

(今だ)

保盛は、薙刀を竜王丸の背中目がけて突き出す。

だが、刃が届くことはなかった。

「おかしら、こいつらに関わるとろくなことはありません。ここは撤退しましょう」

手下の一人が、どこからともなく盗んできたのか、裸馬に乗って間に割って入ってきた。

馬を傷つけるのは忍びなく、保盛は思わず薙刀を止める。

その隙に手下は竜王丸を馬に乗せると、土埃《つちぼこり》を上げながら一目散に駆け出した。

気がつけば、他の手下達も逃げて行ったのか、影も形もなくなっていた。

(迂闊《うかつ》……竜王丸に気を取られすぎたようだ)

だが、定家も尼も無事だったので、保盛はよしとした。

「二人とも、怪我はないか」

訊ねると、定家が目を爛爛《らんらん》と輝かせ、駆け寄ってきた。

「保盛様、武士だったことは存じ上げておりましたが、ここまでお強いとは存じ上げませんでしたっ。瞬く間に四人の男達を倒す様子は、まるで分身の術を使われたかのようでございましたっ」

「我は分身の術など使えぬよ。幸い、あの連中が弱かっただけだ」

まだ朝廷の毒を浴びて牙を折られる前の、万全の状態にあった木曾義仲が率いていた軍の猛攻を思い出し、保盛は思わず苦笑する。

義仲の恋人である女武者すら、組打で相手の首をねじ切れるほど、木曾軍は一騎当千の強者《つわもの》揃いだった。

「私には到底そのようには見えなかったのですが……保盛様がそう仰るのでしたら、そういうことなのでしょう。ところで、尼殿。もう大丈夫だ。見ての通り、こちらのお方がすべて撃退して下さったのでな」

定家は、これまで背後にかばっていた尼に振り返り、いたわりの声をかける。

尼は、前裾が濡れているのを絞ったせいか皺《しわ》だらけの衣を着て、いかにも落魄《らくはく》した様子なので、一見して物乞いだとわかった。

年はまだ十代後半から二十代前半だろう。若く、小ぎれいな顔立ちをしているだけに、いっそう哀愁が漂う。

尼は、ためらう素振《そぶ》りを見せてから、恐る恐る口を開いた。

「お助け下さり、どうもありがとうございます」

その顔立ちに似つかわしくない地を這うような低い声に、定家は目を丸くする。

「大変です、保盛様っ。この尼殿、男でございますっ」

「ああ、そのようだな」

大仰に狼狽《ろうばい》する定家がおかしくて、保盛は笑いをこらえながら応じる。

「それでは、あたしゃこれにて失礼いたします……」

気まずそうに背を丸めて尼男は立ち去ろうとするが、すかさず定家が肩をつかんだ。

「待て。おまえ、今朝私が川で女人の屍を見つけた時にも、保盛様をお連れした時にも、野次馬の中にいただろう」

「何を仰いますやら。あたしみたいな物乞いの尼は、都には数えきれないほどいますぜ。もっとも、尼の格好をしている男はどれだけいるかわからないですが……」

焦っているのか、尼男は口早に答える。

定家は、尼男の肩をつかむ手を緩めない。

「だが、衣の前裾に濡れた跡がついていたのはおまえだけだ。今までは、ただの物好きで長いこと野次馬をしていたせいで、竜王丸の一味に目をつけられたのかと思っていた。しかし、竜王丸が高札に和歌を書いたのではないと聞いた今、おまえに対する疑念がわいてきた」

「あ、あたしに対する疑念ですかい。そいつは、いったいどんな疑念で――」

「――竜王丸の高札の裏に和歌を書いたのは、おまえだろう」

定家は、尼男の言葉を遮《さえぎ》り、鋭く睨みつける。

「ど、どうしてわかったんですか……」

瞬く間に尼男の顔から血の気が引いていく。

「おまえの衣の前裾だけが濡れていたばかりか、右手の指先が墨で汚れていたからだ。そこが濡れるには、衣の裾を帯紐に挟んでめくり上げて川に入った際、前裾だけが帯紐からはずれて川に浸かるような事態が起きないとならないのでな。では、なぜ帯紐からはずれた前裾をすぐさまつかんで止めなかったかと言えば、その時、両手が何かで塞がっていたからだ。衣の裾を上げて川に入り、両手が塞がっている状態で、なおかつ右手の指先が墨で汚れていたともなれば、川に入って高札の裏に和歌を書きこんでいたのだろう。右手に筆、左手に墨壺か硯を持って、高札に和歌を書きこんでいる最中では、川に浸かった前裾をすぐにつかむことはできない。だから、前裾だけが濡れるという奇妙な濡れ方になる。そして、和歌を書きこんだがために右手の指先が墨で汚れた。よって、おまえが高札の裏に和歌を書いた張本人だとわかった。長いこと野次馬をしていたのは、自分が書いた和歌が人目に留まるのかどうか気になっていたからだろう」

「そんなことから、あたしが書いたことを突き止め、野次馬の中に紛れて様子を見ていたことまで見抜くとは、たいしたお方だ……」

驚嘆する尼男に、定家は冷めた顔で応じる。

「竜王丸が高札に和歌を書いていないと断言する前に、名乗りを書いた者と和歌を書いた者が別人だと気づけなかったのに、褒められても嬉しくも何ともない。自分の名乗りを漢字と片仮名でしか書けない人間が、漢字と平仮名の入り混じった和歌を書けるわけがないと、もっと早く気づくべきだった。それに、墨も和歌の方が上等なものを使っていた点からも、同一人物が書いたものではないことを示していた。高札の裏と表の文字の水茎の跡が若干違うのは、片仮名と平仮名を書き慣れていないせいだと思いこんでしまい、すべて竜王丸の仕業と早合点した自分が、まことに遺憾だ」

定家は肩を落としてうなだれる。しかしすぐに勢いよく顔を上げ、目を大きく見開く。

「何はともあれ、おまえにどんな事情があったのか、これから説明してもらうが、在原業平の和歌をっ、屍に突き立てられた高札に書きつけるとはっ、和歌を汚す行為っ。なぜそのような愚行をしでかしたっ」

尼男の肩をつかんでいた手は、いつのまにか胸倉をつかんでいた。

　定家の枯れ枝のような細腕でつかまれてもたいした痛手ではないだろうが、その剣幕に押され、尼男は途方に暮れていた。

　それでも、定家の勢いは止まらない。

「それと、おまえが和歌を書いた張本人とわかったので言わせてもらうがっ、在原業平の和歌の『からくれない』は、『い』とは書かないっ。正しくは『からくれなゐ』で『ゐ』と書くのだっ」

「そうなのですか」

「まことか、定家」

　これは、保盛も知らなかったのでたまげるしかなかった。

　定家は、深々と溜息を吐いた。

「源平の争乱があって、多くの者達から学問の機会が奪われたせいか、最近はろくに仮名遣いを知らない人間が増えていると薄々思っておりましたが、まさか保盛様までご存じなかったとは。まことに嘆かわしい限りでございます」

「す、すまん。漢字ならば、子どもの頃に厳島神社《いつくしまじんじゃ》へ父上や一門の者達と共に写経を奉納したことがあるので得意だが、仮名の方はちょっと……」

「仮名とは、この国の文字。己の生まれ育った国の文字もろくに使えない者が増えては、和歌はおろか言葉でさえ心を通い合わせる手立てがなくなって諍《いさか》いが増えます。ひいては世の荒みに拍車がかかり、ついには国が滅びかねません。時間がある時に、仮名遣いの正しい使い方を教える書物を書かねば……。だが、今はおまえに仮名遣いについて教えこまねばならんな」

　定家がまたも尼男へ説教を始めそうな気配を見せたので、保盛は急いで口を挟んだ。

「定家。気持ちはわかるが、こやつがどうして和歌を高札に書きこんだのか、その理由を訊かなくてもよいのか」

「言われてみれば、保盛様の仰る通りです。おい、おまえ。なぜ、竜王丸の高札に和歌を書きこんだ」

定家は尼男を睨みつけた。

尼男は、観念したように訥々《とつとつ》と語り出した。

「話せば長くなりますが、まずはあたしが何者なのか、名乗りましょう。あたしは、惟宗《これむね》助有という者です」

「助有だと。では、あそこの屋敷に暮らす右衛門尉の弟か」

定家は、先程出てきた右衛門尉の屋敷の方を指差しながら訊ねる。

「はい、そうです。あの、兄を御存知で」

「先程会ってきたばかりの縁で、少ししか知らぬ。ただ、おまえが兄の妾の堅香子に横恋慕したが、彼女がなびかなかったので火傷を負わせて嬲り殺しにしたという話は聞いている」

定家の言葉に、助有は激しく首を横に振った。

「滅相もない。すべて嘘です。誰かが、あたしに堅香子殺しの罪を着せたんです。誰からも疑われてあまりにも悔しいんで、あたしは自分の身の証を立てるために屋敷を飛び出し、堅香子殺しの下手人を探しに行ったんです。それが、一年前のことでした」

右衛門尉夫婦から聞いた話とは全く異なり、保盛は途惑わずにはいられなかった。

「今から十ヶ月前のこと。あたしは、堅香子の朋友《ほうゆう》である月草という女房と出会いました。彼女は、堅香子を惨殺した下手人をひどく恨んでいて、あたしが下手人探しをしていると聞いて、協力を申し出てくれました。彼女いわく、下手人は兄の屋敷にいる誰かの仕業だろうとのことでした。月草は堅香子の仇を取るために勤め先をやめて兄の屋敷で働き始めると言い、あたしには物乞いの尼に化けるように命じました。そうすれば、施しをするふりをして、尼に化けたあたしに屋敷の様子を逐一知らせることができるからです。本当に、月草はたいした女でした」

助有は、湿り気を帯びた声で言った。

「しかし、なぜ尼なんだ。男なら、僧に化けた方が自然だろうに」

保盛の口から思わず疑問が突いて出る。助有が答えるより先に、定家が答えた。

「僧に化けるためには、頭を丸めねばならないではありませんか。その点、尼に化けるなら、髪を結ばずに下ろすだけで、尼削ぎ（尼のする髪型。肩の辺りで髪を切りそろえた）に見えるので、頭を丸めずにすみます。そして、身の潔白が明かされて屋敷に戻った暁《あかつき》には、すぐにまた元の姿に戻れます」

「そちら様の言う通りです。もう一つは、屋敷の周りを物乞いの僧がうろついていると、当世有名な男の盗賊が盗みの下見に来ているのではと怪しまれてしまいますが、物乞いの尼なら怪しまれずにすみます。そうした事情もあって、あたしは月草に命じられた通り、尼に化けました。これの作戦はうまくいって、誰もあたしと月草の関係に気づきませんでした。そして、十日前のことです。ついに、月草が堅香子殺しの下手人を突き止めたと言ってきたんです。いったい誰なんだと訊いたんですが、月草は『いずれわかる日が来る。そうしたら、あなたは屋敷に帰れるから、もうしばらくの辛抱よ』と返したんです。その後は何を訊いても、『たとえ刺し違えになろうとも、絶対に堅香子の仇を取る』の一点張りでした。ところが、昨晩に月草が竜王丸にさらわれ、今朝殺害されてしまいました。どう考えても、屋敷にいる堅香子殺しの下手人が黒幕となって、竜王丸を雇い、己の罪を暴かれぬよう月草を殺害したとしか考えられません。けれども、このことを検非違使庁に訴え出ようにも、世間からはあたしが堅香子殺しの下手人と思われているので、反対に捕まっちまいます。そうなったら、獄舎《ひとや》に繋がれ、野垂れ死にです」

悔しくてたまらないのだろう。助有は指先が白くなるほど握りしめる。

「そこで、月草は、ただ単に盗賊どもにさらわれて殺されたのではなく、そう見せかけて謀殺されたことを世にしらしめたくて、普段竜王丸が使わない和歌を書いて、奴の他にも何者かが一枚噛んでいるのだとほのめかして訴えました」

定家が不意に、助有の胸倉を再びつかんだ。

「事情はわかった。だが、なぜよりにもよって在原業平の名歌を書いたのだ。竜王丸の仕業ではないとほのめかしたいのならば、自力で和歌を詠めばよいではないかっ」

助有の不幸も、月草の悲劇も、定家の前では些細《ささい》なことにすぎず、和歌を汚されたことが最も大事な関心事だったらしい。憤慨する定家に助有は困惑する。

「竜王丸と竜田川が、同じ竜の文字だったからです。それに、竜王丸によって川が血染めで赤く染まっているのが、紅葉で川が赤く染まっているのと似ていたからです。悪気はなかったんです。自分では和歌をすぐに詠めなかったので、すでに知られている名歌を使うしかなかったんです」

助有がたどたどしくも必死に答えると、定家は不満げではあるが納得した面持ちに変わる。

「切実な状況を伝えて助けを求めるために、在原業平の和歌を使ったのか。ならば、意図して和歌を汚したわけではないのだな」

「もちろんです。ただ、高札に和歌を書き加えていたところを、どうも竜王丸の手下に見られちまっていたせいで、竜王丸から『勝手な真似をした』と、怒りを買って追いかけ回されていたんです。まったく、あたしゃどこまでもついていないですぜ」

助有は力なく笑う。しかし、長く続かず、すぐに沈鬱《ちんうつ》な表情に変わる。

「それにしても、月草が言っていた堅香子殺しの下手人は、いったい誰だったんですかね。そいつさえわかれば、月草殺しの黒幕もわかるのに、残念で仕方ないです」

助有は沈鬱な表情のまま、悔しげに顔を歪《ゆが》める。

保盛は気の毒に思ったが、誰が黒幕なのかわからず頭を抱える。

すると、定家は落ち着き払った声で告げた。

「黒幕なら、右衛門尉の屋敷に上げてもらった直後に誰だかわかっていた」

保盛も助有も大きく目をむいた。

「もう謎が解けていたのか、定家」

保盛が驚けば、助有がすがるように定家の細い肩をつかんだ。

「お願いです、誰が堅香子を殺し、そして月草を竜王丸に惨殺させた黒幕なんですか。お教え下さい」

「わかったから、手を放せ」

定家は、助有の両手を払いのけた。彼にすがられ、揺さぶられたはずみでずれかけた烏帽子を直してから、咳ばらいする。

「では、説明しよう。黒幕と考えられる者は、三人いる。右衛門尉と森下草、そして助有。おまえ自身だ」

下の句

「御冗談を……」

助有は、しばしの沈黙ののち、ようやく定家に言われたことを飲みこめたのか、かすれた声を上げる。

「冗談か。面白い。だが、考えてもみろ。まず、おまえ自身が嘘をついていたとする。過去の堅香子殺しを月草に嗅ぎつけられたので、竜王丸一味を雇って月草を殺害させた。今襲われていたのは、仲間割れのためだった。そう検非違使に解釈されかねない境遇にある」

「そんなぁ……」

嘆く助有をよそに、定家はまた語を継ぐ。

「次に黒幕の見込みが高いのは、右衛門尉だ。召人を気に入り、堅香子への愛が冷めたが、身籠《みごも》っていることを盾にして別れようとしない彼女を持て余して殺害。助有に罪を着せたまではよかったが、月草に嗅ぎつけられたので殺害させた」

「すると、最後は森下草か」

「そうです、保盛様。右衛門尉の子を自分より先に身籠った堅香子に嫉妬《しっと》して殺害、助有に罪を着せたまではよかったが、月草に嗅ぎつけられてしまったので殺害させた。このように、三人にそれぞれ堅香子と月草を殺害する理由も手段もあるのでございます」

「これでは、誰が黒幕であってもおかしくないではないか」

保盛は混乱してきたが、定家は反対に冷静だった。

「いいえ、そうでもありません、保盛様。黒幕を突き止める鍵となるのは、右衛門尉の狩衣が無事であり、森下草の樋洗童が衣を着ていたことです」

またもわけのわからないことを定家が言い出したので、保盛は狐につままれた気分になった。

助有に至っては、からかわれたと思ったのか、不満そうな顔をしている。

「竜王丸一味は、召し使い達の替えの衣まで盗んでいきました。そこまで貪欲《どんよく》な竜王丸が、右衛門尉の狩衣、しかも昨日完成したばかりの新しい見事な衣を昨晩の盗みで見逃すはずがありません。それなのに盗んでいかなかったのは、あらかじめ黒幕からそれには手をつけるなと命じられていたからではないでしょうか」

「仮に助有が黒幕だとして、兄への同情から竜王丸に狩衣を見逃すように頼んだのではないか」

保盛が訊くと、定家は首を横に振る。

「それはありません。十日前を最後に月草と会っていない助有が、昨日仕上がったばかりで一度も袖を通してない狩衣の存在を知りようがありません。これでは、竜王丸に頼むのは無理です。そういうわけで狩衣を見逃すように頼んだと考えられるのは、狩衣の持ち主である右衛門尉と、狩衣を作った森下草の二人だけになります」

定家はそこまで保盛に説明すると、意地の悪い笑みを助有に向けた。

「以上のことから、助有。おまえは黒幕からはずれる。わかりきったことだったが、あえておまえを黒幕の一人に挙げたのは、意図したことではないにしろ、和歌を汚したことに対するささやかな罰だ」

「あんた、人の心はあるんですか」

「歌人として和歌を汚されたことが許せない気持ちは察するが、子どもじみた真似をするものではないぞ、定家。それよりも、二人のうち、どちらが黒幕なのだ」

怒る助有を保盛はなだめつつ、定家をたしなめる。

定家は、右衛門尉の屋敷を見やった。

「黒幕を絞りこむ最後の鍵となるのが、森下草の樋洗童の衣が盗まれていなかったことでございます」

定家は、立て板に水のごとく語り出した。

「よろしいですか。竜王丸達によって、召し使い達が身ぐるみを剝がされていたのに、なぜか森下草の樋洗童だけは衣を着ていました。保盛様も御存知の通り、樋洗童は外に出て通りの溝へ糞《ふん》尿《にょう》を捨てるので、どうしても人目につきます。ゆえに、主人は自分の品位を保つために樋洗童には身分の割によい衣を着せます。つまり、黒幕は自分の樋洗童に小袖一枚のみすぼらしい姿で仕事をされたくはなかったので、竜王丸一味に彼女の衣を奪わせなかったと考えられます。ここまで森下草の樋洗童に気を配るのは、彼女を使っている森下草自身に他なりません。そして、右衛門尉の狩衣を縫ったのは、森下草であることから、彼女は自分が一生懸命作った狩衣を見逃すように竜王丸に頼んだと考えられます」

定家は、ここでいったん息をついてから、よく通る声で断言をした。

「よって、黒幕は森下草となります」

保盛は、森下草を思い浮かべた。

とは言え、御簾越しの対面だったので、姿かたちは思い出せない。

思い出すのは、己の不幸に酔いしれ、楽しんでいる不快な物言いだった。

「……到底、盗賊を雇って人殺しをするほどの悪知恵がある女とは思えないのだが。むしろ、愚か者の部類に入るように我には見えた」

保盛の疑問に、定家は呆れた顔をして見せる。

「保盛様には、森下草は愚かなだけの女に見えましたか。他人の不幸には徹底的に無関心で、美男子の気を惹くことに夢中な態度から、私には彼女が、以前会った解語花《かいごのはな》と同じで、常に自分が中心でないと気がすまない性分に見えましたよ。あの手の女は、自分が中心になるためなら、権力のある者ならその権力、口が達者な者なら話術といった、己の持てる力をすべて駆使して、邪魔者と決めつけた相手を陥れることに何ら痛痒《つうよう》を感じません」

「随分と女人に精通しているような物言いだな」

五歳も年下の定家から、世慣れない若造のような扱いをされ、保盛は軽口を叩く形で言い返す。

「私には、母を同じくする姉が七人おりまして、それぞれやんごとなき方々にお仕えしています。姉達が上役や朋輩にその手の女がいて苦しめられたと、しばしば嘆いているのを子どもの頃から何度も聞かされているのですよ。……もっとも、大人になった今は、男にもその手の厄介《やっかい》な輩がいることを知りましたがね」

定家は、いまだに持っている紙燭を握る手に力をこめる。

保盛は、一昨年《おととし》の朝廷の行事にて定家が年下の上役にからかわれたことに激昂し、持っていた紙燭で相手の顔を打ちのめして除籍処分になったことを思い出した。

「よくわかった。おまえと違い、我には母違いの姉と妹が一人ずついるだけなので、その辺りの機微に疎《うと》いことは認めざるを得ない。では、なぜ森下草が盗賊を雇ってまで月草を殺害したのか、教えてくれ」

　定家に危うい気配を感じた保盛は、話の流れを修正した。

「そうでした。彼女が盗賊を雇ってまで月草を殺害した理由は、至極単純。先程も述べたように、月草に一年前の堅香子殺しを嗅ぎつけられたからです」

「じゃあ、森下草が堅香子を殺したんですね」

　助有が、はやる気持ちを抑えたような口ぶりで定家に訊ねる。

　定家は、大きく頷《うなず》いた。

「その通りだ。一年前の堅香子惨殺も、彼女の全身が赤くなるほど火傷を負って死んだことに注目すれば、すぐに誰の仕業かわかったはずだ」

「そう……ですか。惨い殺し方をしたのはわかりましたが、それが森下草の仕業だなんて、わかりっこないですぜ」

　助有は情けない顔をする。定家は、そんな彼に同情することなく淡々と続けた。

「よくよく考えれば、わかったはずだ。私は、右衛門尉から堅香子の最期の様子を聞いた時に、すぐにわかったぞ」

「定家。そんなに早くに堅香子殺しの真相に気づいていたなら、なぜもっと早く言わなかったのだ」

「あの時、私が探していたのは、和歌を汚した張本人と思っていた竜王丸だったからです。堅香子殺しの下手人がわかったところで無意味と判断していました」

　助有が抗議する顔に変わったり、保盛が呆れたりするも、定家は涼しい顔で答えてから、また語り出した。

「堅香子殺しの下手人を突き止めるのは、至って簡単でした。彼女は全身赤くなるほどの火傷を負わされて惨殺されたとの話でしたが、彼女の見事な黒髪はそのままだったとも右衛門尉は言っていました。そこで、考えたのです。いったい、何をどうすれば、女人の長い黒髪を焼け焦げさせずに全身に火傷を負わせることができるのかと。すると浮かび上がってきたのが、火熨斗《ひのし》です。衣の皺をのばしたり、衣を温めたりする時に使うあの道具なら、女人の黒髪に焼け焦げ一つつけずに火傷を負わせることができます。そして、火熨斗は女が扱う道具であり、それを使う女を取り締まるのは、家の正妻です。もうここまで話せば、森下草が堅香子殺しの下手人だとおわかりになられたでしょう。彼女は恐らく、自分の召し使い達に命じて堅香子を縛り上げさせ、肌に火熨斗を押し当てたのです。縛っていた跡が残っていたとの話を聞いていないことから察するに、堅香子の死後、縄をほどいてからも火熨斗を押し当て続けたのでしょう。何とも執拗《しつよう》なことです」

保盛は、去年の十二月に定家の家を訪れた際、定家の妻が女房達に衣の支度を指示していた光景を思い出した。

あの時、定家の妻は火熨斗で衣の皺をのばす指示をしていたが、森下草は自ら火熨斗を手に取り、身重の堅香子へ押し当てたのだろうか。

自分が中心でなければ気がすまない性分の業の深さに、保盛は戦慄《せんりつ》を禁じ得なかった。

「森下草め。いずれ生まれてくるかもしれない兄者と自分との間の子どもに跡を継がせたかったから、堅香子が子を産む前に殺害し、その罪をあたしに被せて先の障害を一気に取り除いたのか。検非違使庁に駆けこんで訴えてやる」

助有は気炎《きえん》を吐くも、急に夢から覚めたような顔に変わる。

「いやいや、待てよ。歌人様、あんたの謎解きはどれも筋が通っていたが、何一つ証拠がないじゃありませんか。これでは、検非違使庁に訴えても相手にされませんや」

なまじ己の無実を晴らせる希望が見えていただけに、助有の言葉は絶望に満ちていた。

「よくぞ気がついた。その通り。私の話には証拠も何もない。これも意図せずにしたこととは言え、結果として和歌を汚した罰だと思って甘んじて受け入れよ。なに、老子《ろうし》いわく天網恢恢疎《てんもうかいかいそ》にして漏らさずと言うではないか。そう遠くないうちにおまえの潔白が明らかになる日が訪れる。その日まで、はやまることなく身を慎んで日々を送るがいい」

定家はごく軽い口ぶりで言うと、落胆する助有に背を向けて歩き出す。

あまりの薄情な態度に、保盛も思わず呆気に取られる。

だが、定家の背中が遠ざかりかけたところで我に返り、駆け足で追いかけると、前に回りこんだ。

「定家。いくら何でも無慈悲がすぎるぞ」

保盛が抗議するも、定家は顔色一つ変えなかった。

「私が今しがた助有にかけた言葉を、もうお忘れになられたのですか、保盛様。天網恢恢疎にして漏らさず、ですよ。森下草はもうじき報いを受け、遠からず助有は家に帰れます」

そう言ってから、定家は右手の甲を保盛に見えるように上げた。

「保盛様も見たはずです。森下草の手の甲に赤い腫れ物が出ていたことを」

「腫れ物……。ああ、どこかにぶつけて赤く腫れているとは思ったが、それがどうした」

「どうしたもこうしたも、あれは死病の兆しでございます」

思いがけない言葉に、保盛は思わず絶句し、立ちすくむ。

「このところ、よい医師に出会って様々な治療をしてもらうほか、病の話を聞かせてもらう機会に恵まれているのです。そうした雑談の中に、『日本国現報善悪霊異記《にほんこくげんぽうぜんあくりょういき》』なる説話集にある、兎を捕らえて皮を剝いでは野に放つことを好む残虐な男の話がありました。この男はその後、皮膚《ひふ》が赤く爛れ腐《ただ》り、この上なく病み苦しんだ挙句、大声で泣き喚きながら死んでいったとのことです。私は説話集で語られている通り、兎の祟《たた》りと思ったのですが、医師いわく、不用意に兎の生皮に触れると、そのように死に至る病にかかることがある。なので、男はその病で死んだのだろうと教えてくれました。ところで、森下草は七日前に唐櫃の中に仕込まれていた、兎の生皮を触ったと話していました」

定家の声は、冷徹そのものだった。

「殺害された月草は、朋友であった堅香子の仇を取るために、森下草が病で苦しみ抜いて死ぬように兎の生皮を仕込んだのでしょう」

保盛は驚愕《きょうがく》のあまり、定家の話を聞くことしかできなかった。

「森下草が、堅香子や月草と同じように体が赤くなって死にゆくさまを右衛門尉が目の当たりにしたら、堅香子や月草の怨霊が森下草を取り殺したと、恐れ慄《おのの》くでしょう。畢竟《ひっきょう》、本当に彼女らを殺害したのは妻だと悟って悔い改め、弟を呼び戻すのは目に見えています。だから、私は助有にそう遠くないうちに潔白が明らかになる日が訪れると告げたのです」

定家が、不意に憫笑《びんしょう》を浮かべた。

「森下草が、己の抱える鬱憤《うっぷん》を人殺しではなく、和歌作りで晴らすことができてさえいれば、自分が命を奪った女達のような赤い屍にならず、人生を全うできたでしょうに」

愚かしい、実に愚かしいと、定家は呟《つぶや》きながら、再び歩み出す。

保盛は立ち竦《すく》んだまま、遠ざかる定家の背中を見送る。

暖かなはずの晩春の風が、今の保盛には冷たかった。

四　もみぢのにしき　かみのまにまに

上の句

六月。九条《くじょう》宅の庭木にて力強く鳴く蟬《せみ》の声に、平保盛《たいらのやすもり》は甘い香りが漏れ出る包みを手に、しばし足を止める。

蟬の声は、父を喪った保盛の代わりに慟哭《どうこく》しているように聞こえた。

(父上が亡くなられた日も、蟬が鳴いていたな)

六月二日をもって、父頼盛《よりもり》の死から一年が過ぎた。

服喪の期間は明け、保盛はここ一年慣れ親しんだ喪服から、夏らしく百合《ゆり》重ね(表・赤、裏・朽葉《くちば》色《いろ》)と呼ばれる色の組み合わせの狩衣《かりぎぬ》を着ていた。狩衣は、表の赤は透けた地合いに蝶の平紋が織りだされた顕紋紗《けんもんしゃ》で、裏の朽葉色を背景に無数の赤い蝶が舞い踊る模様となっている。

これは亡父が晩年に好んだ夏の装いで、喪が明けたとは言え、まだ父を偲《しの》んでいたい保盛の心の表れでもあった。

顔なじみの召し使いに声をかけてから九条宅に上がると、寝殿の母屋《もや》に近づくにつれ、張りつめた空気が漂ってきた。

「保盛様に悪いとは思わないの」

自分の名前が聞こえてきたので、保盛は思わず母屋に通じる簀子《すのこ》で足を止める。

声の主は、定家《ていか》の妻であるこきだった。

「ここ最近、和歌が汚されたとやかましく騒いだ挙句、あなたが危うく人殺しに襲いかかられたことも、盗賊相手に紙燭《しそく》を振り回したせいで、腕の筋を痛めた上に熱を出してしばらく寝こんだことも、自業自得だからいいとしましょう。けれども、保盛様まで厄介事《やっかいごと》に巻きこむのはいかがなものかしら」

定家も勝気だが、妻のこもきもなかなかどうして勝気だ。

（あの定家にこれだけはっきり物申すことができるとは、たいした細君だ）

保盛が感心していると、今度は激しく咳《せ》きこむ音が聞こえた後、定家の声が聞こえてきた。

「あなたの言うことは、いちいち道理にかなっている。だが、今は家隆《かりゅう》殿（歌人藤原家隆《ふじわらのいえたか》）と百首詠み合う約束をしたので、和歌を考えているところなのだ。春二十首、夏十五首、秋二十首、冬十五首、恋十首、述懐五首、雑十五首という構成のうち、今日の分である夏十五首のうちのあと一首詠み終えたら、膝《ひざ》を交えて話を聞く。それまで待てぬのか」

「わたしの話と和歌を詠むこと、どちらが大事なの。いいこと。今でこそ世の中は鎌倉《かまくら》の源氏《げんじ》の世だけれども、世が世であれば保盛様は平家一門に連なるお方。徒《あだ》や疎《おろそ》かにできる相手ではないのよ。それを、あなたときたら、先方の都合も考えずに何度も振り回して……。わたしの継母上《ははうえ》は、基盛《もともり》様（平 清盛《たいらのきよもり》次男）の娘で、わたしも色々とお世話になっているの。だから、あなたが保盛様を厄介事に巻きこむたびに、噂《うわさ》を聞きつけた継母上が気を悪くするのではないかと、気が気ではないわ。あんなことを何度もして、恥ずかしくないの」

「何を恥じる必要があるのだ。和歌を汚されることは世の荒みに拍車をかけるので、それを阻止することは歌人としても人としても大事なことなんだ。あなたも歌の家出身なのだから、どれだけ大事なことかわかるだろう。それから、私には和歌を汚した者を突き止めるための知恵はあるが、知識があるのは保盛様だけなのだ。畢竟《ひっきょう》保盛様を頼るしかあるまい」

「だからと言って、位も年齢も上の人を付き合わせるのは失礼千万でしょう。まったくもう。十三の年に侍従《じじゅう》になってからこの方、ただの一度も昇進していない上に、除籍処分も食らってしまって、出世から縁遠いあなたが誰のおかげで食べていられると思っているの。少しはわたしの言うことをききなさい」

さすがに勝気な定家も、この言葉は身に染みて効いたらしく、沈黙する。

簀子から母屋の中を覗《のぞ》いてみてみれば、絵に描いたようにうなだれていた。

(このままでは、何ともまずい)

保盛は、何も聞こえなかったふりをして、自分が来ていることを知らせる咳《せき》ばらいをすると、さも今しがた到着したように顔を出す。

「定家、おまえの頭の切れのよさを見込んで、頼みごとがあるのだ。この通り、土産《みやげ》も持参してきた。ちと時間をくれるか」

明るくさわやかな笑顔を作って呼びかける。

定家は南西の障子を開けて座していた。

以前聞いた、和歌を詠む時の極意を実践しているのだと、保盛は一目でわかった。

一方こもきは、保盛が声をかけた瞬間に、たしなみとして夫以外の男の目に触れないよう、急いで几帳《きちょう》の陰に隠れていた。

だが、保盛を見て思うところがあったらしい。几帳の陰から甲高い声を上げた。

「保盛様、服喪期間が終わられたのですね。鈍色《にびいろ》の直衣《のうし》という喪服姿から、すっかり夏の装いになられて、美しさに磨《みが》きがかかっております。それに比べて、うちの夫ときたら……」

保盛に対しては感じのいい話し方だったが、定家に対すると、途端に詰《なじ》るような口のきき方へと変わる。

(我の妻は、我に対してこんな口のきき方をしたことはないぞ)

いったい、定家のどこが気に食わないのだろうか。

保盛は、改めて定家を見た。

生真面目《きまじめ》で律儀な定家らしい、収入《みいり》と季節に見合った衣として、以前会った時にも着ていた、通年着られる縹色《はなだいろ》の重ね(表・縹、裏・縹)と呼ばれる色の組み合わせの狩衣姿だ。

以前から定家は、主人《あるじ》の若君である良経《よしつね》の付き添いをする、尊敬する歌人の西行《さいぎょう》に会う等、仕事の場合や目上の人間と会う場合は、その季節の色の組み合わせの衣を着る。しかし、それ以外の時は、通年着られる色の組み合わせの衣を愛用している。

源平《げんぺい》の争乱後、貴族の中でさえ衣の有職故実《ゆうそくこじつ》をろくに知らない者が目立ち、季節や場合に合わない着こなしが増えつつある中、しきたりを守っている定家の着こなしは無難で趣味がよい。

だが、路上に捨てられた餓死者のように痩《や》せた顔貌と、目の下を色濃く縁取る青黒い隈《くま》、何よりも着ている衣に押しつぶされてしまうのではないかと見る者を不安に陥らせるほど骨と皮だけに等しい体が、こもきは気に食わないのかもしれない。

「『万葉集《まんようしゆう》』の大伴家持《おおとものやかもち》の詠んだ和歌のように、『痩す痩すも　生けらばあらむを』(痩せてはいても生きていればいい)と言うだろう」

「わたしは別にあなたが痩せすぎだなんて、一言も言っていません。保盛様の男ぶりを褒めただけですぅ」

目に見えて定家の機嫌が悪くなったので、保盛は慌てた。

「定家、実は今は亡き我が父は、裏ではやんごとなき方々から相談を受け、いくつもの謎を解いてきていたのだが、そんな父が真相までたどりついたのに手を引いた謎があるのだ。それは和歌にからんだ謎で、我には皆目見当もつかん。そこで、和歌のことならば、歌人であるおまえが一番よく知っていると思い、知恵を拝借に来たのだ」

ともすれば、険のある目つきな定家だが、急に目が見開かれ、煌々《こうこう》と輝く。

それから、几帳の陰にいる妻へ、小声ではあるが聞こえよがしに告げる。

「こもき。保盛様が私を頼ってきて下さったということは、いやいや私に付き合わされているわけではないということだ。さあ、保盛様に失礼がないように酒を用意してくれ。酒の肴《さかな》は――」

「――肴なら心配御無用。土産の中身は、糫餅《まがり》（唐菓子の一種。米粉を練って藤や葛《かつら》が巻き付いた形にして油で揚げた物）だ。酒にも冷たい水にも合うぞ。たくさんあるので、細君と子どもたちにも分けてやってくれ」

「お気遣い、感謝いたします、保盛様」

定家は深々と頭を下げると、こもきを退席させる。

そして、早く話を聞きたいと言わんばかりに、保盛を招き入れて円座《わろうだ》を勧める。

「保盛様の亡きお父上様と言えば、三回も解官《げかん》（官職を剝奪されること）を食らいながらも、その都度自力で朝廷に復帰して大納言《だいなごん》にまで上りつめられた、不屈なお心の持ち主。私は除籍処分を食らって家で腐っていた頃、よくお父上様の話を思い出し、己を励ましていました。しかし、裏ではやんごとなき方々の相談を請け負って謎を解かれていたとは初めて知りました。もしや、保盛様の技である屍の見極めは、お父上様から伝授されたものですか」

「その通りだ。そして、今から十年前の安元《あんげん》三年（一一七七年）のことだ。我が父頼盛は伯父の平清盛から、その年の四月二十八日の晩に起きた、安元の大火の火元を突き止めるよう、密命を受けた」

安元の大火とは、東は富小路《とみのこうじ》、西は朱雀大路《すざくおおじ》、南は六条大路《ろくじょうおおじ》、北は大内裏《だいだいり》までと、実に都の三分の一に及ぶ範囲を焼き払った未曾有《みぞう》の大火だ。

大内裏の主要な建物群や、公卿の邸宅も十四棟全焼し、その他焼け落ちた家々は二万余りにのぼった。

邸宅を失った公卿の中には、保盛の従兄弟《いとこ》の平重盛《たいらのしげもり》も含まれている。

安元の大火は、建物を焼き払っただけではない。貴族達が私蔵する貴重な蔵書を何十万冊も焼失させ、様々な分野における記録が失われ、知識や歴史の断絶を引き起こした。

保盛と定家が仕えている九条家の当主兼実《かねざね》が、自身の日記『玉葉《ぎょくよう》』にて「我が朝《ちょう》（国）の衰滅」と、書き記さずにはいられなかったほどの大惨事だった。

「平相国《へいしょうこく》からの密命でございますか……。仕損じればただではすみそうにないものを、よくぞ引き受けましたね」

「安元の大火の二年前に、父は右兵衛督《うひょうえのかみ》兼検非違使《けびいし》別当《べっとう》として、内裏近隣で起きた火事の火消しの任務にあたった際、火事場の混乱に巻きこまれ、ある失態を犯してしまったのだ」

「失態と言いますと……」

「先に火消しに駆けつけていた検非違使の家人《けにん》の息子に、池殿《いけどの》流平家の家人が怪我《けが》をさせてしまったんだ。その失態を清盛伯父上に握られ、解官をちらつかされた。引き受けねば家《いえ》の子《こ》郎党《ろうとう》全員路頭に迷うことになるので、父は引き受けざるを得なかったのだ」

保盛が苦い顔をして見せると、定家は察したように同情めいた表情を浮かべて頷《うなず》く。

「かねてより父は、やんごとなき方々から、どのような無理難題を押しつけられようとも、家の子郎党を守るためにすべてやり遂げていた。だから我は、そんな父を尊敬していた。だが、この密命だけはなぜか手を引き、真相を秘してしまったのだ。あまりにも父らしくないので、我はなぜだと訊ねた。すると、父はある和歌を引用した。ちと当時の覚え書きを見るので、待ってくれ。ああ、あった。これだ」

保盛は、懐《ふところ》から折りたたんだ紙を取り出して広げると、和歌を詠み上げた。

このたびは　ぬさもとりあへず　手向山《たむけやま》　もみぢの錦　神のまにまに

「和歌の素養がないと仰《おつしや》っていた保盛様ですが、菅家《かんけ》の名歌を見事に詠み上げましたね」

「ありがとう、定家。ところで、菅家とは誰だ」

保盛の問いに、定家から笑顔が消えた。

「菅家とは、優れた和歌や漢詩を数多く残し、天神《てんじん》様として祀《まつ》られた菅原道真《すがわらのみちざね》公のことでございます」

「ああ、あの道真公か」

「はい。漢学者から右大臣にまで昇りつめたお方です。荒れた唐《とう》へ行く危険を鑑みて遣唐使の廃止を決断したり、戸籍を通じて徴税をする方法から、土地を通じて徴税する方法にして朝廷の財政を新たに建て直す草案を編み出したりと、政治家としても非常に優れていました。しかし、時の左大臣　藤原時平《ふじわらのときひら》公によって大宰府《だざいふ》に左遷《させん》され、失意のうちにその地で亡くなられたお方でございます」

「ああ、あの道真公か」

「はい。死後、雷神となって、内裏に雷を落としたほか、自分を失脚させた時平とその仲間達を次々に祟《たた》り殺していった伝説がございます」

「ああ――」

「――思い出すふりはやめて下さい、保盛様。知ったかぶりをされる方が、よほど菅原道真公に対して無礼です」

保盛が、菅家が菅原道真の別名であり、なおかつどのような人物であるのかろくに知らなかったことに呆れたらしい。定家は冷ややかな目で保盛を見据えた。

「すまなかった。ところで、話は前後するのだが、安元の大火が起こる数日前には、比叡山延暦《ひえいざんえんりやく》寺《じ》が内裏へ強訴《ごうそ》しに来て、内裏を守る武士達との戦いとなっていた。その際、強訴で持ちこんでいた御神体を乗せた神輿《しんよ》に、平家一門に仕える武士達が放った矢が刺さるという前代未聞の出来事が起きてしまった」

比叡山延暦寺は、朝廷に匹敵するほどの権威と武力を持っている。

仏に仕える彼らは、世俗の権力に従うことなく、朝廷の決定に不満があれば、強訴と称して都はおろか内裏にすら乗りこんで反発する意思を態度や武力で表明した。それは神仏の名の下《もと》、自分たちの要求を通すことが許されていたからだ。

かつて治天の君として権威・権勢・権力のすべてをほしいままにした白河《しらかわ》上皇が天下三不《ふ》如意《によい》という、自分の思い通りにならないものを三つ挙げた際、比叡山延暦寺に仕える悪僧（武装僧侶）を挙げたほどだ。残りの二つとして賽子《さいころ》の目と鴨川《かもがわ》の水と、偶然と天然自然を引き合いに出していることが、いかに悪僧が朝廷ですら手に負えない厄介《やっかい》な存在なのかを端的に示している。

「覚えております、保盛様。今は亡《こ》き小松内府《こまつないふ》様（平《たいらの》重盛《しげもり》）に仕える武士の、成田兵衛為成《なりたひょうえためなり》の放った矢が畏れ多くも神輿に刺さったと、当時は大騒ぎになったものです。私は比叡山延暦寺を守護する日吉山王《ひえさんのう》様をお祀《まつ》りする日吉社《ひえしゃ》を篤く信仰する身ゆえ、衝撃のあまりしばらく寝こんだほどです」

「おまえだけでなく、当時は多くの人々が同じく衝撃を受けた。その衝撃が冷めやらないうちに、安元の大火が起きたので、人々は比叡山を守護する日吉山王様の祟りと恐れていた」

「さようでございます。当時は日吉山王様の使いである猿達が都に火をつけてまわる夢を見た人人がいたとの噂が、まことしやかに流れておりました。私は、日吉山王様が祟るなら、平家一門の棟梁《とうりょう》である平相国を祟るはずなので、偽りの噂と思……これは失言でした」

「かまわぬよ、定家。我もそう思っていた」

保盛は正直に答えたが、定家は後ろめたかったらしく、話題を変えた。

「ところで、実際に神輿へ矢を放った張本人である成田は、日吉山王様に祟られることなく、流刑になったのでしたよね」

「表向きは、な」

保盛の答えに、定家は眉《まゆ》を顰《ひそ》める。

「穏やかな話ではないようですね」

「まあな。成田は平家一門から自分一人が神輿に矢を放った罪を背負わされたことに不満を覚え、流刑前夜に開いた別れの宴の際に、朋輩《ほうばい》らの前で自害した」

比叡山延暦寺との全面対決ともなれば、平家一門もただではすまない。

そこで清盛は、成田を人柱にして、比叡山延暦寺の怒りを鎮めようとしたのだ。

「ところが、その流刑前夜こそ、安元の大火が起きた夜だったのだ。そのため、当時は成田が自害したことを隠そうとした朋輩らが、彼の家に火を放ち、それが折からの強風で都中に燃え広がったとの噂が、まことしやかに広まってしまったのだ」

「おかしいですな。私はそのような噂を耳にした覚えはございません」

「それはそうだろう。その噂が広まりきる前に、清盛伯父上は禿髪《かぶろ》達を使って口止めさせてまわったからだ。そして、さらなる不穏な噂が出回る前に、父に安元の大火の本当の火元を突き止めるように密命を下したのだ。その後、父は、火元は成田の屋敷とは程遠い、都の左京六条《さきょうろくじょう》の東端にあたる樋口富小路《ひぐちとみのこうじ》と突き止めた」

「お父上様は、よく火元を突き止めることができましたね。前代未聞の大火だったために、人の仕業ではないと考えた者達が、愛宕山《あたごやま》に住まう太郎坊天狗《たろうぼうてんぐ》の仕業だと噂していましたのに。そのせいで、近頃では安元の大火を太郎焼亡と呼ぶようになってきておりますのにっ」

定家が感嘆の声を上げる。

「父は、右兵衛督兼検非違使別当として火消しの指揮に都を奔走《ほんそう》していた際、一番ひどく焼け焦げている場所が火元であるとの特徴を発見していたのだ。それと合わせて、その日の風向きから焼け跡を遡《さかのぼ》り、樋口富小路にある舞人《まいびと》達の仮屋《かりや》（仮設住宅。この場合は簡易宿泊施設）が火元であることまで突き止められた。これで清盛伯父上の密命を達成できたと父は喜んだのだが、新たに驚くべき謎に出くわした」

「その謎が、菅家の和歌とからんでくるのでございますね、保盛様」

これまで平静だった定家の顔が、俄《にわ》かに熱を帯びる。

「そうだ。その謎とは、舞人達の仮屋は安元の大火の起きた晩には無人で、火の気もなければ、火種もなかったことなのだ」

「つまり、火のない所から火の手が上がり、しかも安元の大火にまでなってしまったのですか」

　定家は驚き途惑いながら、保盛へ身を乗り出してくる。

「まことに謎であろう。さらに謎を深めるのは、大火当日の晩の状況だ。夏だったこともあり（現代の暦に直すと五月下旬）、仮屋に泊まっていた舞人達は外に出て涼を取るついでに、仮屋の周りを囲むように雙六《すごろく》賭博をしていたのだそうだ。そのため、一晩中仮屋を見ている形となったのだが、誰一人として付け火をされる瞬間を見た者がいないのだ」

「では、どうやって仮屋は火事になったのですか」

　定家は声を大きくして訊ねる。

「初めは、彼らが手元を明るくするために用意していた篝火《かがりび》から出た火の粉が、風にあおられて仮屋についたせいではないかと、父は考えたそうなのだ。だが、実際に篝火を調べたところ、とても小さく、火の粉が風にあおられても、仮屋が大炎上するほどではないことが判明し、その考えは捨てた」

「火の粉ではないのですか。では、密かに盗賊が仮屋に忍びこみ、その痕跡を消すために火を放って逃げたのではありませんか」

「父もそう考えたのだが、最初に話した通り、舞人達は仮屋の周りで雙六賭博に打ち興じていた。つまり、盗賊が密かに忍びこんで付け火をしていたら、すぐに舞人達に見つかってしまう。火事はすべてを焼き払い、多大な損失を人々に与えるため、たとえ親兄弟であろうとも付け火をした下手人をかばう道理はない。だから、舞人達が下手人をかばい、父に嘘の説明をするとは考えられない。よって、大火の晩に仮屋に忍びこんだ者は誰もいなかったことになる」

「烏《からす》が燃え草をくわえて巣へ持ち帰る途中で落とした……とも思いましたが、烏は夜に飛ばないので、違いますね」

定家は自分の考えを即座に打ち消す。

「鳥が燃え草をくわえることなどあるのか」

保盛は話の本筋を忘れ、純粋に興味を抱いた。

「鳥は光る物を好む習性があるようで、先日の昼間、我が家の屋根に焚火《たきび》から引っこ抜いてきたであろう、火のついた細枝を落としていったことがあったのです。幸い、火事にならずにすみましたが、あの時のことは忘れられません」

鳥への恨みが蘇《よみがえ》ってきたのか、定家は顔を顰《しか》めた。と、不意にその表情を和らげる。

「忘れられないと言えば、昔見た付け火の中には、油を染みこませた布切れを丸めて火をつけ、建物に投げこむ方法がありました。それなら、火矢と違って目立ちませんし、雙六賭博に夢中になっている舞人達の目をかすめ取り、火をつけられるのではないでしょうか」

「……そのような物騒な付け火の方法、よく歌人であるおまえが知っているな」

保盛は、思わず驚かされる。

定家は、珍しく気まずげな顔をした。

「平家一門が都落ちした際、その方法で付け火をしてまわっているのを目撃したものですから……」

定家は、一門都落ちの際、保盛とその一族が生まれ育った屋敷が焼き払われたことを重々承知している。その気まずさからか、後半から消え入るような声に変わっていった。

「言いづらいことを言わせてすまなかった、定家。もう一つすまないが、その方法でも夜だと火の明るさで目立つので、仮屋の周囲にいた舞人達も気づいてしまうから、父は違うと判断されていた」

「さようでございますか。さすがお父上様、私が考えつくようなことはすでに考えつかれていたのですね。ところで、もしやお父上様は、仮屋の中に置かれていた物についてお調べになられたのではありませんか」

定家の問いに、保盛は目を丸くする。

「どうしてわかったのだ、定家」

「外から火をつけられたのでなければ、中に火種を仕込まれていたために火が出たと考えるのが筋というものでございましょう。それで、何が置かれていたのですか」

先程までの気まずげな顔はすっかり払拭され、定家は続きを催促する。

「待て待て。今日おまえに会ったら相談しようと、昨日のうちに書き出しておいた覚え書きを今出す」

保盛はまた懐を探り、折りたたんだ紙を取り出すと、広げて目を通す。

「仮屋は古くなってきていたので、舞人達はもっぱら蔵代わりに使っていたそうだ。置いてあったのは、以下の通りだ」

読み上げるより見せた方が早いと気づき、覚え書きを床に置く。

仮屋に置かれていた物

舞台に使う幔幕《まんまく》（野外に張り巡らされる幕のこと）多数。

玻璃《はり》（ガラス）の品玉《しなだま》（曲芸で手玉に取る玉のこと）多数。

猿楽《さるがく》（芸の一種）の面多数。

猿楽に使う衣装多数。

笛、太鼓などの楽器多数。


「燃え草になる幕や面、衣装や楽器はあるものの、炭の入った火桶はもちろん、松脂蠟燭《まつやにろうそく》など、火種になりそうな物は一切置いてなかったのですね」

「その通りだ」

定家が覚え書きへ再び目を落とす。

「玻璃で作られた品玉とは、高価な物が置かれていたものですね。この仮屋を利用していた舞人達の中に高貴な方々と繫《つな》がりがある、裕福な者がいたのですか」

玻璃は、奈良に都がある頃はこの国でも作られていたが、今では大半が舶来品の高級品だ。定家が驚くのも無理はないと思い、保盛は補足する。

「いいや。その昔、舞人の誰かが、やんごとなきお方からいただいた玻璃の品玉を、誰もが使えるようにと殊勝な考えを起こし、独り占めせず全員の宝として置いていたそうだ。舞人達も、先人の振る舞いに胸を打たれ、時には物乞いの真似をするほど困窮しようが、決して盗んで売り飛ばそうとする不届き者はいなかったそうだ」

「よい話でございます。ところで、猿楽の面とは、どのような物でございますか」

「雅楽で使われるような頭からすっぽりとかぶる木の面とは違い、木彫りの皿のような面に、老人や鬼などの顔が描きこんである物だ。猿楽はあまり見ないのか。滑稽《こっけい》な歌舞あり、物真似あり、奇術ありで面白いぞ。大雨の中、まるで雨など降っていないかのように、幔幕の前で滑稽な踊りを見せ続けた猿楽師がいたが、見事なものだった」

「病弱ゆえ、芸を見物しに行く前日に熱を出して寝こむことが多く、なかなか目にする機会に恵まれなかったものですから……。ところで、雨が降っても芸を披露していたのはいいとして、幔幕が濡れては後で乾かすのが大変だったのではありませんか。次の芸を披露する日までに乾かなければ、仕事に穴をあけることになってしまいます」

生真面目で律儀な定家らしい心配に、保盛は思わず頬を緩める。

「幔幕には、水をはじく仕掛けが施されているので乾くのが早い。だから、仕事に穴をあけることはなかったであろうよ」

「それはよかったです。それにしましても、どの物も最後に『多数』という言葉が書かれている辺り、本当に蔵代わりに使っていたようですね」

定家は、覚え書きに目を通すと、考え考え呟《つぶや》く。

「そうなのだ。泊まっていた舞人達よりも、置かれていた物の方が多かったそうだ」

「そしてお父上様は、仮屋に置かれていた物をお調べになられた結果、何が安元の大火の火種となったのか、見抜かれたのですね」

「よくわかったな。その通りだ。父は意気揚々《いきようよう》と清盛伯父上に報告に行ったが、帰って来てからは、この一件から手を引いたので、我らにも密命について一切忘れよと言われたのだ。いつもならば、どのような難題を押しつけられようと、見事に解き明かし、それを我ら息子達に打ち明けてくれた父が、どうしてこの一件だけは打ち明けてくれなかったのか。ああ定家、謎の真相を他人に口外すると思われていたのなら心外だ。我も弟達も、父から教えてもらった謎の真相は、誰にも口外したことがなかった。そのことを我は父に告げ、教えてほしいと頼んだのだ」

「当時の保盛様も、謎の真相が気になって、気になって、たまらなかったのですね」

「あの安元の大火の火種なのだぞ。気にならぬ方がおかしいであろう。我は熱心に問い詰め続けたが、父もさるもの、子どもの頃に連れて行った糫餅売りの店の思い出話をしてはぐらかしてきたのだ」

保盛は言いながら、土産の包みをほどく。たちまち中から甘葛煎《あまずらせん》（甘味料の一種）で味付けをし、油で揚げた菓子の甘くて香ばしい香りが広がる。

包みの中には、藤や蔓の形をした糫餅がいくつも詰めこまれていた。

「これは我の家に仕える職人達に作らせた糫餅だが、我の子どもの頃には都に間近い山崎《やまざき》の辺りに店があってな。よく父や弟達と遠駆けに出かけた際、立ち寄って食べたものだ。あの店の味に勝るとも劣らぬ出来栄えなので、食べるといい。頬が落ちるほど甘くて香ばしいぞ」

「素晴らしい。うちでも以前、妻が召し使いに命じて糫餅を作らせたことがあったのですが、とんでもない理由で小火《ぼや》を起こし、危うく厨《くりや》が焼失しかけたので、それ以来口にしたことがないのですよ。つくづく火に縁がある人生、困ったものですよ」

定家は嬉しそうに糫餅を手に取る。だが、厨をなくしかけた怒りを思い出したのか、その目つきは険しい。保盛は、居心地が悪いので話を元に戻すことにした。

「それでだな、定家。我は、なおも謎の真相を教えてほしいと父に食い下がった。そうして父が謎の真相をほのめかすがごとく口ずさんだのが、例の菅家の和歌だったというわけだ」

保盛が語り終えると、定家は糫餅についている揚げ滓《かす》をつまみながら首を傾げる。

「なるほど。和歌にからんだ謎とは、お父上様が菅家の和歌を使い、保盛様へ安元の大火の火種をほのめかされたことを差すのですね。しかし、保盛様。どうして今になってその真相を知りたいのですか」

保盛は、一瞬言葉に詰まる。

それから、定家から僅《わず》かに目をそらしながら答えた。

「実は先日、父の一周忌の際に弟達と、父が謎解きをしていた話になってな。それをきっかけに長年の疑問であった安元の大火にまつわる謎が、再び頭をもたげてきたのだ。どうだ、定家。この謎が解けるか」

保盛のまっすぐな眼差しに応えるように、定家は胸を張る。

「もちろんでございます。歌人たるもの、和歌に関わる謎をおいそれと投げ出す真似は、決していたしません。そういうわけで、保盛様。まだ知りたいことがございますので、お教えいただけないでしょうか」

「わかった。何が知りたい」

「糫餅売りの店の思い出話についてでございます」

保盛は、目を丸くする。

「仮屋から火が出た時の詳細を訊いてくるとばかり思っていた。本当にそれを訊きたいのか」

「もちろんでございます。恐らく菅家の和歌の前に語ったことから察するに、お父上様はそれも謎の真相のほのめかしに使われたのだと考えられます」

「……おまえはいつも、思いがけないところから謎を解く突破口を見つけ出すからな。よし、わかった」

保盛は独《ひと》り言《ご》ちてから、気を取り直して語り出す。

「あの時、父は我に糫餅の店がどうなったか覚えているかと訊いてきた。もちろん、我は覚えていた。それと言うのも、糫餅の店は火事で焼け落ちてしまったのだ。油で揚げて糫餅を作る店だから、我も弟達もいつか火事が起こるのではないかと思っていたので、さほど驚きはなかった。父も『あのような真似をすれば、火のない所に煙はおろか炎も立つ』と、糫餅の店の主人に注意していたほどだ」

「安元の大火と言い、糫餅の店の焼失と言い、どちらもあからさまに火事が共通していて、謎を解く糸口を提示されていたのに、どうしてはぐらかされたとお思いになったのですか、保盛様」

定家は、呆れ顔になる。

「糫餅の店は主人の不注意で焼けたことが明確だが、安元の大火は火種が謎めいているのだぞ。謎を解く糸口と思えるか」

保盛は、むきになって答えて見せる。

しかし、定家は落ち着き払った物腰で応じた。

「お父上様もそう思われて、菅家の和歌を付け足したのでしょう。この二つが組み合わさったおかげで、私は安元の大火の火種は何か、確信を持つことができました」

下の句

保盛は、しばし動きを止める。

それから、額に手を当てて考えこんでから、定家を見た。

「何をどうすれば、糫餅の店の火事と菅家の和歌の二つから、安元の大火の火種を導き出せるのだ」

　定家は、居住まいを正した。

「では、謎の真相をわかりやすく説明するために、まずは菅家の和歌についてお話しいたしましょう」

　保盛がろくに菅原道真について知らなかったことを、暗に非難しているのか、定家の目つきが一瞬だけ険しくなる。保盛は、思わず身を縮めた。

「この和歌は、『古今集《こきんしゅう》』巻第九羇旅歌《きりょか》に収録されております。昌泰《しょうたい》元年（八九八年）十月二十三日に、宇多《うだ》上皇が大和国《やまとのくに》の宮瀧《みやたき》へ御幸《ごこう》の際にお供した菅家が、紅葉《もみじ》や宴を楽しんでいた席で詠まれました。なお、五日後に竜田山《たつたやま》へ行った時には『満山紅葉破心機　況遇浮雲足下飛　寒樹不知何処去　雨中衣錦故郷帰』と、七言絶句の漢詩も詠んでおり、それもまた紅葉を詠んだものでございます」

　定家は、語り出すうちに調子が出てきたのか、次第に早口となっていく。

「定家、話がそれているぞ。和歌へ戻ってくれ」

　ただ話を戻せと言っても通じなそうなので、保盛は「和歌」を強調する。

　効果はただちに現れ、定家は気を悪くすることなく話を戻した。

「承知しました、保盛様。和歌で詠まれている『手向山』とは、旅人達が道中の安全を祈願して道の守り神である道祖神《どうそしん》様へ幣《ぬさ》を捧げる山のことですが、この場合は都から奈良へ向かう時に通る奈良山を差します。そして『紅葉の錦』という言い回しですが、元は漢詩文に使われていた紅葉の美しさを称えた表現です。それが、和歌にも取り入れられるようになりました。ですから、『このたびの旅では道祖神様へお供えする幣を用意できずに出てきました。とりあえず、奈良山の美しい紅葉を幣の代わりに手向けるので、神の御心のままにおまかせいたします』という意味になります」

定家は、俄かに目を大きく見開いた。

「『このたびは』で『今回は』と『この旅は』を掛詞《かけことば》にしておりっ、『とりあへず』は用意できなかったという意味といちおうを意味する『とりあえず』を掛けていてっ、無駄なく巧みに言葉を使っているっ。技巧もさることながらっ、紅葉を幣に見立てる遊び心がっ、まことに趣《おもむき》深いっ。菅家の和歌では『東風《こち》吹かば　にほひおこせよ　梅の花　あるじなしとて　春を忘るな』が名高いがっ、技巧と情緒が同時に存在するこの和歌も傑作っ」

菅家の和歌への思いを語るうちに、喉を痛めたのだろうか、定家は激しく咳きこむ。

それから、気を取り直したように、かすれた声でまた語を継いだ。

「よろしいですか。一つのもので二つの意味を持たせる掛詞と、紅葉を幣として神へ手向けた見立て。この二つこそ、火種の謎を解く糸口となるのです。お父上様は、舞人の仮屋の中に置かれていた物をお調べになられていましたよね」

「うむ。だが、どれも火種になりそうな物ではなかった」

「いいえ、保盛様。見方を変えれば、火種になる物があるのです。本来はそのような役目を果たさないのに、別の用途で使うことによって、常とは異なる形で火種となる。まさに、紅葉が幣の代わりを果たすような、掛詞と見立てのように」

「和歌は不得手なのだ。もう少し……いいや、もっとわかるように言ってくれ」

保盛は、眉間に皺《しわ》を寄せた。

「ならば、ここからは具体的に申し上げましょう」

聞きようによっては慇懃無礼《いんぎんぶれい》にも取れる口ぶりだったが、和歌に関しては鬼神のごとく厳しい定家にしては、かなり譲歩し、なおかつ礼儀を弁《わきま》えた態度だった。

「まずは、玻璃の品玉でございます。玻璃は透き通っているためか、日の光を一身に集めることがあります。幼い頃、我が不肖《ふしょう》の兄が、父の愛蔵の玻璃の瓶《びん》を、よく日の当たる簀子《ぞうし》に置いて眺めていたのを忘れ、放っておいてしまいました。すると、玻璃の瓶が日の光を集め、曹司の床板を焦がしてしまったことがございました」

保盛は、大きく目を見開いた。

「玻璃があれば、火打ち石を使わずに、火を熾《おこ》すことができるのか」

「はい。本来は品玉ですが、玻璃ゆえに条件次第では火種となるのです。まさに、一つのものに二つの意味を持たせる掛詞であり、品玉を火種と見立てた形にもなるのでございます」

「なるほど、そういうことだったのか」

「しかしながら、玻璃の品玉が火種となるのは、あくまでも日の光が差しこむ日中のこと。安元の大火は夜中に起きたので、今の考えは当てはまりません」

「違う答えなら、なぜ言ったのだ」

保盛は、言外に謎の真相を早く言うように促したのだが、定家はどこ吹く風だった。

「今のは和歌が苦手な保盛様に、例として言ったまでのことでございます。それに、お言葉ですが、私がいきなり答えを言っても、『本当にそうなのか』とお疑いになり、あれやこれやと問いかけてくるでしょう。そうした後《のち》の手間を省くために、また、この答えしかないと納得いただくためにも、前もって違う答えをお話しさせていただいているのです」

完膚《かんぷ》なきまでに言い返され、保盛はおとなしく口を閉じる。

それをいいことに、定家は再び語り始めた。

「では、仮屋に置かれていた物の中から、玻璃の品玉が火種ではないことがわかりました。次に私が疑わしく思ったのが、猿楽の面でございます」

「猿楽の面は、どれも木でできていて、玻璃でできている物は一つもないぞ」

保盛の言葉に、定家は呆れたように眉を下げる。

「それは先程の保盛様の説明のおかげで、承知しております。今度は玻璃とは違う火の付き方を考えついたので、それを申し上げようとしていたところです」

「話の腰を折ってすまなかった。続けてくれ」

「わかりました。猿楽の面は、木彫りの皿のような物とのことでしたね。ということは、ひっくり返せば皿のように使えるということです。面なのですから、当然つけた者が外を見られるように両目の部分はくり抜かれております。そこへ、例えば、泥なり粘土なりを詰めて塞ぎ、皿として使えるようにしてから松脂を注ぎこみます。仕上げに、火をつけた松脂蠟燭を立てれば、火種が完成です」

「どうしていきなり松脂や松脂蠟燭が登場するのだ。いくら何でも、飛躍しすぎてはいやしないか」

「いいえ。菅家は和歌だけでなく、漢詩の名人でもありました。その彼の詠んだ漢詩の一つ、『野村火《やそんか》』の中で、松脂に直接火を灯すさまが詠まれています。保盛様のお父上様が、菅家の和歌を引用して火種をほのめかした背景に、もしも菅家が漢詩の名人であることを念頭に入れていれば、何かを器にしてその中に火種を入れて火をつけたことをほのめかしたとも考えられるのです。そして、先程も申し上げた掛詞と見立てになぞらえれば、猿楽の面は、面と器の両方の意味を持たせる掛詞となり、また火種と見立てた形となるのです。決して、飛躍しすぎでも、突飛でもありません」

「菅家の和歌に基づき、そこまで考えられるのか、定家……」

保盛が感心していいのか呆れていいのか迷う間も、定家は話を進める。

「さて、この仕掛けを日のあるうちに人目を忍んで仮屋に仕込んでおけば、やがて松脂蠟燭が溶けて面に満たされた松脂に到達します。そうなれば、あっという間に松脂蠟燭の火は周囲に置かれている物を燃え草にして燃え広がり、誰もいないはずの仮屋から火の手が上がります」

「すると、安元の大火は付け火だったのか」

保盛は、思わず声を大にする。

「この方法ならば、付け火に使った松脂も松脂蠟燭も燃えて跡形もなく消えてしまうし、たとえ焼け跡に仕掛けを施した面が焼け残ってしまおうとも、元々仮屋にあった物だから、誰にも怪しまれぬ。何と巧みな下手人がいたものか――」

が、定家はにべもなく首を横に振った。

「――と、私も思ったのですが、よくよく考えると、これもまた火種にはなり得ないとの結論に至りました」

「どうしてだ。その方法ならば、夜中に仮屋の周りにいた舞人達に見られることなく、仮屋を燃やすことができるではないか。しかも、火事が起きた時には仮屋から離れた場所にいれば、付け火の下手人と疑われることもないし、火事に巻きこまれて命を落とす恐れもない」

定家は、申し分のない答えを導き出している。

保盛はそう思ったのだが、定家本人は頑なに否定しにかかる。

「しかしそれは、舞人達が裕福でなくてはできないのです。よろしいですか、保盛様。舞人達は時に物乞いの真似をするほど貧しかったとか。そんな彼らが松脂蠟燭を手に入れるのは、非常に困難。仕掛けに使うことはできません」

「蠟燭が舶来品で高価なことは、我も知っている。しかしだな、定家。日本で作られた松脂蠟燭は安価で入手が容易だろう」

松脂蠟燭は、その名の通り、松脂を主にして作られた蠟燭だ。松脂を湯につけて柔らかくしてから、棒状に固くこねた物を竹の皮や笹の葉で包んで仕上げる。松脂のほかに、籾殻《もみがら》や糠《ぬか》を混ぜるなど、作り方は職人によって違う。

太さは、八分《はちぶ》（約二・四二センチ）から一寸（約三・〇三センチ）、長さは五寸（約十五・一五センチ）、一尺二寸（約三十六・三六センチ）と様々だ。しかし、燃え尽きるまでの時間は、たいてい半刻（約一時間）から一刻（約二時間）と一様になっていた。これは、太さや長さに起因するのではなく松脂と一緒に何を混ぜたかによる。言い換えれば、職人達は半刻から一刻まで使えるように松脂と籾殻や糠などを混ぜ合わせ、松脂蠟燭を完成させていたとも言える。

定家は、少々困り顔になった。

「保盛様は裕福なお育ちなので御存知ないようですが、松脂蠟燭も舞人達のような貧しい民にとっては、たいへん値の張る物で入手は困難でございます。春に私達が竜王丸《りゅうおうまる》と一戦交えた時、私が紙燭を武器にしたのは、たまたま小家の前に落ちていたからですが、貧しい民達は蠟燭はおろか、松脂蠟燭すら買えず、紙燭しか持っていないのです」

保盛は、自分の郎党はもちろん、召し使い達も松脂蠟燭を使っていると言いかけ、思いとどまった。

保盛は、父頼盛が池殿流平家を守り抜いてくれたことと、妻とその実家からの変わらぬ支援のおかげで、平家一門が栄華を誇った頃から、何一つ暮らし向きは変わらず、相も変わらず裕福だ。

(我《われ》が都の貧しい民の実情を語ろうとは、片腹痛いか)

開けかけた口を閉じたところで、定家が念を押すように言いたす。

「たとえ、仮に首尾よく松脂蠟燭を入手し、先程私が言った仕掛けを作ったとしても、松脂蠟燭には、松脂の中のごみや、燃えている松脂蠟燭自身の煤《すす》によって、火が消えやすいという欠点がございます。仕掛けが失敗に終わる公算が大きいです」

「そうだったのか。我は蠟燭と松脂蠟燭の違いは、値段と色だけだと思っていたが、そんな違いもあったのか。ならば、いったいどうやって仮屋から火が出たのだ。だんだん頭が混乱してきた……」

保盛が嘆くと、定家は笑みを浮かべた。

「そうならないための道しるべとして、保盛様のお父上様は糫餅の店が火事になったことをお話しになられたのですよ。あの火事をよくよく吟味すれば、火種となった物は、仮屋の中に置かれていた物のどれなのか、自ずから見えてくるのです」

「おまえには見えているのか。我には何も見えぬ」

保盛が世にも情けない声を上げると、定家はなだめすかすような口ぶりで話し始めた。

「それでは、まず糫餅の店の火事の原因からお話しいたしましょう。御存知の通り、他の唐菓子のように、糫餅も油で揚げて作ります。この時、大量の揚げ滓が出るのですが、この揚げ滓がなかなか油断できない代物なのでございます」

定家が眉間に皺を寄せると、声を低めた。

「それと言いますのも、揚げ滓を大量にまとめて置いておくと、中心に熱がこもってひとりでに火がつくのです。……おかげで、我が家の厨は焼失しかけました」

「すると、糫餅の店が火事になった原因は、揚げ滓を大量にまとめて置いていたからだと言うのか。いくら何でも、そうとは言い切れまい。毎日油と火を同時にたくさん扱う商売をしているのだ。様々な理由から火事を出すはず。いくら何でも、おまえの家で起きた小火騒ぎとは、理由が違うだろう」

保盛は笑うが、定家は笑い返さなかった。

それどころか、しかつめらしい顔になる。

「お父上様のお言葉をよく思い出して下さい、保盛様。『火のない所に煙はおろか炎が立つ』と仰っていたのでしょう。そんな失態から火事を出す理由を、今私が述べた以外のことから考えられますか」

保盛は腕を組んで首を傾げたものの、定家を言い負かす言葉は何一つ浮かばなかった。

「……考えられぬな。すると、糫餅の店が燃えたのは、大量の揚げ滓をまとめて置いていたせいだったのか。まことに意外な物が火事の火種になるものだ」

ひとしきり感心してから、保盛は顔を上げた。

「定家、今の話と安元の大火の火種とは、どう繋がってくるのだ。まさか、昼間に何者かが仮屋に大量の糫餅の揚げ滓を置いて行ったとでも言うのではなかろうな。さすがにそのような珍妙な振る舞いをした者がいたら、すぐに噂となって都中に広まるぞ」

「私はまだ、何も言っておりません。勝手に話を進めないで下さい」

ややもすれば冷ややかにも聞こえる声で、定家がたしなめる。

「しかしだな、おまえの話から察するに、糫餅の店と同じ理由で、仮屋は火事となったのだろう。ならば、中に揚げ滓のような物があったことになる。だが、実際のところ、そんな物など何一つなかったではないか」

保盛は、覚え書きを手に取ると、定家に突きつけた。

定家は、しかつめらしい顔を崩さず、保盛をまっすぐに見据えた。

「けれども、幔幕は多数置かれていましたでしょう。水をはじくための仕掛けとして油を引かれた幔幕が」

保盛は、額を押さえた。

「どういうことだ、定家。幔幕が、糫餅の揚げ滓と同じだと言うのか。いや、その前に、どうしておまえは幔幕に油が引いてあるとわかったのだ」

「水をはじく仕掛けがしてあると、先程保盛様がお教え下さったからです。布に雨などの水をはじく仕掛けとなれば、油を引くのが当然ですからね。すなわち、糫餅の揚げ滓も幔幕も、どちらも油を含んだ物であることに変わりはありません。覚え書きによれば、仮屋の中には幔幕が多数置かれていたのですよね。当然、皺にならないよう、丁寧《ていねい》に折りたたんで積み重ねて保管していたはずです。そして、大量の揚げ滓がまとめて置かれていたように、次第に熱がこもっていき、揚げ滓と同様にひとりでに火がついてしまったのです。安元の大火が起きたのは、四月二十八日の夏でございました。舞人達が涼を求めて仮屋の外で雙六賭博をしていたことを鑑みるに、仮屋の中は相当暑かったはず。折りたたまれ、積み重ねられていた幔幕に熱がこもって火がつく条件がそろっております」

「いくら何でも荒唐無稽《こうとうむけい》ではないか、定家。本当に油を引かれた幔幕に、ひとりでに火がつくことなど起こるのか」

保盛は、目をしばたたいた。

「この国では前例がないかもしれません。ただ、宋では仁宗《じんそう》皇帝の時代、すなわちおよそ百二十年前に、蔵にしまわれていた儀式に使う油引きの幕が同様の理由から燃え上がったとの記録が書かれた書物を、以前目にしたことがあります。……あいにく、その書物は父の家の火事で一緒に焼失してしまいましたがね。まことに火事とは嫌な物でございます」

定家は、己の謎解きを疑われたことよりも、貴重な書物が失われたことを惜しむように、顔を顰める。

「……海の彼方《かなた》の宋のこととは言え、前例があったのなら、有り得ることか。しかし、都の三分の一を焼き払ったあの恐ろしき安元の大火の火種が幔幕とは、思いもせなんだ」

そのせいで、何千人もの民が命を落とし、あるいは路頭に迷ったのだから、驚くほかない。

「しかし、そのような思いがけない火種であっても、お父上様は真相にたどり着いたからこそ、糫餅の店の火事と菅家の和歌で、真相をほのめかすことができたのでしょう。あの源平の争乱を生き抜いただけあり、評判以上の知恵者でございました」

「ありがとう、定家。父が亡くなってから、あまり人の口にのぼることがなかったので、そう言ってもらえると父も草葉の陰で喜んでいるであろう」

定家に亡父を褒められ、保盛は相好《そうごう》を崩す。

それから、眉間に皺を寄せた。

「火種の真相はこれでわかった。だが、父がなぜ謎から手を引いたのかがわからぬ。父に密命を下していた清盛伯父上が、手を引くように命じたからと言えばそれまでだ。だが、清盛伯父上は、父に調べさせたことで、火元はおろか、火種の真実さえ知った。それなのに、どうして世に広めることなく、手を引かせ、謎を謎のままにしてしまったのだろう」

「そもそも、保盛様は、それを一番お知りになりたかったのですよね。それも、お父上様が菅家の和歌にほのめかしております」

「それまでもか。たった三十一文字《みそひともじ》の中に、どれだけの意味をこめられるのだ……」

「菅家の和歌は三十二文字で、一つ字余りですが、いくつもの意味をこめられる優れた和歌であることは確かでございます」

　定家は恍惚《こうこつ》とした笑みを浮かべ、あらぬ方向を見上げる。

「菅家の和歌の素晴らしさは後にして、父と清盛伯父上が謎から手を引いたのは、なぜなのだ。教えてくれ、定家」

　水を差されたと思ったのか、定家は面白くなさそうな顔をする。だが、くじけなかった。

「菅家の和歌を読み解いてこそ、お父上様が菅家の和歌に託して保盛様に伝えようとした、謎から手を引いた理由がわかるのでございます。よろしいですか。まず、この和歌の最後の句は『神のまにまに』です。意味は、『神の御心のままに』です。ところで菅家と言えば、天神であり、祟り為す神として知られています」

「そうだったな。先程おまえに教えてもらったばかりなので、覚えているぞ」

「覚えておいでなら、話が早いです。保盛様のお父上様が菅家の和歌を口ずさんだのは、安元の大火があった十年前のこと。その時期、天神様となった菅家のように祟り為す神として、多くの人々から恐れられている神がおわしました。お父上様は、その神を天神様と重ね合わせたのでございましょう」

「日枝山王様か」

保盛の答えに満足したように、定家は大きく頷いた。

「御名答です、保盛様。安元の大火の前に、比叡山延暦寺による強訴を防いだ際、平家一門は日枝山王様の御神体を乗せた神輿に矢を当てて傷つけてしまいました。この一件があったからこそ、すべての責任を負わされた成田が流刑に決まり、その前夜に自害する羽目に陥りました。まるで日枝山王様に祟られて死に追いやられたように」

「すると、父も清盛伯父上も日枝山王様の神威を畏れ、謎から手を引いたということなのか。だが、不撓不屈《ふとうふくつ》を絵に描いたようなお二人が、厳島大明神《いつくしまだいみょうじん》様以外の神へ畏怖の念を抱くとは到底思えぬ……」

保盛が首を傾げると、定家は幼子をあやす乳母夫《めのと》のような表情になる。

「しっかりして下さい、保盛様。平相国がお父上様に火元を突き止めるよう命じられたのは、何のためだったのですか。成田が流刑前夜に自害したことと、火事の原因を結びつける噂を払拭するためだったのでございましょう。そんな噂がまだ残るなか、火種の真実を世に広めれば、どうなりますか」

「どうなるとは……」

保盛の答えを待たず、定家はさらに畳みかける。

「火の気がない仮屋にしまわれていた幔幕がその晩に限って燃え上がったこと。しかも、その晩に限って風が強くて火が燃え広がってしまったこと。このような話を、噂という形で生半可に知ってしまえば、人々はいっそう日枝山王様の祟りで火事が起きたと確信する恐れがあります。私さえ、今のように保盛様から事情を聞かず、噂の形で火種を知れば、神輿を傷つけられた日枝山王様が御心のままに、つまりはお怒りになられて祟られたことによる大火だと信じて疑わなかったでしょう」

定家に限ってそんなことはない。

保盛はそう言いたかったが、定家は言わせる暇なく矢継ぎ早に語る。

「しかも折悪しく、強訴で神輿に矢を当てた成田は、安元の大火の起きた晩に自害し、成田が仕えていた小松内府様の邸宅は焼失してしまいました。神輿に矢を当てたことに深く関わった二人の身に起きた不幸を知り、人々はますます日枝山王様の祟りと確信したに違いありません。それどころか、日枝山王様の祟りで安元の大火を引き起こしたのは、平家一門のせいと結論付けるでしょう。そうなれば、怒り狂った多くの人々が平家一門の家屋敷を襲いかねません。すなわち、安元の大火の火種が明らかになることは、都中の人々が平家一門へ牙を剝く理由になり得たのです。だから、平相国もお父上様も、平家一門を守るため、真相を知っていながらも謎から手を引かざるを得なかったのです」

保盛は、何か言おうとしたが、思いつかなかった。

(今は何を言っても陳腐に聞こえてしまうだろう)

口を開けたままでいる保盛をよそに、定家は淀みなく話を続ける。

「すなわち、お父上様は菅家の和歌に託し、保盛様へ『紅葉の錦のごとき炎で都を焼き払った安元の大火の謎解きから手を引いたのは、常とは異なる火種だったからだ。それはあたかも菅家が天神様となって祟りを為したごとく、日吉山王様の祟りによる火種だったかもしれないからだ』

と、ほのめかされたのです」

保盛は、感嘆の息を吐《つ》く。

「見事だ、定家。いつも我ら家の子郎党を守るために謎解きをしていた父が、謎から手を引いた理由もまた、我らを守るためだったと知り、胸のつかえが取れた」

だが、定家の目は血走り、眉間には深い皺が刻まれる。

「それはよかったです。しかしながらっ。失礼千万、無礼千万、百も承知の上ではありますがっ、保盛様のお父上様が、菅家の和歌にした仕打ち、この定家《さだいえ》にとっては受け入れ難しっ。菅家の名歌をっ、よりにもよってっ、不吉極まりない大惨事であったっ、安元の大火の真相のほのめかしに使うとはっ、菅家に対する侮辱っ。和歌を汚したとまでは言わないがっ、天神様となられた菅家の機嫌を損ないかねない仕打ちぃぃぃぃぃぃぃぃぃ」

「定家……」

落ち着けという言葉をかけたくとも、定家の勢いは凄まじく、いかなる言葉も拒まれそうだ。今や土気《つちけ》色《いろ》の顔は、紅葉のごとき唐紅《からくれない》に染まっていた。

「だいたい、掛詞や見立てを駆使した和歌を使って、謎の真相を保盛様へほのめかしたかったのであればっ、掛詞と見立てが優れた和歌を数多く作った、紀貫之《きのつらゆき》の和歌から選べばよいではないかっ。それを、よりにもよってっ、祟り為す天神様となられた菅家の和歌を選ぶとはっ、恐れ知らずもいいところだっ」

定家は、激しく咳きこみ始める。気が昂《たかぶ》ったせいだろう。

「大丈夫か、定家」

「……この程度の咳、まだまだ物の数には入らないので平気でございます、保盛様。それよりも、菅家が機嫌を損なわないためにもっ、この和歌が優れた名歌であることをっ、世に広く知らしめねばっ」

歌人らしい鎮め方を思いつく定家に、保盛は思わず苦笑する。

「父は和歌に対する造詣《ぞうけい》はさほど深くなかったので、有名な和歌を引用するしかなかったのだろう。つまり、すでにこの菅家の和歌は名歌である証だ」

保盛が定家をなだめていると、廊の方から慌ただしい足音がする。

次いで、御簾《みす》越しに人影がいくつも並ぶ。

「何なの定家《さだいえ》、今の大声は。保盛様へ失礼でしょう」

御簾越しに、こもきが定家を一喝する。

その声は、明確に怒気を孕《はら》んでいた。

どうやら、保盛のための酒を用意し終えて、女房達と共に届けに来る途中で、定家が熱弁を奮っているのを聞き咎《とが》めたようだ。

「申し訳ございません、保盛様。今日もまたうちの定家が御迷惑をおかけしております」

御簾越しにこもきが平身低頭する影が映る。

保盛は、軽く息を吐いた。

「いや、何。大丈夫だ」

「本当ですか」

こもきは、疑わしげに訊き返す。

定家も、申し訳なさそうな顔で保盛を見る。

「もちろんだ。悲しみを伴わず、父の思い出を語れたのは久しぶりだからな」

定家には安堵《あんど》の色が浮かび、御簾の向こうのこもきは肩の力が抜けていく様子が影となって見えた。

嘘偽りのない保盛の心情が、定家夫妻にも伝わったらしい。

「それなら、うちの定家がお役に立ったようで何よりです。お酒の御用意ができましたので、どうぞごゆるりとお過ごし下さいませ」

こもきの言葉を合図に、彼女のいる隣の御簾が上がり、女房達が恭《うやうや》しく酒を運んでくる。

「では、糫餅をもっと食べてくれ。我もいただくとしよう」

「保盛様も、遠慮なくお酒を召し上がって下さい」

ばつの悪さがなくなり、保盛は定家と酒を酌み交わす。

庭の蟬の声が聞こえてくる。

保盛の耳にはもう、慟哭には聞こえなかった。

五　しのぶることの　よわりもぞする

上の句

八月。天高く馬肥ゆる秋の言葉通り、保盛《やすもり》の屋敷へよく肥えた馬に乗った二人の客が訪れた。

一人は、池殿《いけどの》流平家――清盛《きよもり》の系譜が絶えた今となっては、平家一門棟梁《とうりょう》にして末弟の平光盛《たいらのみつもり》。

もう一人は、当代一の大荘園領主である八条院暲子内親王《はちじょういんしょうしないしんのう》の年預《ねんよ》（院御所の日常的な運営を管理する役職）を務める、藤原親行《ふじわらのちかゆき》だ。

まだ幼さの残るあどけない美貌の光盛も、丸顔で温厚な顔立ちの中年である親行も、深刻な面持ちだ。

「このような服装《みなり》で申し訳ございません。最上の酒と肴《さかな》を用意してあります。棟梁も親行殿も、どうぞ召し上がって下さい」

池殿流平家は、先代の頼盛《よりもり》が八条院の後見人を務め、なおかつ現棟梁の光盛の母が八条院の乳姉妹《きょうだい》であることから、八条院とは非常に深い縁で結ばれている。

光盛に至っては、昇進のほとんどが八条院の御給《ごきゅう》（推薦して昇進させた者から収入を得る売官・売位制度）のおかげだ。

大恩ある八条院の年預であれば、礼を尽くすのが道理だ。

保盛は、召し使い達に命じて用意させた上等な酒と、新鮮な秋の果実を二人の前に並べさせる。

だが、二人の顔はいっこうに明るくならない。

そもそも、どういった用件で彼らは来たのか。

保盛が疑問を覚えたところで、光盛が重い口を開けた。

「保盛兄上。実は今回は折り入ってお願いがあって来たのでございます」

「棟梁、敬語は不要と言っているでしょう。それよりもお願いとは、いったい何ですか」

あのしたたかな父の血を引きながら、どうしてこんな気立てのよい素直な子に育ったのかと保盛が感心するほど、光盛は純粋に兄を信頼しきった眼差しを向ける。

「それが、八条院御所にてここ最近、庚申待《こうしんまち》の行事をするたびに、参加している女房達が、御堂《みどう》関白様《かんぱくさま》（藤原道長《ふじわらのみちなが》）の姉で冷泉《れいぜい》天皇女御だった藤原超子《ふじわらのちょうし》様のように、突如こと切れるようになったんだ」

庚申待とは、延命長寿を祈る行事だ。庚申の日の夜に、人間の体内にいる三戸《さんし》と呼ばれる虫が、宿主である人間が眠っている隙に、人の寿命を司る天帝の許へ行ってその人間の悪事を報告して寿命を縮めさせるという。

超子の死はまさにその庚申待の夜に起きた。そのため、三戸の虫によって天帝に悪事を報告され、寿命を縮められたように見えることから、古来より彼女の死にまつわる話は禁忌に近い扱いだ。

その死にざまと同じ死に方をした者が複数現れるとは、穏やかではない。

「最初のうちこそ、誰もがただの偶然と思い、穢《けが》れの大元となる屍を筵《むしろ》に乗せて外に出し、後日供養したのだ」

八条院の御所に限らず、貴族の邸宅や宮中などである程度の身分の者が頓死《とんし》した場合、穢れを広めないために、即座にその屍を畳の表面から切り取って作った筵に乗せて外へ運び出し、遺族に引き取らせるのが通例となっている。これは、じかに屍に触れるのを極力避けるための配慮でもあった。

「だが、二人目、三人目と同様の死者が出て、俄然薄気味悪くなってきた。それは、まろだけではなく、八条院様も同じで、しかも、亡くなったのは全員若くて元気な女房達ばかり。病死する兆候は一切見られなかった。すると、彼女達は殺されたのかもしれない」

光盛は、青ざめた顔で身震いをする。

彼の話を引き継ぐように、親行が口を開いた。

「八条院様は女房達が何者かに命を奪われたのかもしれないと考え、たいへんお心を痛めておられます。今まででしたら、八条院御所で困り事が起これば、光盛様と保盛様のお父上であらせられた池大納言《いけのだいなごん》様を恃《たの》みにすればよかったのですが、あのお方は惜しくも鬼籍に入ってしまわれました」

親行は、心底惜しむ顔で鼻をすする。

多くの者達から忘れ去られた中で静かに息を引き取った父を、偲《しの》んでくれている人物がいると知り、保盛は心が和む。

その一方で、話の流れから不穏な気配を感じ取っていた。

（頼むから、我の勘よ。はずれてくれ）

保盛は、密かに祈る。

親行は鼻をすすり終えると、保盛の方へ身を乗り出した。

「光盛様よりお聞きしたのですが、保盛様は御兄弟の中で、池大納言様から唯一屍を見極める技を引き継いでいるとか。貴方様に、女房達の連続怪死の謎を解いていただきたいのです」

親行はすがるような声で必死に保盛へひれ伏すと、床に額をこすりつける。

保盛は、恨めしい顔で光盛を見据えた。

「棟梁。我は父上から技を引き継いだと言うより、趣味で教わっていたようなものだ。だいたい、父上のような知恵、我はこれっぽっちも持ち合わせてなどおらぬ」

押し殺した声で光盛へ訴えると、光盛は涙をこらえるような表情ながらも、顔を引き締めた。

「しかしながら、まろ達兄弟の中で、父上と同じ特技を習得したのは、保盛兄上ただお一人。それに、我ら一族にとって大恩ある八条院様がお困りなのを、黙って見過ごせと仰《おつしや》るのか」

やはり押し殺した声で光盛も言い返してから、懐《ふところ》を探る。

「八条院様も、保盛兄上に助けを求めておられるんだ」

そう言いながら、光盛は懐から取り出した蝙蝠扇《かわほりおうぎ》を広げて保盛の方へ向ける。

よしゑやし　直《ただ》ならずとも　ぬえ鳥の　うら泣け居りと　告げむ子もがも

蝙蝠扇には、八条院直筆と思《おぼ》しき、たおやかで上品な文字で和歌がしたためられていた。

（直接会えなくてもいいけれど、嘆いていることをあの人に伝えてくれる子がいてほしい……という意味か）

頼盛が死んで直接会うことはかなわないが、困り果てて嘆いていることを彼に伝えてくれる子がいてほしい。深読みすれば、頼盛に伝えるように言ったその子に何とかしてほしいものだと、訴えかけているようにも解釈できる。

（死者を頼らずにはいられないほど、八条院様はお困りのようだ）

源平《げんぺい》の争乱の時はもちろん、それ以前から陰日向《かげひなた》になって池殿流平家を庇護し続けてくれている彼女からの必死な思いが伝わってくる。

光盛と親行は、最後の希望にすがるような目を向けてくる。

それをむげに断れるほど、保盛は強くなかった。

床に三つ指をつく。

それから、声高らかに言った。

「平《たいらの》保盛、庚申待の連続怪死の謎解き、謹んでお受けいたします」

五　しのぶることの　よわりもぞする

九月二十二日。庚申。晩秋の風は冷ややかに湿り始め、冬の訪れがそう遠くないことを告げていた。

保盛は秋らしく紅菊《くれないぎく》（表・紅、裏・青）と呼ばれる色の組み合わせの狩衣《かりぎぬ》に、黄色い糸で無数の蝶の刺繍《ししゅう》をあしらったものを着て、八条院から与えられた蝙蝠扇を手に、九条《くじょう》宅を訪れた。

いつも案内をしてくれる顔なじみの女房は、なぜか困り果てた顔をしていた。

自分が来たことを知らせる咳《せき》ばらいをして、定家《ていか》のいる寝殿の母屋《もや》に入ると、そこには定家ばかりか定家の父の俊成《しゅんぜい》もいた。

「不肖《ふしょう》、御子《みこ》左家《ひだりけ》次男、侍従《じじゅう》定家が死去するにあたり、家と所領は妻子に、すべての書物は三位《さんみの》中将《ちゅうじょう》九条良経《よしつね》様に遺したく候《そうろう》……」

「我が愛するかわいい孫達よ。せめてこの遺言状を読んで、時にはわしを偲んでほしい……」

真剣な様子で何やら書いていると思えば、遺言状とわかり、保盛は驚愕《きょうがく》した。

「いったい、何がどうしたのだ。物《もの》の怪《け》に取り憑《つ》かれでもしたか。しっかりしろ、定家。おまえは病弱だ、虚弱だと嘆きながらも、今年も無事に生き永らえているではないか。昔から、少し病勝ちの人間の方がよくよく養生するので、長生きすると言われているだろう。おまえも、きっとそういう性質《たち》だ。自信を持て」

保盛は母屋に入るなり、まず手前にいた定家を励ましてから、続いて俊成の方を向く。

「俊成卿、高齢で老い先短いのではないかと不安になられるのは、よくわかります。だが俊成卿は、我が叔父忠度《ただのり》の最期の願いを聞き入れ、勅撰集《ちょくせんしゅう》に和歌をお選びになろうとしているではありませんか。その功徳《くどく》で、忠度叔父上が草葉の陰より守護して下さるだろうから、あと軽く十年は生きられます」

俊成を励まし終える頃には、父子が呆気に取られた顔で保盛を見つめていた。

「保盛様、突然現れるなり、いったいどうなさったのですか」

「忠度殿の和歌を勅撰集に選ぼうとしていることについて、急に褒められましてもな……」

怪訝《けげん》そうに言われながら、保盛は二人の前に腰を下ろした。

「父子そろって遺言状を書いている所に行き合えば、誰でも狼狽《うろた》えるものだ。定家は病弱とは言え本人なりに達者だし、俊成卿は相も変わらず矍鑠《かくしゃく》とされているのに、どうして遺言状など書いているのだ」

途惑いを隠せず、率直に訊く。

すると、瞬《また》く間に定家が思いつめた表情に変わる。目の下の青黒い隈《くま》が、ますます黒ずんだように見えた。

「せがれや。保盛様への説明はわしからしよう」

俊成もまた、息子と負けず劣らず思いつめた顔で、重々しく語り始めた。

「実はですのう、保盛様。このたび、わしが和歌を教えている前斎院式子内親王《さきのさいいんしょくしないしんのう》様より、庚申待にお招きいただいたのです」

　式子内親王は、御年三十八歳。後白河《ごしらかわ》法皇の第三皇女だ。十歳の時、王城鎮護の神である賀茂《かも》社《しゃ》の祭祀《さいし》に奉仕する斎院に卜定《ぼくじょう》（任命）されたが、病のために十年でその役目を終えた。さきの源平の争乱の戦いの幕を切って落とした以仁王《もちひとおう》は、彼女の同母弟である。

　かつては斎院として斎院御所にいた式子内親王だが、今は八条院御所に身を寄せている。有力な後見人がなく、あまり恵まれた境遇にないが、歌人としての実力は高く、女流歌人の中では当代随一と謳《うた》われている。

「我が御子左家では不吉として、先祖代々庚申待を避けてきました。しかし、このたびの庚申待は、やんごとなきお方からのお招き。お断りするわけにはまいりませぬ。わしは御覧の通り高齢ですし、せがれは不憫《ふびん》なまでに病弱。庚申待で何かが起きれば、お互いにひとたまりもないことは目に見えております。そこで、今晩の庚申待にすぐに伺《うかが》えるように、八条院御所にほど近い、このせがれの家に前もって滞在し、遺言状をしたためておったのです。おっと、もしも庚申待の最中にわしの身に異変が起きた場合、屍を八条院御所から遠い我が家へ送り届けるのは、八条院に仕える方々に迷惑をかける。だから定家《さだいえ》の家に運びこむよう、遺言状に書いておかねば」

　保盛は以前、定家から庚申待に参加しない理由を聞いていたので、俊成の説明に驚きはなかった。

（俊成卿も定家と同様に、生真面目《きまじめ》で律儀ゆえに思いつめる性質で驚いたな……。大らかな御仁である俊成卿に、どうして定家のような子息が生まれたのか常々不思議だったが、これが答えか）

　妙に得心がいったところで、定家が深々と頭を下げる。

「保盛様。じきに今生の別れとなるので、父子共々御挨拶《ごあいさつ》に伺おうと思っておりましたところへ、先にお越し下さって恐れ入ります。遺言状の五十三ヶ条目に、我が子に何かあった時は保盛様を頼りにするように書いておいたことが、伝わったのでしょうか。まこと、不思議なことがあるもの――」

「――感心しているところ悪いが、ここへ来たのは定家に頼みたいことがあったからだ。申し訳ないが、都合がいい」

負け戦《いくさ》とわかって出陣する武士のような悲壮さを漂わせる定家の言葉を遮《さえぎ》り、保盛は息を整えてから続けた。

「実は、八条院御所の庚申待で起きている、連続怪死の謎解きを八条院様に頼まれてしまってな。我一人では到底手に負えぬので、定家に助けてほしいと頼みに来たのだ」

保盛の言葉に、定家はもちろん俊成も、恐怖で全身をこわばらせる。

「連続怪死……。やはり、庚申待には何かがあるのですね、父上……」

「先祖の教えとはまことにありがたいものだのう、せがれ……」

ささやき合いながら、遺言状を書き進めようと父子そろって筆に手をのばしかけたので、保盛は慌てた。

「物の怪や呪いの類《たぐい》であれば、八条院様は一介の貴族である我に助けを求めなどしない。屍の見極めができる我に頼んだということは、つまり、連続怪死には裏があるのだ」

「さようでございますか。微力ながら、草葉の陰から保盛様が無事に八条院様をお救いできることをお祈り申し上げます」

「まだ生きているのに何を言い出す。話は最後まで聞け、定家」

保盛は、すでに自分を死者と見做《みな》している定家を励ましてから、また話を続ける。

「怪死した者達の懐には全員、決まって和歌の一節を書いた紙が入っていたのだ。だから、人の仕業である見込みが高い。よって、我に話が来たわけだ」

途端に定家は筆に手をのばすのをやめ、姿勢を正して保盛と向き合った。

「歌人として、和歌を汚す者は許せませんっ。保盛様、父と私の最期の姿を家族へ伝えると約束して下さりますか。それならば、この藤原定家《ふじわらのさだいえ》、謎解きにお力添えいたします」

「そうしてくれるか。ありがたい」

不吉な理由ではあるが、謎解きを承諾してもらえたので、保盛は胸を撫で下ろす。

「それで、保盛様。和歌の一節とは、すべて同じ和歌からの引用だったのですか。それとも、すべて違うものだったのですか」

和歌がからんだ謎と知るなり、定家は打って変わって積極的に問いかけてくる。

「すべて同じ和歌からの引用だ。八条院様の使者として我に頼みに来た末弟から写しを預かっているので、見てくれ」

保盛は、懐に入れていた三枚の紙を取り出した。

最初の紙には「たまのをよ」、二枚目には「たえなばたえね」で、三枚目には「ながらへば」と書かれている。

刹那《せつな》、定家と俊成が息を飲む。

「せがれよ、これはまさか……」

震える声で俊成は紙を凝視する。

「そのまさかでございます、父上。何たること、何たること……な、ん、た、る、こ、と、だぁああああああっ」

定家は眦《まなじり》を吊り上げて土気色《つちけいろ》の顔を赤黒く上気させるや、勢いよくその場に立ち上がる。

「この和歌はっ、以前っ、当代最高の歌人の一人っ、式子内親王様がっ、この若輩者の定家《さだいえ》にっ、批評をお頼み下さったものっ。それをっ、屍の懐に仕込んでいったとはっ、和歌を汚すばかりかっ。歌人であるあのお方への侮辱っ。断じて許せんっ」

定家の目は血走り、蟀谷《こめかみ》には血管が浮き立っている。拳をあまりにも強く握ったせいか、爪の先が白く変わっている。口から時々覗《のぞ》き見える舌は赤く、炎を吐いているようだ。

「て、定家。この和歌は、そんなに素晴らしいものなのか」

予期していた以上に定家が激昂《げっこう》したので、保盛は恐る恐る訊ねた。

「当然でございます。この和歌は、最後まで詠むと、このような和歌なのです」

定家は、咳ばらいを一つして喉を整えてから、和歌を詠み上げる。

玉の緒よ　絶えなば絶えね　ながらへば　忍ぶることの　弱りもぞする

「『私の命よ、絶えるならば絶えるがいい。命が長らえば、あの人への想いを耐え忍ぶ気持ちが弱ってしまい、人々にこの恋心を知られてしまうだろうから』……といった感じの意味か。忍ぶ恋ゆえの静かな情熱が満ち溢《あふ》れた美しい和歌だ。妻にこのような和歌を詠まれたら、惚れ直してしまう」

保盛が素直に感想を述べると、定家の目つきが据わる。

「この美しい和歌に対し、それだけしか言えないのですか、保盛様。この和歌は、式子内親王様が男の立場で忍ぶ恋を題材にして詠まれたものなのです。よくよくお考え下さい。隠してきた恋心を打ち明けるのは、主に男がすることではありませんか。これはつまり、男が恋する女人へ恋心を打ち明けてはならない、耐え忍ばなくてはと自身に言い聞かせる意味でもあるのです」

「女人が男になりきって和歌を詠むこともあるのか。和歌とは深いものだ……」

保盛が感心すると、定家はますます興奮していく。

「まことに、和歌とは深いものなのでございます、保盛様。特に、あのお方の和歌は、非常に味わい深いものがあります。命を美称して『玉の緒』という言葉を使うことにより、『緒』の縁語である『絶え』『ながらへば』『弱りもぞする』を引き出し、和歌の中にちりばめられた言葉に統一感を持たせているのです。何と類稀《たぐいまれ》なる技巧っ。そして、初句の『よ』で呼びかけ、二句の『絶えね』で命令し、結句の『ぞする』で力強くまとめ、情熱を通り越して激情に近い表現をしながらも、騒がしくならず上品な仕上がりとなっているのですっ。それは恐らく、上の句で表現された己の命が絶えることを願う激情が、下の句では哀艶《あいえん》をたたえながら一気に流れ落ちるように収束するからでございますっ。さらに、さらに、さ、ら、にいいいいいいいいいいっ」

定家は拳を天に向けながら、熱弁を奮い出す。

「この和歌は歌集『和泉式部集《いずみしきぶしゅう》』にある『絶え果てば　絶え果てぬべし　玉の緒に　君ならんとは　思ひかけきや』という和歌を本歌取りしているのでございますっ。和泉式部と言えば、恋に生きた女人っ。その彼女の和歌を本歌取りしたということでっ、ますます忍ぶ恋の情熱が感じ取れるように工夫されているのですっ」

定家は一通り熱弁を奮い終えて満足したのか、急に真剣な面持ちに様変わりする。

「保盛様。庚申待の連続怪死の下手人は、すなわち内親王様の和歌を汚した下手人でもありますっ。偉大なる歌人であるあのお方の和歌を汚した者がそばにいるかもしれないとは、何たる大罪っ。そんな罪深い者を今まで野放しにしてきた己に吐き気がするっ。庚申待によってこの命尽きる前に、必ずやそやつを突き止めっ、和歌の素晴らしさを説教してやりますっ」

あたかも大将を討ち取らんとする武士のような気迫を漂わせる定家に、保盛が困惑していると、咽《むせ》び泣く声が聞こえてきた。

俊成の泣き声だった。

「せがれや、よい心意気だ。おまえなら、必ずや和歌を汚した大悪人を見つけ出せるであろう」

俊成は、感涙に咽ぶ。

決死の覚悟を固める定家をたしなめるのではなく奨励する俊成に、保盛はさらに困惑するしかなかった。

晩秋の日は、暮れやすい。

保盛は日があるうちに、定家父子と共に、九条宅から八条院御所へ移ろうとしていた。

だが、定家の支度に時間がかかったため、御所へ到着した時、濃紺の空には砂金のように散らばる小さな星々が瞬いていた。

それだけ時間をかけた定家の服装は、忍《しのぶ》（表・淡萌黄《うすもえぎ》、裏・蘇芳《すおう》）という色の組み合わせの直衣《のうし》に変わっていた。狩衣よりも改まった直衣に着替えた辺り、式子内親王への敬意が見て取れる。

八条院御所は、二年前の文治《ぶんじ》元年（一一八五年）に起きた大地震で寝殿以下いくつもの建物が傾き、屋内も破損した。そのため、八条院も式子内親王も、寝殿の北対《きたのたい》の前に仮屋を設け、避難することを余儀なくされた。仮屋暮らしは長く、先年の文治二年（一一八六年）の正月を過ぎても続いていた。

だが、御所の修繕を終えた今は過去の話で、八条院御所は往時の佇《たたず》まいを取り戻し、その優雅な姿が、門前から庭に至るまで置かれた篝火《かがりび》に照らし出されていた。

あちらこちらにも蠟燭《ろうそく》が灯されているおかげで、中へ上がってもその明るさは変わらなかった。

「保盛様、ようこそお越し下さいました。それに、俊成卿も定家殿も、ようこそ」

年預の親行が、いそいそと保盛達を出迎える。

「保盛様、例の物をお持ちですか」

「安心せよ。忘れてなどいない」

親行にささやかれ、保盛は懐から八条院直筆の和歌がしたためられた蝙蝠扇を見せる。

光盛が親行と共に来た際、光盛からそのまま渡されていた。

「それは……」

定家が、後ろから首をのばして蝙蝠扇を覗きこむ。

「このたびの庚申待の一件に関する全権を、保盛様に託した証として、八条院様が下賜《かし》された扇です。これを見せれば、ここの女房や召し使い達はおろか、武士達さえも、誰もかれも保盛様の指示に従い協力します」

保盛が答える代わりに、親行が説明する。定家はわかったような、そうでないような曖昧《あいまい》な顔をして小さく頷《うなず》く。

「庚申待は、こちらで行ないます。あたくし、少納言《しょうなごん》が案内します。どうぞ」

親行との話が終わったところで、太い声でいかめしい顔と体つきの中年の女房が現れる。

彼女の胸には、四寸（約十二・一二センチ）ほどの大きさの懸守《かけまもり》が下がっていた。

たいていは、神仏の護符や持仏像といった物を、錦などの織物で包んで両端を括り、紐をつけて首から下げた。中には、筒や箱などの容器の形をした物もある。

主に旅や参拝などの外出時に下げる物だが、少納言の場合は違った。

（外出時にではなく、室内で懸守を下げるのは、高倉《たかくら》天皇の御代に宮中で流行した着こなし。懐かしいものだ）

保盛は、平家一門全盛期の宮中に思いを馳せ、感慨に耽っていた。すると、俊成が歩み出す。

「おお、少納言殿か。いつも娘が世話をかけておる」

俊成が気さくに声をかけると、少納言のいかめしさが緩む。

「何を仰いますか、俊成卿。娘さんはとても優秀で、いずれはあたくしのよき後継者となって、この御所を取り仕切ってくれる逸材ですわ」

知り合いなのだろうかと思ったのが、顔に出たらしい。保盛の疑問に、定家が答えた。

「あちらの少納言殿は、八条院様に仕えている私の姉の上役にあたるお方なのです」

「そうだったか。初めまして、少納言殿。私は――」

「――光盛様の長兄の保盛様、でしょう。大納言局《だいなごんのつぼね》様からお話をうかがっていますわ」

大納言局とは、八条院の乳姉妹であり、光盛の実母だ。

（ありがたい。どうやら気を遣って、我のことを少納言殿へ知らせてくれたようだ）

保盛が大納言局に感謝していると、少納言は続けた。

「大納言局様いわく、『庚申待へ来た三十路ほどの殿方の中で、一番お美しい方が保盛様』とのことでしたから、一目でわかりましたわ」

気を遣いすぎている感がある。

保盛が内心苦笑していると、彼女は品よく微笑《ほほえ》んでから声を落とした。

「庚申待の一件について、詳細を知っている者は、あたくしや親行殿のほか、ごく一部の者達だけです。蝙蝠扇を見せられても、大半の者はただ用事を言いつけられている程度にしか受け止めないので、怪しまれることはありません。ですから、安心してお調べ下さいな」

「承知した」

話が終わると、彼女は案内を始める。

その途中、廊ですれ違う女房達はみな、懸守を首から下げていた。

少納言の物は、よくある織物の袋でできた物だったが、他の女房達は筒や箱の形をして、錦や金属《かね》で美々しく装飾が施されている。

流行遅れの着こなしではある。

だが、保盛にとっては好ましい着こなしであった。

(まるで昔に戻ったようだ。今にもあの御簾《みす》をめくり上げ、維盛《これもり》や重衡《しげひら》が笑いながら顔を出しそうだ。それに、酒がまわった教経《のりつね》が、忠度叔父上に庭で相撲《すもう》を挑み、それを見て笑いながら経正《つねまさ》が琵琶《びわ》を弾き、敦盛《あつもり》が笛を吹き……)

父頼盛と伯父清盛の間には、深い確執があった。

一方の保盛は、一門の人々を決して憎んではいなかった。

しかし、世の流れは、保盛の好悪の念を凌駕《りょうが》し、彼らを蹂躙《じゅうりん》していった。

平家一門は乱離拡散し、池殿流平家だけが僅《わず》かにその命脈を保っている。

そして、保盛は荒みきった世の中に取り残され、今に至る。

(いかん。こんな時に涙がこみ上げてきた。そんな場合などではないのに)

涙をこらえたところで、少納言が立ち止まると、行く手に見える建物を扇で指し示した。

「あちらが、庚申待が行なわれる北仮屋《きたのかりや》でございます」

「北仮屋と言いますと、先年の大地震の時に設けられた、あの……」

定家がおずおずと訊ねると、彼女は心得たように微笑んだ。

「ええ。八条院様がちょうどよいと仰り、避難暮らしが終わった今では、あの北仮屋で庚申待をするようになったのです」

庚申待は、夜通し眠らずに楽しむこともあり、にぎやかな行事だ。時には酒の勢いで失態や醜《しゅう》態《たい》を晒《さら》す者も出て、建物はおろか庭が汚れることもある。

（それを見越し、八条院様はもう必要なくなった仮屋を庚申待の場としてあえて残すことにしたのだろう。堅実なお方だ）

保盛が感心している間に、少納言は北仮屋へ案内してくれた。

仮屋とは名ばかりのしっかりとした造りの建物で、廂《ひさし》と母屋の中は几帳《きちょう》や屛風《びょうぶ》で細かく区切られ、席が設けられていた。

調度品を片づけている童《わらわ》達が、手際よく文机《ふづくえ》や二階棚（二層式の棚）を、母屋の西面に並べられた屛風の裏へと運んでいく姿が見える。

「保盛様達には、この母屋にお席を用意いたしました。北面に御帳台《みちょうだい》が二つ並んでおりますが、向かって右は式子内親王様が、左には八条院様がおわしますので、くれぐれも御無礼のないように」

「式子内親王様とっ、八条院様とっ、我らがっ、同じ室内にいてもよろしいのですかっ」

少納言の言葉に、定家が目に見えて狼狽《ろうばい》し始める。

通常、高貴な女人は、父や兄弟のほかは夫となる男くらいにしか姿は見せないし、声も聞かせない。八条院の後見人をしていた保盛の父頼盛も、八条院とのやりとりはすべて彼女に仕える女房を介してのことで、声を聞いたこともなければ、指一本見たことがなかっただろう。

それなのに、高貴な女人の声が聞こえかねない場所に滞在することを許されたため、定家は歓喜と緊張の狭間に陥っている。その様子があまりにも滑稽《こっけい》で、保盛の涙は引き、代わりに笑みがこぼれた。

御帳台は二つ並んで置かれ、その周囲には色とりどりに秋の色の衣を着た女房、女童《めのわらわ》、半物《はしたもの》(召し使いのうち、中程度の身分の者)などが何人も侍《はべ》り、紅葉山《もみじやま》のように華やいでいた。

保盛達に用意された席は、他の席と同様に三方を几帳で区切られ、畳が敷かれていた。夜になると冷えこむことを見越し、火桶も置かれている。

南面の廊に近いほんの片隅にあり、御帳台とはそれなりの距離がある。それでも式子内親王の御帳台から、上品な香の薫りが伝わってきた。

(晩秋らしく菊花《きっか》の香を使われているのか。若干甘さが強めの薫りなのは、差し詰め、香の調合に使った甘葛《あまづら》の割合が多いからだろう。さすが当代随一の歌人と謳われるお方。趣味がよい)

保盛が香の薫りを楽しむ横で、定家は小刻みに体を震わせていた。

「薫物馨香芬馥《たきものけいこうふんぷく》たり、薫物馨香芬馥たり、薫物馨香芬馥たりぃぃぃぃぃぃぃぃぃっ」

「くれぐれも、粗相《そそう》がないようにのう、せがれ」

式子内親王の香の薫りに緊張する息子をからかうように、俊成は言う。

「も、もちろんでございます、父上。偉大なる歌人であらせられる式子内親王様に恥ずかしい姿を見せるくらいなら、死んだ方がましでございますっ。あ、八条院御所で頓死などしては、穢れを発生させることになるので、死んだ方がましとは失言の極みっ。訂正して、ここは消えた方がましと言い直しますっ」

高貴な女人達の耳を汚さないためか、定家は小声で答える。

ひどく緊張しているらしく、細い首筋が妙にこわばっているのが見て取れて、保盛は心配になってきた。

「そんな調子で謎解きに挑めるのか、定家」

「こちらにい続けては、舞い上がりすぎてどうにかなりそうです。一度廊に出て平静さを取り戻したく存じます」

己も正気が危ういことを悟っているのか、定家は額から滲《にじ》み出た汗を袖《そで》で拭《ぬぐ》いながら立ち上がる。

「では、わしはここにおるからのう、せがれ。保盛様、御迷惑かもしれませぬが、せがれをよろしくお頼み申し上げます」

「めっそうもない、俊成卿。こちらこそ御子息の知恵を拝借させていただきます」

保盛は、定家と連れ立って廊に出た。

夜気に触れると、定家は次第に落ち着きを取り戻していった。

「たいへん失礼いたしました。もう大丈夫です」

「よかった。ところで、末弟や親行殿から聞いた話だが、これまで亡くなった三人の女房達は今日のように、八条院様と式子内親王様のおそばで仕えている最中に、気がつくと亡くなっていたのだとか」

保盛の説明に、定家は殊勝な様子で頷く。

「彼女達が亡くなられた場所はお聞きですか、保盛様」

「もちろんだ。まず、最初に亡くなった女房は、内親王様の御帳台と壁の間の席で、脇息《きょうそく》にもたれかかったままの姿勢で亡くなっていたそうだ」

「超子様が身罷《みまか》られた時の様子とまるで同じでございますね。ただ一つ、異なるのは、懐にあのお方の名歌の一節が入っていたこと……」

「その通りだ。この時、懐に入っていたのは、初句だ」

「なるほど。それで、次に怪死した女房は、どちらで亡くなられていたのですか」

「内親王様の御帳台の裏手の席だ」

「そして、二句が書かれた紙が懐にあった。最後の方は、どちらで」

「内親王様と八条院様の御帳台の間の席だ。三句が書かれた紙を懐に入れたまま息絶えていたそうだ」

定家は腕を組み、眉間に皺《しわ》を寄せる。

それから、怪訝な顔で保盛を見上げた。

「保盛様。女房達の亡くなられた場所からして、もしや全員式子内親王様にお仕えする女房達ではありませんか」

「恐らくな。内親王様がこの八条院御所に同宿されることになって以来、お仕えする人数が足りないとの理由から、八条院様にお仕えする女房達の何人かが内親王様付きになったそうだ。なので、内親王様にお仕えする女房と言えばそうだし、八条院様にお仕えする女房とも言える」

「恐らくでは困ります。今すぐ確認していただけますか」

定家は、その場で足踏みをして保盛をせかし始める。

子どもじみたやり方に苦笑しながら、保盛は蝙蝠扇を懐から取り出すと、廊の吊り灯籠《どうろう》に火を灯して回っている半物を呼び止めた。

半物は保盛と同じ年頃の有能そうな顔つきの女で、女房達とは違って懸守を首から下げる、流行遅れの格好はしていなかった。彼女に限らず、半物や女童などは懸守をしていないことに保盛は気づいたが、今はそれよりも確認を優先することにした。

「仕事中にすまない。少し話をしたい」

保盛は蝙蝠扇を見せたが、半物は蝙蝠扇よりも保盛の顔に見惚《みと》れながらやって来た。

「何なりとお聞き下さいまし」

「例の庚申待で災難に見舞われた女房達だが、どなたにお仕えしている女房達だったか、知っているか」

今まさに庚申待をしている最中に訊ねるには、あまりにも不吉な内容なので、保盛は言葉を選んだ。

半物は、保盛によいところを見せたいのか、はりきって答えた。

「三人とも、式子内親王様にお仕えしている方達でした。最初の方は、内親王様に昔から仕えていた古参の方。次の方は、八条院様が内親王様のために遣わした方。最後の方は、内親王様がこちらへお住まいになられてからお仕えになった新参者でした」

「そうか。ありがとう。もう行ってよいぞ」

ねぎらいの言葉をかけると、半物は喜んでから仕事へ戻っていく。

定家は、考えこむように細い顎《あご》に指をかける。

「形は違えど、全員式子内親王様にお仕えしている女房達でしたか。内親王様の和歌の一節が懐に入れられていると聞いた時から、もしや下手人はあのお方に対して何らかの思いを抱いているのではないかと危惧《きぐ》していたのですが、当たってしまいました」

「何らかの思いとは」

保盛は不安を覚え、定家に訊き返す。

「式子内親王様のおそば近くにお仕えしている女房達とは、取りも直さずあのお方の御信頼が篤い者達ということになります。そのような方々の命を奪っていくことは、内親王様の勢力を削ごうとする悪意とも受け止められます。もしくは、いずれ内親王様のお命をも狙うという殺意も感じられます。……和歌を汚す所業さえ許せんのに、当代随一の和歌の名手のお命をも脅かそうとは、一刻も早く下手人を突き止めねばっ」

定家は憤怒《ふんぬ》の形相で、骨ばって華奢《きやしや》な両手の指を天に向け、蜘蛛《くも》の足のように蠢《うごめ》かす。

保盛が気圧《けお》されていると、定家はすぐに平静さを取り戻した。

「ところで、保盛様。怪死と言われていることから察するに、三人の屍には傷などは見当たらなかったのですか」

「我は実際に見ていないからわからないが、話によるとそうらしい。ちなみに、三人とも病の兆候は見当たらなかったそうだ」

「……すると、やはり考えられるのは毒殺ですかね」

定家は、廊と母屋の中を忙しく配膳して回る女童や半物達へ目を向ける。

「料理や酒の中に毒を混ぜておけば、体に傷を残すことなく命を奪うことができます」

「毒が使われたのではないかと、御所の方々も考え、亡くなった女房達の食事が載っていた高坏《たかつき》を調べたそうだ。ところが、最初に死んだ女房はすべて料理をたいらげていて、わからなかった。

二番目に死んだ女房は、半分だけ食べていたので、残り半分を野犬に与えて毒見させてみたが、野犬は死ななかった。三番目に死んだ女房は、酒しか口にしていなかったので、残りの酒をやはり野犬に毒見させたが、これまた死ぬことはなかったそうだ。だから、毒の見込みは低いというのが、御所の方々の総意だ」

「なるほど。ゆえに、怪死というわけですね。しかし、庚申待は夜通し起きて浮かれ騒ぐ行事。すなわち、人の目が行き届かない瞬間が存在するはずです。ならば、犠牲者が毒を混ぜた料理を食べて死んだ後、下手人が何食わぬ顔で自分と相手の食器を交換してしまえば、犠牲者の高坏や提子《ひさげ》（蓋《ふた》付きの銚子《ちょうし》）と杯に残された物から毒が見つからず、毒殺したにも拘《かか》わらず毒が見つからないことになります」

「その手があったか」

保盛は目を見張る。だが、定家は浮かない顔だ。

「しかし、毒殺だったとしても、まだ謎は残ります」

「どういうことだ、定家」

保盛の問いに、定家は思案顔になる。

「盛られたその日のうちに死ぬ毒は、宋《そう》の国の文献にはしばしば見られます。しかし、この国で実際に似た事態が起きたことなど、見たことも聞いたこともございません。仮に本当にあったとしても、毒を盛られれば悶《もだ》え苦しみ、そばにいる誰かに助けを求めるものです。けれども、亡くなった三人の女房達は全員人知れず息絶えていました。つまり、助けを求める暇もなく絶命したことになります。すると、相当な猛毒ということになるのですが、本当にそのような毒が実在し使われたのでしょうか」

「……確かに、そうだな。宋の国の文献でも、毒を盛られれば即座に苦しんで死ぬと記されていた。もしも、かの国の毒が使われたとしても、悶え苦しむ彼女らに誰かしら気がついたはずだ。だが、我は以前父から、石薬《せきやく》（鉱石を原料とした薬）の使い方を誤ると命を落とすとの話を聞いたことがある。下手人は、石薬を毒として悪用して女房らの命を奪ったのではないか」

「私も、いつも世話になっている医師から、同じ話を聞いたことがあります。その場合、石薬を飲んだ者は五日から六日後に病死したように見えるとのことでした。庚申待が催されるのは、六十日に一度訪れる庚申の日と決まっていますので、下手人が庚申待のさなかに犠牲者が命を落とすように仕向けられるとも考えられました」

「ならば、毒殺と断定してもよいのではないか」

「いいえ。石薬で命を落とす直前は重病人も同然になりますので、庚申待に参加する元気がありません。よって、石薬が使われたとも考えにくいのです。それなのに、急に死んだとはまことに不可解。ゆえに、謎が残ると申し上げたのです。しかしながら、今のところ最も考えられるのは、毒殺です。ここは毒殺を未然に防ぐ手を打っておきましょう」

「未然に防ぐとは、言うは易く行なうは難しだ。具体的には何をすればよいのだ」

保盛が途方に暮れて訊ねると、定家は顔を引き締めた。

「これから私が言うことを、保盛様は御所で働く方々に伝えて下さい」

八条院御所にて開かれている庚申待は、常とは様子が異なっていた。

まず北仮屋のすべての出入り口には雑色《ぞうしき》（貴人の雑用係）達が控え、庭には北仮屋を取り囲むように八条院に仕える武士達がひしめいていた。

北仮屋の母屋の中へ運びこまれる高坏などの食器には、朱墨《しゅずみ》で数字が書きこまれており、女童が庚申待の参加者の前に置くたびに、少納言が帳面で記録していく。

「定家、おまえに頼まれた通り、北仮屋内で働く方々にはもちろん、外で警固に詰めている武士達にも声をかけておいたぞ」

保盛は、蝙蝠扇を見せて回るのが一通り終わったところで、母屋の東にある引き戸の前にいた定家と合流する。

定家は提子に触れていたが、保盛が来ると眉間の皺を緩めた。

「ありがとうございます、保盛様。これで、私が考えたような方法で下手人が犠牲者に毒を盛ったとしても、すぐに食器が交換されたことがわかります。何よりも、常の様子とは異なっていることに気づいた下手人が、今宵《こよい》は殺しを行なわないという牽制《けんせい》にもなります」

「そうだな。武士達がたくさん庭にいるのを見て、下手人は殺しをためらうかもしれない」

「ええ。ただ……」

「ただ、何だ。これだけ手を尽くしたのに、まだ不安でもあるのか」

「有体に申し上げれば、その通りでございます。一つ目は、もしも毒殺でなかったら、この備えは徒労に終わってしまうことです。二つ目は、毒殺でなかった場合、いったい下手人はどのような方法を使って三人もの命を奪っていったのか、いまだ皆目見当がつかないことでございます」

保盛と定家が話しこむうちに女童達が酒と料理を運び終え、いよいよ庚申待が本格的に幕を開けた。

「保盛様。定家殿。廊で立ち話はお寒いでしょう。どうぞ中にお入り下さいな」

少納言が引き戸のそばまでやって来て手招きするので、保盛と定家は母屋の中に入る。

ごく身内でする庚申待らしく、八条院と式子内親王の女房らが二十人ほど参加していた。男は自分達くらいだと思いつつ、保盛は俊成が待つ席へ向かった。

「俊成卿、お待たせいたしました」

保盛が声をかけると、俊成はちょうど火桶で手を炙《あぶ》っているところだった。

「保盛様、お帰りなさいませ」

「父上、お加減はいかがですか」

定家がこわばった顔で気づかわしげに訊ねる。すると、たちまち俊成の顔は保盛へ向けていた時の好々爺《こうこうや》然としたものから、深刻な面持ちへと変わる。

「今のところは、何ともない。しかし、せがれや。庚申待は今、始まったばかり。ゆめゆめ油断するのではないぞ。おまえだけでも、生き延びてほしいからのう」

「何を仰いますか、父上。父上には八十、九十まで生きていただきとうございます」

毒殺を未然に防ぐ細工をしている間は、定家に庚申待への恐怖心が見えなかったので、克服したとばかり思っていた保盛だが、それは早計だったと父子のやりとりを見て悟った。

今生の別れをするような父子をよそに、式子内親王と八条院の御帳台の周りは、女房達の話し声や笑い声が漏れ聞こえ、いっそう華やいでいた。

高貴なる女人達に近侍する女房達は上臈《じょうろう》と呼ばれ、主な仕事は女主人の許へ昇進の相談へ来る貴族達の取次と、女主人の話し相手や遊び相手を務めることだ。

今も、それぞれの女主人達を楽しませようと、貝覆《かいおお》い（装飾した蛤《はまぐり》の殻の中から合う物を見つける神経衰弱のような遊び）や将棋をして遊ぶ者や、今様《いまよう》を唄う者、琵琶や琴を弾く者など、思い思いに場をにぎやかしていた。

一方、中臈《ちゅうろう》の女房達や女童は、上臈達の遊ぶ道具や楽器を用意せよ、あるいは酒や料理が途切れないようにせよと、半物などの下臈《げろう》の女房達へこまめに命じている。少納言は、この中臈女房のまとめ役にあたる。

半物達は、そうした命令を忠実に聞いてはせわしなく動き回っていた。

今のところ異変は起きていないが、庚申待は始まったばかりなので油断は禁物だ。

（夜は始まったばかりだが、眠らないように今のうちから用心しておこう）

腹を満たして眠くなっては異変が起きた時にすぐに対処できなくなる上、もしかしたら毒が入っているかもしれない。

そこで保盛は、食事を控えることにした。定家と俊成は、庚申待への恐怖心が強いせいか食欲がないようで、箸《はし》を手に取りさえしていない。

「お召し上がりにならないのですか。鯉や鯛の膾《なます》に、モムキコミ（雉《きじ》の内臓の塩辛）なんて特に絶品でございます。それから、梨や猿梨《さるなし》（果実の一種。キウイに似ている）、干した棗《なつめ》に干した杏といった秋の幸も、いずれも今年はできがよくて甘くておいしいですのに」

半物の一人が、食事に箸をのばさずにいる保盛達へ不思議そうに訊ねた。

「すまない。せっかくのごちそうだが、あいにく喉を通らなくてな」

「それでは、乳粉粥《ちちふんしゅく》はいかがですか。烏瓜《からすうり》の根から取り出した澱粉《でんぷん》で粉粥を作って酪乳《らくにゅう》（乳を煮つめて飲み物にしたもの）に入れた物で、柔らかくもちもちとして口当たりがよいですよ。ただちにご用意しますね」

半物は気を利かせ、椀に入った乳粉粥を持ってくる。餅《もち》に似て白いが、匙《さじ》を差しこむと沈みこんでいくほど柔らかい。

保盛は平家一門全盛期にしばしば口にしたので見慣れていたが、定家と俊成は目を丸くする。

「これは食べ物なのでしょうか……」

定家は困惑の色を隠せず、乳粉粥を見つめる。

「定家殿はこちらにいますか」

と、定家が乳粉粥と睨《にら》み合っているところへ、女房の一人が顔を出す。

二十歳《はたち》そこそこのうら若い女房で、穏やかな微笑をたたえている。彼女もまた懸守を首から下げていた。

「はい。私はここに」

定家が答えると、女房は艶然と微笑んだ。

「わたくし、式子内親王様にお仕えしております、白露《しらつゆ》と申します。内親王様から、庚申待の余興に、この和歌の返歌を定家殿からいただいてくるようにと申しつけられて参りました。紙も硯《すずり》箱《ばこ》もこちらにすでに用意しておりますので、お願いいたします」

庚申待に限らず、歌人は宴など人が集まる場では座の余興として、即興で和歌を詠むことを期待されている。

歌人である定家はそれを百も承知のはずだが、目に見えて狼狽し始めた。

「し、式子内親王様の和歌の返歌を、父ではなくっ、このっ、定家《さだいえ》めがっ、詠むのでっ、ございますかっ」

「はい。内親王様がそれをお望みですから」

白露は、気が昂《たかぶ》ってぎこちない定家に頷くと、和歌の書かれた料紙《りょうし》（装飾された紙）が載った硯箱の蓋を渡す。

そこには、件《くだん》の「玉の緒よ」の和歌が、保盛が定家に見せた写しとは違い、流麗というにふさわしい美しい書体で書かれていた。

「こ、この麗しき水茎《みずくき》の跡はっ、もしやっ、あのお方がお手ずからお書きあそばされたものでございますかっ」

料紙を手に取った定家が、全身を小刻みに震わせる。肩は妙にこわばりを見せ、さらに、ひどく緊張しているのが見て取れた。

「内親王様は、定家殿の和歌を楽しみにされておりますゆえ」

白露は微笑みを崩さず、定家に早く詠むよう催促する。

「せがれや。あまりお待たせするのは失礼にあたる。早く詠むのだ」

俊成も、舞い上がる息子を見かねたように促す。

(やんごとない方からの突然の仰せだけでも途方に暮れるのに、せかされる中で詠まねばならないとは、歌人とはこうも過酷な立場に晒される者なのか)

保盛が同情していると、やおら定家が硯箱から筆を手に取る。

「大丈夫か、定家」

保盛が定家に耳打ちすると、定家は緊張した面持ちで息を整える。

「大丈夫でございます。本来ならば男から女へと和歌を詠みかけるのが常識ですが、それをあえて破って女から男へ和歌を詠みかける形になっているのは、昼間に保盛様へ説明した通り、この和歌は式子内親王様が男役で詠まれた和歌だからでございます。ですから、私は女役で和歌を詠めばよいのです」

「……とても大丈夫そうには聞こえないのだが」

保盛の懸念をよそに、定家は首を横に振る。

「保盛様。恋の和歌を詠むには、こつがあるのです」

「こつとは、どのようなものだ」

「恋の歌を詠むこつ。すなわちっ、凡骨《ぼんこつ》（平凡な才能）の身を捨て、在原業平《ありわらのなりひら》の振る舞いを思い出し、我が身を業平と思いこませるのですっ。それと同じで、女役で恋の歌を詠む時は、我が身を女と思いこませるのですっ」

言うが早いか、定家は目を大きく見開くと、硯箱の蓋を机代わりにして、一気に紙に和歌を書きつける。書の名手として当世広く愛されている、世尊寺定信《せそんじさだのぶ》の流派の書体だ。

「できました。どうぞ」

定家は恭《うやうや》しく白露へ和歌を書いた紙を渡す。

「しかと承《うけたまわ》りました。それでは、内親王様へお届けいたします」

定家の奇行を目の前で見ても動じることなく、微笑みを絶やさず紙を受け取る白露の優秀さに、保盛は感心せざるを得なかった。

白露は、紙を持って式子内親王の御帳台の方へ行く。

すると、御帳台を取り巻く女房達の中から、一人の女房が立ち上がった。白露から紙を受け取ると、母屋の中央に立つ。白露は彼女と交代するように、自分の席へ着座する。

おかげで、保盛達の席からも、年の頃は四十前後だろうその女房の、品がよい横顔と金属でできた箱型の懸守が見えた。

「おぉ、あのお方はっ、式子内親王様にお仕えしている女房の方々の中でも、歌人として名高い帥殿《そちどの》っ。その帥殿に、私の和歌を詠み上げていただけるとは、何たる栄誉っ」

定家は、和歌を詠み上げる師の妨げにならないようにか、小声で興奮する。

師が中央に立ったことで、何かが始まると予感した母屋中の人々の眼差しが、彼女へ集中する。

歓声がすっかりなりをひそめたところで、師はまず、式子内親王の「玉の緒よ」の和歌を詠み上げる。

和歌を聞き終え、誰もが恍惚《こうこつ》の溜息を漏らす中、師は定家の和歌を詠み上げた。

思ふこと　むなしき夢の中空に　絶ゆとも絶ゆな　つらき玉の緒

恍惚の溜息はざわめきへ、ざわめきはどよめきへと変わり、やがて北仮屋中を揺るがさんばかりの歓声へと変わっていく。

(男役の式子内親王様が『恋を忍ぶ力が弱まるくらいならいっそ死にたい』と漏らす和歌に対し、女役の定家は『忍ぶ恋がむなしくとも、命を絶やさないで生きて下さい』……といった意味の和歌で返したか。あたかも恋物語のような一場面を、たった二首の和歌だけで表すとは、これが歌人の真骨頂か)

保盛が、式子内親王と定家の和歌をしばし噛みしめていると、師が定家の和歌が書かれた紙を檜扇《ひおうぎ》に載せ、彼女の御帳台へ献上する。

御帳台にかかる薄絹の幕の隙間から、透き通るように白く輝く手が一瞬だけ見えたかと思うと、和歌の載った檜扇を受け取るなり御帳台の中へ消える。

(たおやかで上品な手……あれが式子内親王様か)

本来ならば一生目にする機会のない高貴な女人の体の一部でさえ、保盛の心はざわめく。

（ありがたいやら畏《おそ》れ多いやら……。そう言えば、定家は大丈夫だろうか）

式子内親王と同じ室内にいて、香をかいだだけでも、ひどく舞い上がっていた定家だ。彼女の手を目にしては、正気を保てないのではないか。

保盛が急いで定家の方を見ると、果たして定家は魂を抜かれたようになっていた。

「せがれ、おい、せがれや。まったく、しょうがないのう」

俊成が小声で呼びかけながら、揺さぶる。それでも、いっこうに定家は正気づく様子がない。

「俊成卿。失礼いたします」

保盛は心を鬼にすると、定家の瘦《や》せた両肩をつかんで揺さぶった。

「保盛様、いったい何をなさるのですかっ」

「我らの本来の役目を忘れたのか、定家。しっかりせよ」

定家の目に次第に光が戻ってくる。

「そうでしたっ。式子内親王様の名歌を汚した輩《やから》を突き止め、説教するのでしたっ」

曲がりなりにも目的を思い出した定家に安堵《あんど》してから、保盛は再び正面を向く。

帥が、脇息に凭《もた》れて座っている白露へ、何やら話しかけている様子が見えた。

しかし、帥の顔はひどくこわばり、保盛が定家にしたように、白露の両肩を揺さぶる。

この期に及んでも、白露の両脇で将棋を指している女房達は、よほど勝負に熱中しているのか、二人に顔を向けようともしない。

ついに、白露の首が不自然に後ろへ倒れこみ、保盛達に彼女の顔が見えた。

白露の顔はひどくうつろで、目を見開いているのに、どこも見ていないような眼差しをしている。

帥は、驚いて手を離し、白露からのろのろと後ずさる。腰を抜かしたのか、足がもつれて床に座りこんだきり、立ち上がらない。

顔中に恐怖をたたえながらも悲鳴を上げなかったのは、式子内親王や八条院などの高貴な女人達を不安にさせないためだろうか。

その間、支えを失った白露は仰向けになって床に倒れこむ。

保盛は戦場において、人が倒れる有様を嫌というほど目の当たりにしてきた。だから、白露が倒れたことに対し、さほど驚きはなかった。ただ、ついに変事が起きてしまったくやしさがあった。

「定家、我らの出番が来たようだ」

「そのようでございます」

こみ上げてきた感情を堪えつつ保盛が立ち上がると、定家が保盛の懐から素早く蝙蝠扇をすり取って歩き出す。

ただし、保盛が白露の方へ向かったのに対し、定家は先程まで帥が立っていた母屋の中央に向かった。そこに立つと、蝙蝠扇を掲げながら北仮屋とその庭にまで轟《とどろ》くような大声を張り上げた。

「たった今、病人が出た。これ以上御所に穢れを広げてはならぬので、今母屋にいる者は誰も外へ出てはならぬ。繰り返す……」

三度同じことを述べてから、定家は廊へ飛び出す。そして今度は、庭へ向かって蝙蝠扇を掲げながら大声を出す。

「母屋から出ようとする者がいたら、ただちに捕えよ。それと、母屋へ怪しい者が出入りするのを見た者はいないか。いたら、私に知らせに来るのだ」

これもまた三度同じことを繰り返すと、定家は白露のそばにいる保盛の許へ戻ってきた。

変事が起きたとは言わず、病人が出たと叫んだのは、高貴なる女人達をいたずらに怖がらせないための配慮だろう。

ただ、白露の周りにいた女房達は、彼女の異変を察したようで、恐怖に顔を引きつらせながら、次々に離れていった。女房達だけでなく、配膳をしていた女童や半物達なども、離れていく。

気づけば、保盛の周りには、白露と定家しかいなかった。

「保盛様、白露殿の様子はいかがでしょう」

「あ、ああ」

まさか定家の電光石火の行動に驚いて、まだろくに調べていないとは言えない。

保盛は、白露を横たえさせながら、すかさず鼻の前に手をかざす。白露の息はまったく感じられなかった。続いて脈を測るために華奢な手首をつまむ。まだぬくもりがあるものの、脈は完全に途絶えていた。

保盛は、口を固く結び、首を大きく横に振った。

定家は肩を落とす。

だが、すぐに気を取り直し、白露の前に置かれた高坏へ近づいた。

「もしかしたら、高坏などが交換されているかもしれません」

「そうだった」

保盛も高坏へ目を向ける。

そこには、朱墨で五と書かれていた。

「少納言殿、白露殿には何番の高坏でしたか」

数字を確認し終えた定家が、母屋の北東の片隅で、他の女房達と固まって座っていた少納言へ呼びかける。

少納言は、すぐさま持っていた帳面を確認する。

「五番でしたわ」

「まことか。では、下手人は毒の入った高坏を交換していないことになる。そうなると、まだ料理か酒に毒が入っているのではないか」

保盛は彼女に合槌《あいづち》を打ってから、定家に言う。

定家は、渋面《じゅうめん》で首を横に振った。

「それはありません、保盛様。よく御覧下さい。白露殿は、料理にも酒にもいっさい手をつけておりません」

定家の言う通り、高坏の上には料理がきれいに並び、提子を持ち上げると満杯とすぐわかる重みがあった。

提子にも朱墨で五と書きこまれており、交換された形跡がないのは明らかだ。

「もしかしたら、白露殿が毒入りの酒を飲んでしまって息絶えた後、下手人が提子へ自分の酒を注いだかもしれぬ」

保盛が急いで提子の蓋を開けようとしたが、頑として蓋は開かなかった。

「実は、連続怪死の話を聞いた時点で、すでに毒殺かもしれないと思っておりました。犠牲者に毒入りの酒を飲ませた後、下手人が自分の酒を犠牲者の提子に注いでごまかそうと考えるかもしれない。そう思ったのです。そこで半物達が食器を運び終えた際、すべての提子の蓋に、家から持ってきた糊《のり》を付けておいたのです。我が家から持ってきた物であれば、毒を仕込めませんからね。ですから、白露殿が酒を飲んでいないのは確かでございます」

保盛は厨《くりや》から戻ってきた時、定家が提子を手にしていたことを思い出した。もっと思い出せば、九条宅を出る時に支度をすると言っていたのは、着替えはもちろん、糊を用意するためだったのかと得心が行く。

「よくぞ、そこまで気が回ったものだな……」

ひとしきり感心した後、保盛は愕然《がくぜん》とした。

「しかし、毒ではないなら、なぜ白露殿は突如として息絶えたのだ」

「それをお調べになるのが、保盛様のお役目でございます。私は、周囲の女房の方々に、白露殿のそばに近づいた者はいなかったか、怪しい振る舞いをした者はいなかったかなどなど、諸々のことを聞いて回ろうと思います」

定家は顔をこわばらせたまま、話を聞きにかかる。

北仮屋の出入りを禁じたため、配膳をしていた女童や半物達なども加わり、母屋の中は四十人ほどに人数が膨れ上がっていた。話を聞いて回るのも骨が折れそうだ。だが、定家は病弱な体でも、果敢に一人ずつ聞いて回っている。

(元武士である我よりも、歌人である定家の方がよほど冷静だし、根気がある。負けてられぬな)

保盛は己を奮い立たせると、白露の屍の見極めを始めた。

懐へ手を入れると、白露にはぬくもりが残っていた。

戦に出陣した経験があるので、ほんのつい先程まで生きていた人間の屍の見極めをするのは、初めてではない。

それでも、まだうら若い女人の屍となると、この先も華やかな人生があったかもしれないと惜しむ気持ちが湧き出て、胸が痛んだ。

一通り見たところ、白露にはどこにも外傷が見当たらなかった。全身を調べるため、白露の頭を持ち直した時だった。保盛の指が、黒髪の中にある硬い物に触れた。ちょうど、脳天にあたる位置であった。

（いったい、何だ）

保盛はそばにあった蠟燭《ろうそく》が使われた灯明台をたぐり寄せると、蠟燭だけを抜き取る。その奇異とも言える行動に、少納言や帥ら女房達が思わず息を飲む声が聞こえたが、保盛はかまわず、蠟燭を白露の頭へ近づけた。

「うっ……」

思いがけない発見に、保盛は思わずうめく。

そこへ、定家が戻ってきた。

「お待たせいたしました、保盛様。白露殿の両脇という最も近い場所にいた女房の方々は、将棋に夢中で何も見ていないとのことでした。それ以外の方々にも訊ねてみたところ、誰一人として白露殿のそばに近づいた者はいないとの答えでした。それだけではありません。廊に控えさせていた雑色達に訊ねてみても、庚申待が始まってから、北仮屋どころか母屋から出て行った者は一人としていなかったそうです。庭に控えている武士達も、怪しい者は北仮屋に出入りしていないとのことでした」

「そうか、定家。我の方でも、いくつかわかったことがあった」

保盛は、袖で額の汗を拭いながら、定家を手招きする。

「これから、白露殿の頭に蠟燭の明かりを近づけるので、注意して見てほしい」

「承知しました」

定家は、息で蠟燭の火を消さないよう、袖で鼻と口を覆いながら、目を凝らし始める。

保盛は、再び白露の脳天に蠟燭の明かりを近づける。

すると、蠟燭の瞬きに合わせ、白露の脳天が小さく光った。

定家が息を飲んだ。

「見えたか。ちなみに、我には釘の頭に見えた。おまえにはどう見えた」

「……私の目にも、そう見えました」

定家は震える声で続ける。

「つまり、彼女は脳天に釘を打ちつけられて殺害されたということですか」

「間違いない。我は二度ほど出陣したことはあるが、このようなおぞましい殺し方は初めて見る」

保盛は、顔を顰《しか》めずにはいられなかった。

(だが、まだ定家には伝えねばならないことがある)

息を整え、意を決する。

「それに、おまえに見せたい物は、まだある」

保盛は、白露の懐から一枚の紙を取り出す。

しのぶることの　よわりもぞする

「これはっ、式子内親王様の和歌の下の句っ」

「屍の見極めをしている際に、見つけた」

保盛は動揺が表に出ないよう、押し殺した声で続ける。

「下の句がすべて書かれていたということは、連続怪死はこれにて終わりなのだろう」

「しかし、下手人は野放しのまま、ということですね、保盛様。よりにもよってあのお方の和歌を屍に添えて汚した大罪人が野放しなど、許されざることっ。一刻も早く見つけ出さねばっ」

そのまま定家は言うなり、腕を組む。目を閉じて眉間に皺を寄せる。

しばしの沈黙ののち、定家は大きく目を見開いた。

「頭に釘を打ちこんで殺害したのであれば、槌《つち》、あるいは槌のような物が必須。ならば、母屋の出入りを禁じた今、下手人は槌を処分できずにまだ持っていることになります。つまり、槌を持っている者が下手人となりますっ」

「なるほど。そう考えれば、下手人を突き止められるか」

「はい。では、さっそく男は男同士、女は女同士で持ち物を調べてもらい、我々は母屋の中に槌かその代わりになる物が隠されていないか、探してみましょう」

「わかった。では、親行殿と少納言殿に頼み、持ち物を調べる旨を伝えてもらうとしよう」

「手分けして探し終えたら、父のいる席で落ち合いましょう」

定家の提案に従って、ただちに母屋にいる者達の持ち物が調べられ始める。

槌、あるいは槌のような物を探し求め、保盛と定家は手分けをして母屋の中を探しにかかった。

半刻（約一時間）後、保盛と定家が、俊成の待つ席へ戻ってきたのは同時だった。

八条院と式子内親王を守るように、御帳台の周囲には女房達が固まるように座っている。不安と恐怖に襲われているためか彼女達の口数は少なく、母屋の中は静まり返っていた。

(取り乱さないとは、さすが高貴なる女人に仕える女房達。見事だ)

女房達の振る舞いに感心する保盛と、疲れた顔で腰を下ろす定家に、俊成は火桶を押しやった。

「何やら大変なことになったのう。火桶で温まって少し休むといい」

息子が病弱かつ虚弱なことを熟知している俊成は、火箸《ひばし》で炭を置き直して息を吹きかける。炭火は赤く光ってから、熱気を放ち始めた。保盛は、定家に便乗する形で火桶の傍《かたわ》らに腰を下ろす。

「父上の言う通りでございます。ここにいる方々で、槌やそれに代わる物を持っている者は一人もなし。保盛様も私も手分けして隅々まで探したのですが、同様に何も見つからなかったのでございます」

「念のため、少納言殿に頼んで八条院様と式子内親王様の御帳台の中を、上臈女房の方々にお調べいただいたのだが、やはりそこでも何も見つかりませんでした」

「硯や文鎮が槌の代わりに使えるかと思ったのですが、よくよく考えたら私が和歌を書くために、それらが入った硯箱は今に至るまでこの場に置いたままになっていました。ですから、下手人は使うことができません。まだ何か見落としがあるのでしょうか……」

保盛も定家も、手ごたえのない探索を終え、徒労感に苛《さいな》まれていた。

俊成は、そんな二人に憐憫《れんびん》の眼差しを向ける。

「せがれや、庭は探したか。庭へ捨ててしまえば、槌は小さいので見つけにくいからのう」

「父上、私もそれは考えました。そこで、庭に控えている御所の武士達に北仮屋から何かを投げ捨てられなかったかと訊ねたのですが、答えは『否《いな》』でございました」

力になろうとする親心を、にべもなく定家は斬り捨てる。

しかし、保盛にはひらめくものがあった。

「捨てることができなかったのであれば、中に留めおいても怪しまれない物に見えるよう、細工したのではないか。例えば、家具や調度品の一部がはずれるように細工して、釘を白露の頭に打ちこんだ後、また元へ戻したのだ」

「お言葉ですが、保盛様。家具や調度品の一部ということは、木でございましょう。いくら木槌があるとは言え、木槌に使われる木よりも、家具や調度品に使われる木は軽くてもろいので、槌の代わりに使うのは難しゅうございます」

定家が、眉間に皺を寄せた顔で答える。

「普通の木が使われた物なら、おまえの言う通りだ。だが、黒檀《こくたん》の木を使った物ならば、話は別だ」

「コクタンとは、何ですか」

「黒という字に、栴檀《せんだん》の檀と書いて、黒檀。宋や天竺《てんじく》にある木で、その名のごとく色は黒い。昔実家にその木で作られた文机があったのだが、これが高価であるだけでなく、とてつもなく重くて頑丈だったのだ。まだ子どもだった我は、木なのに水に沈むほど重いのだという話を聞き、弟達と一緒に家の池に入れてみたら、本当に沈んでしまった。そればかりか、別の日に文机を運んでいた雑色が、誤ってそれを自分の足の上に落としたところ、ひどい大怪我《おおけが》を負ってしまったのだ。つまり、それほど頑丈な物なのだ。下手人は、あらかじめ文机の脚だけを黒檀でできた物にすり替えておき、白露殿を殺害する際にはずして槌代わりに使って頭に釘を打ちこんだ。そののち、何食わぬ顔でまた脚をはめ直したとは考えられぬか」

定家は、吟味するような表情へと変わっていく。

「そのような木が実在するならば、保盛様のお考えに一理ございます。文机の脚ならば、人の手でつかめるので、槌の代わりに使えます。しかしながらっ」

賛同を得られ、もしや真相かと保盛が思った矢先、定家は語気を強める。

「その方法では、童達が文机を持ち運びした時に、普段の物と色や重さが違うことで気づくのではありませんか。それに、黒檀は、宋や天竺にある木となると、いわば舶来品。下手人の正体はまだわかっておりませんが、そう簡単に手に入れられる物ではないのでは」

畳みかけられるように己の考えの穴を指摘され、保盛は低く呻《うめ》くしかなかった。

すると、定家は表情を和らげた。

「けれども、万が一の場合があるので、試す価値はございます。母屋の中にある文机の脚が取りはずしができるのか、試してみましょう」

庚申待のために屛風の陰に運びこまれていた文机は、すぐに見つかった。

「確かめるぞ」

「お願いします、保盛様」

保盛は、文机の脚を一本ずつつかんでひねる。

しかし、脚は微動だにしない。そもそも、重さもごく普通の文机であり、どこにも黒檀が使われた様子がなかった。

「……我の考えは、とんだ見当違いだったようだ」

落胆する保盛を、定家は慰《なぐさ》めることなく別の話を始めた。

「保盛様が文机をお調べになられている間、私はあることに気づきました。見て下さい。御所の女房の方々は皆様、首から懸守を下げています。懸守の中には護符や持仏を入れるなど、物を入れることもできます。槌の代わりになる物も、入れられるのではないでしょうか」

定家に言われ、保盛は女房達の懸守を順々に見ていく。

「確かに、どれも四寸（約十二・一二センチ）ほどの大きさだ。槌代わりになる物を充分に隠せる」

「そうでしょうとも。では、さっそく調べにかかりましょう」

定家の呼びかけに保盛は応じかけたが、あることに気づいた。

「どうして先程のように手分けして調べないのだ。その方がはかどるであろうに」

すると、定家は長々と溜息を吐《つ》いた。

「女心というものをわかっておりませんね、保盛様。私のように痩せて貧相な男から懸守を調べさせてほしいと頼まれるより、美男子である保盛様に頼まれた方が、すみやかに事が進むではありませんか」

これが定家以外の者の発言ならば、おだてることで厄介事《やっかいごと》を押しつける魂胆《こんたん》だと思うところだ。だが、生真面目で律儀な定家に限って、そんな要領のいいことを思いつけるとは到底思えない。

「わかった。とは言え、せっかく我の容姿を褒めてくれたのに申し訳ないが、我は維盛や重衡と比べれば、雲泥の差だぞ。おまえが期待するほど効き目があるかどうか……」

「あの方々と比べては、誰でも泥になってしまいます。しかしながら、保盛様は泥は泥でも金泥です。私よりもずっと見られる御容姿です。さあ、早く取りかかりましょう」

定家に促され、保盛は女房達に懸守の中を調べさせてほしいと頼み回ることになった。

最初に頼んだ相手は、少納言だった。

少納言は、明らかに困惑した。

「懸守の中を調べさせてほしいとは、いくら八条院様のお許しがあるとは言え、何て頼みでしょう。懸守とは、神仏の御加護が大事にしまわれている物でもあり、時には相続などの大事な証文もしまわれているのですよ。それを他人様《ひとさま》に見せるなんて――」

「――失礼は百も承知だ。だが、このまま白露殿の死の謎が解けぬままでは、検非違使《けびいし》を呼ばねばならなくなる。武骨な輩に、あなた方の取り調べを、ましてや懸守を調べるような繊細なことをまかせたくはないのだ」

保盛が頭を下げてから顔を上げると、彼女のいかめしい顔にはにかんだ表情が浮かんでいた。

「あたくし達のことを気遣って下さっていたのですね。承知しました。それでは、お調べ下さいまし」

少納言は、懸守を首からはずすと保盛へ渡す。

保盛は、さっそくそばに控えていた定家にも見えるように、その中身を検めた。

中には、護符が入っているだけだった。

「これでは槌の代わりにはなりませんね」

「そうだな。少納言殿、御迷惑をおかけした」

「いいえ、とんでもない」

少納言は、恥じらった笑みを浮かべたまま応じた。

それから保盛は、母屋中の懸守を身に着けた女房達に頭を下げ続け、中身を調べさせてもらった。

定家の言葉通り、女房達との交渉は思っていたよりもはかどった。彼女らは、ある者ははにかみ、ある者は頰を赤らめながら、懸守を差し出してくれた。

重みのある物は出てきたが、護符と一寸（約三・〇三センチ）から三寸（約九・〇九センチ）ほどの木でできた小さくて繊細な持仏像ばかりだ。

いずれも、脳天に釘を打ちこめそうな物ではなかった。

「師殿、あなたで最後となります。懸守の中身を検めさせていただけないだろうか」

保盛は、師へ頭を下げる。

「お断りいたします」

師はすげなく答えるばかりで、いっこうに懸守を手渡そうとはしない。

「そこを何とか。白露殿の死の謎をここで解かぬと、この八条院御所に検非違使が来るやもしれないのだ。頼む」

「嫌なものは、嫌なのでございます」

師は、とうとう保盛から顔を背ける。

（おまえが考えているほど、顔だけで世の中は渡り歩けぬぞ、定家。どうしたものか……）

保盛が考えあぐねていると、定家が師を見据えた。

「師殿。同じ歌人であるならば、白露殿の屍に式子内親王様の和歌を添えた大罪人を突き止める大切さが、おわかりになられるはず。それとも師殿は似非《えせ》歌人なのでございますか」

定家に低く押し殺した声で問われ、師は腹立たしげに定家へ顔を向けた。

「誰が似非歌人ですか。いいでしょう。そこまで言われては、仕方ありません。好きなだけ調べなさい」

師は、懸守を定家へ突き出すように手渡した。

師の懸守は金属の箱型で、表面には松をくわえた鶴の図柄が細工されていた。

定家が蓋を開けたので、保盛も見てみると、中から出てきたのは文《ふみ》の束だった。

「すべて式子内親王様からいただいた文です」

師は恥じらいよりも、大切な物を人に見られたことだろう、その怒りを声に滲ませる。

「ならば、文の中まで検める必要はありますまい。たいへん失礼いたしました」

「ぶしつけな振る舞いをして、まことに申し訳ない」

二人はひたすら師へ詫びてから、首を傾げる。

「よい隠し場所と思ったのですが……」

「落ち込むのはまだ早いぞ、定家。まだ白露殿の懸守を調べてない。もしかしたら、下手人はそこに隠したかもしれぬぞ」

「頭に釘を打ちこんだ後、すかさず白露殿が首から下げている懸守へ槌をしまう余裕が下手人にあったとは到底思えませんが、よいでしょう。確認してみましょう」

保盛と定家は、白露の懸守を調べてみた。

だが、出てきたのは、小さな持仏像だけだった。

二人は肩を落とすと、再び俊成の待つ席へ戻った。

「すべての懸守を調べて回りましたが、槌の代わりに使える物は何一つ見つかりませんでした……。何かを隠して持ち運びするには、都合のよい物だと思ったのですが……」

再び徒労に終わったことで疲れが出てきたのか、定家は脇息に凭れかかる。

「この母屋の出入りを禁じたから、下手人は必ずやこの中にいるというのにっ。見つけ出せぬとはっ、歌人として何たる不甲斐なさっ」

体は疲弊《ひへい》しているものの、心はいまだ活発らしく、定家はひどく苛立《いらだ》つ。

「先程は懸守を調べるための方便として、八条院御所へ検非違使を呼ぶことになるかもしれないと言ったが、このままでは本当にそのような事態になるやもしれぬ。そうなれば、八条院様の御期待を裏切ることになってしまう……」

保盛は頭を抱え、焦った。

「保盛様、落ち着きなさいませ。こちらに火桶がございます。わしがよく、火桶にあたれば名歌を作れるように、火桶にあたって温まれば自ずと名案が浮かんできますよ」

俊成が、いたわるように保盛の方へ火桶を押しやる。

保盛は火桶へ目を落とす。

そして、ひらめいた。

「そう言えば、秋の夜風が冷たくなってきたので、この母屋の中には火桶が我らの席だけではなく、至る所に置いてある。もしかしたら、下手人は火桶の灰の中に槌を隠したかもしれぬぞ」

しかし、定家から返ってきたのは、同意の声ではなく、冷めた溜息だった。

定家は脇息に凭れたまま、保盛を呆れ顔で見た。

「火桶の中に槌を隠したとしても、その時に手や袖が灰まみれになって一目で怪しまれてしまいます。私達が見て来た方々の中で、手や袖が灰まみれになっている人物をお見かけした覚えがございますか」

「……ないな。そんな目立つ人物がいれば、すぐに疑っていた」

「つまり、下手人は隠し場所として、火桶を選ばなかったということでございます。私も懸守の一件で失態を働きましたが、保盛様ももっと熟考してからお話し下さい」

冷淡に保盛の考えを一蹴する息子をなだめるためか、俊成が声を上げた。

「せがれや。器の中に物が隠されていると考えるのは、人として当たり前のこと。だから、保盛様を非難することはなかろう」

俊成は取り成すような笑みを浮かべ、保盛と息子を交互に見つめる。

「かまいません、俊成卿。我《われ》が見当違いなことを言うのは、これで二度目。定家はよくこらえてくれています」

息子を気遣う老父の健気な心遣いが不憫で、保盛はかえって気が重くなる。

（まことに、我は情けない。父から教わった屍の見極めができても、その知識を生かす肝心要の知恵がたりておらぬ）

溜息を吐いたところで、隣にいる定家から何やら呟《つぶや》く声が聞こえてきた。

見れば、定家はどこかあらぬ方を見ていた。

「器の中に物を隠すのは当たり前」

父親に注意されたことを反省する気配は微塵《みじん》もなく、定家は己の考えに没頭していた。

「その当たり前の物が見つからないのはなぜか」

そんな息子を見かねたのか、俊成が渋面になる。

「これ、せがれや。保盛様に謝らんか」

「いいのです、俊成卿。それよりも、今、定家は熟考しているところなのです。ここは見守りましょう」

俊成を制し、保盛は定家を見た。

直後、彼の目つきが鋭くなる。

「もしかしたら、誰もが目にしていながら、目にしまいと思う物なのではないか」

わけのわからないことを言い出す定家に、保盛も俊成も途惑っていると、定家は額に冷や汗を滲ませながら、嫌悪感に満ちた表情になる。

それから、低く鈍《のろ》い声で、呟いた。

「こんなにも事の真相を確かめるのが恐ろしいのは、初めてだ……」

今まで定家は謎解きに挑んだ際に、無残な屍を目の当たりにしようが、下手人に危うく襲われそうになろうが、盗賊と対峙することになろうが、歌人に似つかわしくないほどの胆力を見せ、決してためらうことはなかった。

その定家が、初めて見せた逡巡《しゅんじゅん》に、保盛まで冷や汗が滲み出てきた。

「いったいどんな恐ろしい真相なのだ、定家」

動揺のあまり息が乱れるのを感じながら、保盛は問う。

「それをお話しする前に、保盛様に集めていただきたい者達がいるのです」

定家の口調に、一切迷いはない。

——謎が解き明かされたのだ。

下の句

保盛は、定家に頼まれた通りの者達を、定家と俊成のいる席に連れて来た。

定家は保盛がいない間、親行と少納言と師を席に招いていた。

そのため、保盛の座る場所はなくなり、仕方なく立っていることにした。

「定家、母屋にいた樋洗童達を持ち物と共に全員連れて来たぞ」

北仮屋には、樋洗童《ひすましのわらわ》が四人いた。

下は十二歳ほど、上は十八歳くらいで、樋洗童を務めるだけあり、季節にふさわしい華やかな衣を身に着け、全員愛らしい容姿をしている。

小脇に丁子《ちょうじ》染めの薄い布で包まれた樋箱《ひばこ》を持ったまま、樋洗童達はいちように不安げな顔で、すがるように保盛を見上げていた。

そんな彼女達へ、定家は容赦《ようしゃ》ない口ぶりで告げた。

「よくぞ来てくれた。これより、白露殿ならびに今まで庚申待の晩に怪死した女房の方々の、死の真相を解き明かそうと思う」

定家は脇息に凭れたまま、樋洗童達へ語り始めた。

「あの子達が、怪死にどう関係するのですか」

親行が不思議そうに定家に訊ねる。

「大いに関係いたします。白露殿が亡くなられたのは、まことに奇異な状況でした。何しろ、あれだけの人数がいながら、下手人は誰にも見られることなく白露殿のそばへ近づき、彼女の脳天に釘を打ちこんで命を奪ったからです」

白露の無残な最期を知り、親行と少納言と師は一斉に青ざめ、大きく身震いする。

「今まで怪死した者達も、同じ理由で亡くなっていたのですか」

少納言が声を震わせる。

「さようでございます。やんごとなき女院御所で死者が出た場合、屍の見極めをするよりも何よりも、穢れを広めないために、即座に屍を筵に乗せて外へ出すのを優先することが通例です。ゆえに、保盛様のように屍の見極めができるお方がいなければ、脳天に打ちこまれた釘に気づくことはできないでしょう。仮に、屍を筵に乗せる際や、遺族が屍を棺に納める際に頭に触れたとしても、せいぜい頭の後ろに触れるだけで、脳天に触れることはまずありません。下手人も、それを見越して人を殺す方法として選んだのかもしれません」

定家は、淡々と答える。

「ところで、私は白露殿の異変に気づいた直後、穢れや噂《うわさ》が広まらぬように、母屋から誰も出て行ってはならないと言いました。つまり、下手人はまだここに留まった者達の中にいることになります」

「それと、あの子達がどう関係するのですか。先程からあなたは問いに答えていませんよ」

帥が咎《とが》めるように言う。

「問いの答えに納得がいくように、順を追って説明させていただいているのです。どうかひらに御容赦いただきたい」

丁寧《ていねい》な言葉遣いだが、己のやり方は変えないという定家の確固たる意志にあてられたのか、帥はおとなしく引き下がる。

「では、話に戻りましょう。母屋の中にいた者達は全員、今なお外に出ておりません。それは下手人も同じです。そうなると、下手人は白露殿の脳天に釘を打ちこんだ時に使った槌、あるいは槌の代わりになる物を処分していないことになります。つまり、槌、あるいはその代わりになる物を持っている者こそ、下手人となります。ここまで御理解いただけたでしょうか」

「大丈夫だ、せがれ。ちゃんと理解できておる。のう、保盛様」

「ああ」

答えたものの、保盛は悩んでいた。

（今の定家の説明で、我もおまえが何を考えているのか理解できてしまった。いっそ定家の解き明かした真相がはずれていてほしいと願ったのは、初めてだ）

袖の中で握りしめた手には、汗が滲んできていた。

保盛の心の内など当然知るよしもなく、定家は咳《せ》きこんでから話を続けた。

「そして、先程申し上げた通り、下手人は誰にも見られることなく白露殿のそばへ近づけた者でもあります。これら二つの条件を備えた者こそ、樋洗童なのです」

定家に言われ、俊成も親行達もいっせいに四人の樋洗童達を見た。

樋洗童達は、不安そうにおびえ、保盛へすがるような眼差しを向けてきた。

しかし、保盛には彼女達へかける言葉が思いつかなかった。

「皆様も御存知の通り、樋洗童は貴人の下の世話をするのが役目。誰もが見て見ぬふりをしてやり過ごす存在です」

定家の指摘に、俊成と親行達が唖然とする。

しかし唯一、保盛は違った。

（そう……以前、右衛門尉の屋敷を訪れた際、伝言役を務めた樋洗童を、我と定家は見て見ぬふりをした。それと同じことが、白露殿殺害の時に起きたのだ）

保盛自身、御所へ来てから、女房、女童、半物まではきちんと認めていたが、樋洗童に関しては気にも留めていなかった。

「よって、樋洗童が女房の周りをうろつこうが接近しようが、用を足した後の樋箱を運んでいるか、用を足したい誰かに呼びつけられたようにしか見えません。実際のところ白露殿のそばに近づいた樋洗童がいたのです。しかし、見て見ぬふりをするのが常識のため、皆様の心には残らず、結果、誰も何も見なかったことになったのです」

定家は脇息に凭れるのをやめると、弱々しく立ち上がる。

だが、その表情は鬼気迫るものであり、弱さなど欠片《かけら》も見当たらなかった。

「そういうわけで、樋洗童達よ。全員持っている樋箱の包みをほどいたら、床に置いてもらおうか」

樋洗童達は、ますますおびえる。

「己が下手人ではないと言うのであれば、すみやかに言われたようにせよ」

保盛が穏やかではあるが断固とした口調で告げると、樋洗童達は一人また一人と包みをほどいて自分の前に樋箱を置く。

その間、保盛も定家も、樋洗童が自分の持っている樋箱を他の者のと交換することがないよう見張っていた。

樋洗童達はおびえながらも、全員置き終える。

それを見届けてから定家は語り出した。

「恥ずかしながら、この定家《さだいえ》。下手人が持っているはずの槌が、どうしても見つけられずにおりました。しかし、器の中に隠されているなら見つからないという、ごく当たり前の事実に気づいた時、常に樋箱という蓋付きの容器を持ち歩いている樋洗童だけは、槌を隠し持つことができるとわかったのです。皆様は、証人です。どの樋洗童の樋箱の中に何が入っているのか。これから私が調べるので、御一緒に確かめて下さい」

悲壮とも思える覚悟を決めた顔で、定家は保盛のみならず、父や親行達へ告げる。

それから即座に、彼から見て右端の樋洗童の前に置かれた樋箱を、保盛らに見えるように蓋を開ける。

たちまち忌まわしい臭気が保盛の鼻を突く。

樋箱の中にあったのは、当然あってしかるべき物だけだった。

(たとえ謎解きによってたどり着いたこととは言え、これは耐え難い……)

だが、定家は止まらない。

ためらうことなく、次の樋箱の蓋を開ける。

不快な悪臭が、辺りに広がり始める。

保盛は、親行達が定家の正気を疑い、俊成へ憐憫の声をかけていることを、定家に知らせるべきか否か迷った。

そんな保盛の迷いなど振り切るように、定家は勢いよく三つ目の樋箱を開けていく。

どの樋箱も、中身はそこにふさわしい物しか入っていなかった。

しかし、四つ目の樋箱だけは違った。

そこには、小ぶりの金槌《かなづち》が入っていた。

たちまち、親行達の間に俊成への憐憫の情に代わって、恐怖と驚愕のどよめきが広がっていく。

一方、俊成は絶句しながら、定家と金槌に交互に目を向ける。

釘を打ちこむ時に、音が出ないようにするためだろうか、金槌の頭は布で包まれていた。

「やはりな。庚申待のたびに、樋箱に金槌と釘を入れて母屋に持ちこみ、人の注意がそれた頃合いを見計らって、殺したい相手の頭に釘を打ちこんでいたか。今回の場合は、式子内親王様の和歌へ私が返歌をして、帥殿の美声でそれらを詠み上げ、いっせいに歓声が上がった時か。それを好機と捉えて白露殿に近づき、歓声に紛れて殺害した。和歌を人殺しに悪用するとは、何とも見下げ果てた輩よ」

定家は、呪い殺さんばかりの目つきと口ぶりで、四人目の樋洗童を断罪する。

「おまえ、名は何という」

定家は、問題の樋洗童を睨み上げる。

十八歳ほどの彼女は、くやしげに下唇を嚙みしめるだけで何も答えない。

すると、少納言が悲鳴に近い声を上げた。

「その子は、正木葛《まさきのかずら》。式子内親王様の樋洗童です」

少納言は畳から腰を浮かせながら、青ざめた顔で正木葛を見つめた。

「正木葛、なんて恐ろしいことをしたのですか」

正木葛は、ふてくされた顔になる。

「何が恐ろしいんですか。身の程も知らず、式子内親王様に気に入られたと思いこんで調子に乗っている連中を、これ以上図に乗らないようにしただけです」

鈴を転がすような愛らしい声に似合わず、正木葛は吐き捨てるように言う。

「内親王様に目をかけていただくのは、あたし一人でいいのですよ。見て下さい、あたしの扇。これ、内親王様にいただいた扇なの。他にこの扇をいただく人が増えたら、ありがたみが薄れてしまうではありませんか」

底知れない正木葛の嫉妬《しっと》深さに、保盛を始め、誰もが愕然とする。

だが、定家だけは落ち着き払っていた。

「つまり、式子内親王様に強く憧れて尊敬の念を抱くあまり、あのお方に目をかけられた女房を知っては激しく嫉妬した。そこで、昔起きた藤原超子様の怪死になぞらえ、三戸の虫の仕業に見せかけるために庚申待の晩を選んで、殺害し続けていた。そういうわけだな」

定家は不気味なほど静けさの漂う声で、正木葛に確認する。

正木葛は、定家から顔を背けた。

「だから、何だと言うのです。人が殺し合うのが当たり前の世の中なのに、どうしてあたしだけが、邪魔者を排除したくらいで責められなければならないんですか」

四人もの命を奪ったにも拘らず、罪深さに恐れ慄《おのの》きもせず、ふてくされる一方の正木葛を見て、保盛の心は滅入っていく。

（源平の争乱の前には、このような道理からはずれた考えの持ち主などいなかったぞ）

保盛は、去年捕らえた仏師を思い出した。

美しい仏像を作りたい一心で、人の命を奪い、なおかつ罪を免れようと鬼の仕業に見せかけるために生首を晒した、あの男。彼の底知れない貪欲《どんよく》さと邪悪さには、胸が悪くなった。

もう一人胸が悪くなった下手人は、盗賊の竜王丸《りゅうおうまる》だ。歴史に名を刻むとうそぶき、残酷を好む鬼畜外道だった。無残にも彼に殺害された月草《つきくさ》の無念を思うと、腹も立った。

（この手の輩が増えたのも、すべては源平の争乱で世が荒み、人心が乱れてしまったせいなのだろうか……）

正木葛の目は、心の闇の深さを反映するように果てしなく暗く見えた。

保盛と似た屈託を、誰もが抱いているのだろうか。重苦しい沈黙が漂い、誰も口をきこうとしない。

しかし沈黙は、定家の奇声によって破られた。

「弾指《だんし》すべしっ、弾指すべしっ、弾指すべしぃぃぃぃぃぃぃぃぃっ」

定家は勢いよく立ち上がるなり、血走った目で正木葛を真正面に見据えた。

「おまえはっ、自分の行ないが責められる悪行とわかっていたからこそっ、三尸の虫の仕業に見せかけるためっ、庚申待が開かれる日を選んで女房達を殺害していたくせにっ、しらじらしいことを言うなぁぁぁぁぁぁぁっ」

高貴な女人達の耳に、物騒な言葉が聞こえないようにする配慮を忘れ、定家は声の限り叫ぶ。

「天才歌人であらせられる式子内親王様に憧れる気持ちは、わかるっ。だがっ、あのお方に対しっ、まことに憧れっ、尊敬しているのであればっ、なぜあのお方が目をかけた者達を認めないのだっ。それで、本当に内親王様に深く憧れ、尊敬していると言えるのかっ。否っ、言えるわけがないっ。憧れと尊敬とはっ、崇《あが》め奉《たてまつ》ることっ。崇め奉ることとはっ、そのお方を尊重することっ。内親王様の御前《おんまえ》で四度も人殺しをしてお心を踏み躙《にじ》ったおまえはっ、内親王様を慕っているのではないっ。あのお方に目をかけられている自分自身を愛しているだけっ。とんだ心得違い者だっ。思い上がるのもたいがいにせよっ」

正木葛は何か言い返そうと口を開きかけるも、定家はそれを許さなかった。

「藤原超子様の怪死について詳しく書かれている『栄花物語《えいがものがたり》』を読めるほどの教養がありながらっ、どうして内親王様への思いを和歌で伝えようとせずっ、それどころかっ、屍にあのお方の作った和歌の一節を添えるような汚らわしい真似をしたのだっ。当世随一の歌人と誉れ高き内親王様に憧れと尊敬を抱きっ、お喜びいただくことに心を砕くのであればっ、和歌を学ぶのが一番の近道だっ。その道を選ばず、楽して内親王様の歓心を独占するために人を殺すとはっ、怠惰《たいだ》の極みっ。愚の骨頂っ。恥を知れっ、恥を知れっ、は、じ、を、し、れぇぇぇぇぇぇぇっ」

定家の怒りは、もはや狂乱に近かった。

初めのうちこそ、なぜ自分がここまで責め立てられるのかと言いたげにふてくされていた正木葛も、しまいには怪訝な顔をし、声を失っていた。

（このまま定家は、夜明けまで説教をし続ける気ではないか）

保盛が危ぶんだ時だった。

式子内親王の御帳台の幕から、ささやかな衣擦れの音が聞こえてきた。

たちまち、馨《かぐわ》しい菊花の香の薫りが、保盛の鼻腔《びこう》をくすぐる。

定家も、その香に気づいたのか、突如として棒立ちになり、説教をやめる。

正木葛は救われたような顔で御帳台の方を向く。

保盛も定家もつられて振り向くと、御帳台の幕から、内親王のたおやかな白い手が見えた。

彼女は、白い地紙《じがみ》にただ一文字、「秋」と書かれた蝙蝠扇を手にしていた。

（何なのだ、あの扇は……）

だが、定家は違った。

保盛は、彼女の意図することがまるで見えなかった。

「おまえは知らぬだろうから教えてやろう、正木葛。秋の扇とは、『文選《もんぜん》』（中国の漢詩集）にある、皇帝の寵愛《ちょうあい》を失った女人が、夏が終わって秋を迎えたために使われずに捨て置かれる扇と我が身を重ね合わせ、捨てられた悲しみを詠んだ詩に由来するものっ。転じて、捨てられて悲しむ女人を意味する。すなわちっ、あのお方はっ、目をかけていたおまえが人殺しをするとはっ、裏切られ、見捨てられたように悲しいとっ、秋と書かれた扇を通じっ、訴えられているのだっ」

定家は、正木葛へ激昂する。

「そんな……あたしはただ、内親王様をお慕い申し上げていただけなのに……」

絶望の表情を見せる正木葛に、定家は無慈悲なまでに容赦しなかった。

「自分を蔑《ないがし》ろにする相手に感謝する人間など、どこにいると言うのだっ。おまえがしたことは、あのお方を悲しませたことに他ならないっ。これから先は、死後も、来世も、そのあさましい性根によって犯した罪を悔やみ続けよっ」

愕然とする正木葛を怨霊《おんりょう》のごとき形相で睨んでから、定家は親行へ振り返る。

これまでの定家の凄まじいまでの剣幕を目の当たりにしていた親行は、おびえた顔で身構える。

「親行殿、下手人はこれにて突き止めることができました。後はよしなにおまかせいたします」

礼儀正しく深々と頭を下げる定家に、親行は困惑しながらも頷く。

「そ、そうだな。では、女の罪人の慣例に従い、顔に傷をつけて追放としましょう」

気を取り直した親行は、冷静に正木葛の処遇を決めた。手を叩いて雑色達を呼び、正木葛を北仮屋から引きずり出させる。

正木葛はもはや抗う気力もないのか、終始無言だった。親行はそんな彼女に同行し、出て行った。

この後、彼女の身に起きることを、保盛は容易に想像できた。

(武士の家とは違って耳と鼻を削がないとは、八条院御所のやり方は穏やかだ)

四人もの命を身勝手な理由で奪ってきた重罪に比して、受ける罰が軽いのは少々不満だ。だが当世、罪人の証を刻まれ、勤め先から放逐されれば、彼女のような召し使いに待ちかまえているのは飢えと渇きによる野垂れ死にのみだ。

下手人がみじめな最期を迎えれば、白露達の魂も慰められるだろう。

保盛が、割り切れない思いをどうにか呑みこんだところで、定家が長々と溜息を吐いた。

「このたびの一件、女房の死を未然に防げず、無念千万でした。式子内親王様と八条院様へ危害が及ばなかったことが、せめてもの救いです」

定家は疲れが出たのか、覚束《おぼつか》ない足取りで席に戻ると、再び脇息に凭れる。

「定家殿、下手人を突き止めて下さり、ありがとうございます。これで少しは白露達も浮かばれます」

少納言と師が、声をそろえて礼を述べる。それから、庚申待の混乱が収まったことを八条院御所中に知らせに行くと言い、席を立つ。

「せがれや、よくぞやり遂げたものだのう。保盛様には、御迷惑をおかけしました」

俊成は興奮冷めやらない様子で、息子と保盛へ話しかける。

(夜も更けているというのに、俊成卿はお元気だな)

目の前で人殺しが起き、しかも下手人が捕らえられる事態まで起きたのに、こたえた様子がまるでない俊成を、保盛はいぶかしむ。しかし俊成は、脇息に凭れかかったまま寝入りそうな定家の背中を何度も軽く叩いている。

「せがれ、おまえはたいしたものだのう。おまえが連続怪死の謎を解いたことで、今回の一件が人の仕業だったとわかった。ならば、藤原超子様の怪死も、怨霊の祟りでもなければ三尸の虫の仕業でもなく、恐らく人間の仕業だったのだろう。当時の下手人がわからぬのは残念だが、わしらの一族は祟られても呪われてもいないのだ。もう庚申待を恐れる必要はない。庚申待を忌避せねばならない呪縛から、解き放たれたのだ」

父の声を聞くうちに、瞼《まぶた》が半分閉じかけていた定家の目が次第に見開かれていく。

「そうでしたっ。祟りも何も降りかからないのであれば、庚申待など恐るるに足りずっ」

定家は、俊成と手に手を取り合い、喜び合う。

（超子様の怪死とこのたびの一件を結びつけるとは、二人とも考えが飛躍しすぎている。それにまだこの母屋には、無残にも正木葛に殺害された白露の屍が横たわっているというのに、このように浮かれ騒いでは、周囲から顰蹙《ひんしゅく》を買わないだろうか）

保盛は心配したが、喜びに浸る父子を止めに入るのも無粋な気がして、見守るだけに留めた。

そんな保盛の眼差しをどう解釈したのか、定家は俊成との話を打ち切り、こちらを見た。

「保盛様、以前庚申待にお誘い下さった時にはお断りしてしまいましたが、祟りも何もないとわかったゆえ、今度からはぜひお誘い下さいっ」

「いいとも。その時は、今宵のように和歌を詠んでくれ」

屈託のない定家に、保盛はすぐさま快諾した。


朝を迎え、長かった庚申待を終えると、保盛は帰宅した。

白露の死に立ち会い穢れに触れてしまったので、三十日間の物忌《ものいみ》をする必要ができたことを妻に告げる。すると彼女は、ただちに門前に物忌の木札を立てるよう、召し使いに命じてくれた。

一晩中寝ずに過ごしてきたので、朝寝をしようと着替え始めた時、保盛は八条院から与えられた蝙蝠扇がないことに気づいた。

（庚申待の時に定家に貸したきりにしてしまったか、あるいは御所に置いてきてしまったか。まあ、よい。もうあの扇を使うこともないのだから）

保盛は深く気にすることなく、眠りについた。

久しぶりの、安眠だった。

左注《さちゅう》（和歌の後ろに付ける補足）

三十日間の物忌が明けると、十月も終わりに近づいてきていた。

暦の上では初冬だが、まだまだ晩秋の名残《なごり》の方が色濃い。

保盛は馬に乗ると、少し寄り道をしつつ、糫餅《まがり》を手土産《てみやげ》に九条宅へ向かう。

道行く人々の噂話があちらこちらから聞こえてくる。

もしや、自分が平家一門の生き残りとしてまた口さがなく噂されているかもしれない。そんな不安から保盛が馬上から聞き耳を立てると、川で顔に傷をつけられた若い娘の水死体が見つかったとのことだった。衣の乱れはないことから、己で飛び込んだらしいと言う。

（正木葛は、自ら死を選んだか）

再び割り切れない思いが蘇《よみがえ》る。

だが、彼女がもうこの世にいないのだから、式子内親王の周辺で罪もない女房達が殺されることはなくなる。そう思い、気を取り直した。

やがて、九条宅の前に到着した。

案の定、門前に物忌の木札は立てられておらず、定家も物忌が明けたことが見て取れた。

厩《うまや》の下人《げにん》に馬を預けてから、邸内へ上がらせてもらうも、顔なじみの女房がまたしても困り果てた顔をしていた。

「ようこそお越し下さいました、保盛様。ただ……」

「ただ、どうしたのだ」

女房は、泣きそうな顔に変わった。

「当家の主人は、庚申待から帰ってきて以来、いたく不機嫌なのでございます」

意外なことだった。

あの日、庚申待が不吉である迷信から解き放たれ、定家は俊成と共にいたく上機嫌のうちに帰宅した。

(いったい、どうして不機嫌になっているのだ)

疑問が顔に出たのか、女房が説明を続ける。

「元々気難しいお方なのですが、その、さらに近寄りがたく、手に負えないまでに気難しくなられていて、あの北《きた》の方《かた》様さえもおびえて近寄らないほどなのです。ですから、保盛様にお会いになられるかどうか――」

「――保盛様には、もちろん、お会いするっ」

母屋から、定家の不機嫌な声が響き渡る。廊での立ち話に聞き耳を立てていたのだろうか。女房は身を縮こまらせた。

「我は大丈夫だ。ここまで案内御苦労であった。もう下がってよいぞ」

女房を下がらせると、保盛は母屋に入る。

中には、想像をはるかに超えた憤怒の形相で座す定家がいた。

火炎を背負っていると見紛《みまご》うほどの気迫を纏《まと》う定家は、不動明王《ふどうみようおう》に重なる。

「て、定家。元気そうで何よりだ。一晩中起きていなければならない庚申待の後に三十日も物忌があって、体を壊していないか心配していたのだ。これは土産の糫餅だ。また家族みんなで食べるといい」

しかし定家は、答えない。

保盛は沈黙に耐え切れず、新たな話に移る。

「そうだ。ここへ来る道すがら、正木葛が川へ身投げしたとの噂を聞いたぞ。結局彼女は、みじめさから自らを滅ぼしてしまったのだな」

定家の唇がかすかに動く。

ようやく口をきいてくれるかと、保盛は定家の向かいに腰を下ろす。

「それより他に、言うべきことがおありではありませんか」

保盛が座ったところで、定家は重く低い声で言った。それから音もなく、保盛が失くしたとばかり思っていた、蝙蝠扇を二人の間に置く。

「おまえが見つけてくれたのか。ありがとう」

保盛が礼を言うも、定家の表情は硬い。

「いったいどうしたのだ、定家」

思い切って保盛が訊ねると、定家の目つきが険しくなる。

「その蝙蝠扇を手にして、わかったのです。保盛様。今までよくもこの私を騙していましたね」

重苦しい沈黙が、二人の間に下りる。

糫餅の甘くて香ばしい匂いも、その空気を和らげはしなかった。

沈黙に耐え兼ね、保盛は笑ってみせた。

「藪《やぶ》から棒に何を言い出すのだ、定家」

定家は冷ややかな顔つきのまま、溜息を吐いた。

激昂されるよりも、保盛の胸に突き刺さった。

「八条院様より下賜されたその蝙蝠扇の何が、おまえをそこまで憤慨《ふんがい》させた」

しいて笑い飛ばそうとするも、笑えば笑うほど仕草はぎこちなくなっていく。

「正確に言えば、蝙蝠扇に書かれている鵺《ぬえ》（トラツグミ）の和歌でございます」

定家の青黒い隈が色濃く目立つ形相で睨まれ、保盛は落ち着かなくなってきた。

「その和歌がどうかしたのか」

心底問いの意図がわからなかったので、保盛は定家に糾弾されていることを忘れて訊ねる。

「この和歌の作者は、歌聖《かせい》の柿本人麻呂《かきのもとのひとまろ》。『万葉集《まんようしゆう》』を代表する偉大な歌人の一人でございます。そして和歌そのものは、七夕《たなばた》を題にした和歌のうちの一首でございまして、歌聖に対して物申すのも畏れ多いのですが、さほど人気のある和歌ではありません。保盛様がその蝙蝠扇を親行殿へ見せている時、季節に合わない和歌だと思うと同時に、なぜか奇妙な感覚に襲われました。初めて見た気がしなかったからです。そこで、蝙蝠扇を返しそびれたこともあり、物忌の間、日頃よりつけている日次記《ひなみき》（日記）を読み返したところ、答えが出ました」

定家は静かに語るが、目は血走っている。

「この蝙蝠扇には、一年前の八月十六日に、保盛様が松の枝に吊るされた夜半月《よわのつき》の生首を見る際に、穢れ除けのまじないとして使っていた、蝙蝠扇に書かれていた柿本人麻呂の和歌と、まるきり同じものが書かれていたのです。だから、私は初めて見た気がしなかったのです。すると、おかしなことになります。保盛様は一年も前から、八条院様から庚申待の連続怪死を解決するよう、頼まれていたことになるのですから」

保盛は、何も言葉を返せなかった。

そんな保盛を意に介さず、定家は語気を強める。

「それなのに、一言もそのことには触れず、さも私と父が式子内親王様に庚申待に誘われたのと同じ日に、たまたま御自身も八条院様から連続怪死の解決のために庚申待に招かれたようなふりをして、私に力を貸してほしいと仰いましたね。よくもまあ、ぬけぬけと……。けれども、保盛様の嘘はこれだけではございません」

定家の指摘に、保盛は膝《ひざ》の上に置いていた手を握る。背中に冷たい汗が伝わってきた。

「去年の十二月、私が西行《さいぎょう》様の許へ行っているとも知らず、私達夫婦と共に干し柿を食べようと持ってきたと仰ったのも嘘でしたね。もしも、保盛様が西行様の許へ私が行ったことを本当に知らなければ、干し柿の数は私と妻と保盛様の三人で割り切れる数を持って来ていなければなりません。それなのに、西行様と父を入れて四人ちょうどで割り切れる数である、十六個の干し柿を持って来ていた。これは、西行様が父の屋敷に滞在し、私がそこに行っていることを保盛様が百も承知だったことを暗示しているのではないか。根拠は弱いかもしれませんが、旧知の仲である保盛様らしからぬ贈り物の数の矛盾に、不審を覚えました」

干し柿の数まで正確に覚えている辺り、それも日次記に書いていたのだろう。

そう保盛は見当がついたが、口には出さなかった。

「ではこの時、嘘をつかれた目的は何か。それは、西行様が私と保盛様に向かって不可思議な出来事について語る際に、『年寄りの繰《く》り言《ごと》となって』と前置きなさったことが手掛かりとなりました。西行様は繰り言と仰っていましたが、私には初耳です。すると、西行様が繰り言になると口になさった相手は、保盛様しかおりません。西行様は鎌倉《かまくら》で鎌倉殿と会ったと話していましたが、保盛様の一族は鎌倉殿と縁が深いのは周知の事実。西行様が鎌倉殿から何らかの伝言を頼まれ、私と会う前に保盛様と会っていたことは充分に考えられます。その際に保盛様は、西行様の出くわした不可思議な出来事を聞いたのではありませんか。それを私の前で西行様に再びお話しさせ、私に謎解きするように仕向けたのではありませんか」

定家は顔を突き出すように、保盛を見据える。

「そんな行動を取られたのは、私の謎解きの力量を試すためだったのではありませんか」

定家の眼差しをまともに受け止められず、保盛は顔をそむけた。

「ただの偶然だ、定家。おまえは考えすぎだ」

しかし、定家は素直に聞き入れることはなかった。

「はたして、考えすぎでしょうか。これまでの人生、謎解きに縁のなかった私が、急にこの一年間に五件も関わることになったのです。偶然で片づけるには、いささか苦しいものがございます。何よりも、保盛様」

定家の目つきがますます険しさを増す。

「謎解きの力量を試していたのは一度や二度ではないくせに、何を仰いますか」

丁寧さは変わらないが、棘《とげ》のある口調で定家は言った。

「まずは、盗賊の竜王丸の書いた高札の裏に、在原業平の和歌を書きこんだのは、尼に化けた助《すけ》有《あり》だった件です。冤罪《えんざい》のために家から逃げ出して困窮していた彼に、墨と筆を持ち歩くゆとりがあったとは到底考えられません。しかも、業平の和歌は上等な紺瑠璃色《こんるりいろ》の墨で書かれていました。とても助有の持ち物とは思えません。そこで、助有に墨と筆を貸した者がいたのではないかと考えた時、同じ墨の色をどこかで目にした覚えがありました。すると、他でもない保盛様から貸していただいた矢立《やたて》に入っていた、筆と墨で書いた私の和歌が、同じ色だったではありませんか。なぜ、高札に書きこまれた墨と、私が書いた和歌の墨が同じ紺瑠璃色なのか。その答えは、同じ墨を使ったからに他なりません。すると、保盛様は助有にも矢立を貸したということになります」

「我《われ》が助有に矢立を貸したとは限らないぞ」

保盛はやっとの思いで反論するが、その声は自分でも驚くほどか細かった。

「保盛様も助有も、業平の和歌の一節『からくれなゐ』を『からくれない』と覚え間違いをしていたのに、まだ白《しら》をお切りになられますか。同じ紺瑠璃色の墨を使って、同じ書き間違いをしている人間が、殺害現場近くにそう都合よく何人もいるとは考えられません。そうなると、助有に矢立を貸して業平の和歌を書かせたのは、保盛様しかいないのです。そもそもあの日、保盛様は朝の遠駆けの帰りでした。それなのに矢立を持っていたのはなぜなのでしょうか」

鋭く指摘され、保盛は返事に詰まる。

「竜王丸は、高札や木札に己の所業を書き残していくことで知られる盗賊です。その高札や木札を見つけ次第、私を巻きこむために和歌を書こうと、いつも矢立を携帯していたのではありませんか。今まで私は、自分が保盛様を謎解きに巻きこんだとばかり思っていました。けれども、本当のところは保盛様が私を謎解きに巻きこんでいた。その一つとして、助有に矢立を貸して和歌を書かせたのです。かつて禿髪《かぶろ》だった助有なら、平家一門であった保盛様の頼みであれば迷わず従ったでしょう。さらに言えば、保盛様がすぐに助有を助けに行かなかったのも、彼が元禿髪という素性を知っていたからでしょう。盗賊ごときに容易《たやす》く捕まる輩ではないとわかっていたから、だったのではありませんか」

保盛は、否定するのをやめて溜息だけを吐いた。

「安元《あんげん》の大火の出火原因の謎解きを頼まれたのも、同様に私を試すためです。保盛様の亡きお父上様が、和歌で出火原因をほのめかした話自体が嘘でしょう。本当のところ保盛様は、あらかじめ真相を知っている謎を私が解けるかどうか、お手並み拝見とばかりに出題していただけだったのではありませんか」

定家は安元の大火をその目に宿したのではないかと錯覚するほどの、激しく燃えるような眼差しを向ける。保盛は、憤怒の炎の熱を肌で感じ取れるような気がした。

「その証拠に、業平の和歌の時と言い、菅家《かんけ》の和歌と言い、どちらも赤い色が思い浮かぶ和歌です。赤と言えば、平家の旗印の色。保盛様は、御自身で気づいているのかわかりませんが、和歌を選ぶ際に平家の色である赤にちなんだ和歌を選んでいらっしゃいます。さらに言えば、その謎解きをしていた時、自分もお父上様も和歌に対する造詣《ぞうけい》が深くないと答えておられました。つまり、保盛様も和歌が不得手なので、業平の和歌を間違えて覚えていたのも当然です。こうして、私が三つの謎解きを成功させ、謎解きの力量を見定められたところで、もともと保盛様が八条院様より頼まれていた庚申待の連続怪死に挑ませたのです。違いますか」

保盛は、沈黙を選んだ。

それでも、定家は容赦しない。

「式子内親王様の和歌の一節が書かれた紙が、これまでの犠牲者の懐に入っていたというのも、私の謎解きをする意欲をかきたたせるために、保盛様が考え出した真っ赤な嘘。和歌の一節が書かれた紙を保盛様があらかじめ用意しておいて、白露殿の屍の見極めをする際に気づいたふりをして私に見せたのでしょう。保盛様以外は、誰もが穢れを恐れて彼女の屍に近づきませんでした。

要は、紙を仕込む細工ができるのは、白露殿に触れていた保盛様しかいないのです。内親王様の和歌の一節を使ったのですから、あのお方も保盛様の嘘を承知の上だったのでしょう」

尊敬する歌人からも欺かれていたことに対してだろうか、定家は悔しげに顔を歪《ゆが》ませる。

「紙に書かれた和歌の一節の筆跡は、保盛様でも内親王様でもありませんでした。おそらく保盛様は筆跡から自分の仕業と悟られないように、家の女房にでも書かせたのでは」

定家は、疲れたように溜息を吐く。

「私が正木葛にあのお方の和歌を使ったことを説教した時、彼女が反論するでもなく怪訝な顔をしたのは、身に覚えがないことで責められ、心底困惑していたせいだったのですね。けれども、保盛様は運が強いお方だ。もしも、正木葛が自分は和歌の一節など仕込んでいないとあの場で言い返していたら、どうなさるおつもりでしたか」

皮肉をこめた問いに、保盛はやはり沈黙を選ぶしかなかった。

「その場合は、『己の罪を軽くするために嘘をつくな』とでも叱責して、私はごまかされたのでしょうかね」

定家は軽く咳きこんでから、また語を継ぐ。

「さて、実際に連続怪死が起きたのは二年前のことで、その時、三人もの女房が殺害された。連続怪死の謎を解くことを一年前から頼まれていたことを踏まえると、保盛様は、私にその謎を解かせるためと称して八条院様に進言し、実に一年ぶりに庚申待を八条院御所で開かせたのです。いやはや、文治二年から三年の一年もの間、保盛様は庚申待の連続怪死の謎を解かせるためだけに私の謎解きの力量を見定めるべく、いくつもの変事を解かせていたのですから、驚くほかありません。今日も、私を訪ねて来られたようですが、どんな嘘をお聞かせ下さるおつもりですか」

冷笑をたたえた顔で保盛を見据える。

「私の言っていることに間違いはありましたか」

その目は、ひどく険しかった。

保盛は、ゆっくりと首を横に振った。

「何一つ、間違いなどない」


――文治二年八月。天高く馬肥ゆる秋の言葉通り、保盛の屋敷へよく肥えた馬に乗った二人の客が訪れた。

保盛が己の服装を彼らに詫びたのは、服喪期間のため、まだ喪服だったからだ。

そして光盛と親行は、保盛に庚申待の連続怪死の謎を解いてほしいと頼んだ。


「我には、屍の見極めという知識はあるが、謎を解き明かすための知恵がない。それに、仮に謎が解けたとしても、それゆえ世間の耳目を集めて『平家一門を見捨てた生き残りの分際でさらなる出世を目指し、やんごとなき方に恩を売るのか』『恩にかこつけて栄誉を手にするとは、新たな平家一門の興隆の兆しか』といった、あらぬ嫉妬や疑惑を鎌倉や朝廷に抱かれるのを避けたかった。せっかく亡き父が半生をかけて手に入れた、池殿流平家の安寧《あんねい》が破綻《はたん》するような事態を招きたくはなかった。目立たず、生きたかった。されど、大恩ある八条院様の頼みを断ることができず、謎解きを引き受けてしまった」

――文治二年八月十六日。途方に暮れた保盛は、所在無げに蝙蝠扇を弄《もてあそ》びながら、早朝の都をあてもなく歩いていた。

そして、紫式部《むらさきしきぶ》の和歌の件で、旧知の仲の定家が、謎を解く知恵を持っていることを発見した。

「そこで我は、おまえに自分の代わりに謎を解いてもらうことを思いついた。八条院様に進言し、庚申待の連続怪死の謎解きは必ずやいたしますが、定家の力量を見定めるためにしばしお待ち下さいとお頼み申し上げた。八条院様は、定家の力量がわかるまで、庚申待を開くのを控えると約束して下さった」

――文治二年十二月。西行が頼朝の伝言を届けに来た際にした世間話で、摩訶《まか》不思議な出来事を聞いた保盛は、定家の謎解きの力を試すことを決めた。定家がその話を聞けるように誘導するため、西行と定家の話の輪に入ることにした。

西行が俊成の許へ行くことは、本人から聞いて知っていたので、定家に同行するのは簡単だった。

定家から「保盛様が、たまたま干し柿を持っておられてたいへん助かりました」と言われた時は、偶然を装った企みを見破られたかと心底驚愕したが。

「ただ、たまたま二回うまくいっただけのまぐれ当たりでは意味がないので、我はおまえにもっと謎を解いてもらい、さらに力量を見定めることにした。しかし、これまで定家が謎を解いたのは、和歌がからんでいたからだ。そこで我は実際にあった不可思議な変事にも、和歌が添えられていたことにして、定家が謎解きに挑むよう仕向けたのだ」

――文治三年三月。晩春の早朝は春霞《はるがすみ》と桜と柳が醍醐味《だいごみ》とばかりに美しく、保盛は喪服の裾《すそ》をなびかせ、馬を走らせていた。

定家に謎解きをさせるのにちょうどいい変事はないか、この年の初めからずっと馬を走らせて都中を探しまわるのを習慣づけていたのだ。

懐には、矢立を忍ばせていた。

もちろん、変事に関わるものに和歌を書きつけ、定家に興味を持たせるためだ。

その甲斐あって保盛は、川の中に捨てられた、無残に殺害された月草の屍と、それを絶望の眼差しで見つめる助有を目にした。元禿髪だった彼は、保盛の顔を覚えていたので話は早かった。

和歌を書けば、定家が月草の死の真相を明らかにしてくれると説得した。自分達が出会ったことや竜王丸の建てた高札の裏に和歌を書きつけたことは秘密にし、自分とは初対面のように振舞えと命じると、助有は一も二もなく従った。

それから助有に矢立を貸し、在原業平の和歌を書かせた。

だから保盛は、定家が女の屍を見つけたとしか言っていない段階で、若い女の無残な死と口にしていたのだ。


「もしも、おまえが屍を見つけられなければ、自分が遠駆けの途中で屍を発見したことにして、謎解きをさせるつもりだった。しかし、そうした人まかせの考えを改めたのは、竜王丸に襲われた助有を迷わず助けに走ったおまえを見た時だ。我は、亡き父が半生をかけて確保してくれた平穏な暮らしを守るために静かに生きようと、厄介事に関わらないよう努めてきた。だが、そんな独りよがりな考えで他人を犠牲にするのは卑怯だし、父も息子がそんな生き様をするのを望んで一族を守ったのではなかろう。そう思って、そんな考えをかなぐり捨てることにした。謎を解くための知識を我《われ》が補いきれるかどうか自信はなかったが、謎を解く知恵は定家に発揮してもらって、庚申待の連続怪死の謎に挑もうと考え直した」

――文治三年六月。九条宅の庭木にて力強く鳴く蟬《せみ》の声に、平保盛は甘い香りが漏れ出る包みを手にしばし足を止める。

蟬の声は、父を喪った保盛の代わりに慟哭《どうこく》しているように聞こえた。

「……まことに、父さえまだ存命であればと、この一年何度心の中で慟哭したことか。だが、それはかなわぬ願いだ。そこで気を強く持ち、最後の仕上げとして、父が生前に解き、我に真相を教えてくれていた安元の大火にまつわる謎解きをさせたのだ。おまえが見抜いた通り、父は和歌など口にしておらぬ。おまえに興味を持たせるためについた嘘だ。あれは、我《われ》が妻に教わりながら一生懸命に調べて見つけた、父が謎解きから手を引いた理由をほのめかしたのに使えそうな意味にも読める和歌だ。まさかおまえが掛詞《かけことば》やら見立てやらで、謎を解く糸口をつかむとは思いも寄らなかった。だが、力量はこれで見定められた。おまえの賢さに、我は安堵した」

――文治三年七月。保盛は、八条院へ定家には間違いなく謎解きの知恵があると報告し、最も早い庚申のある九月に、庚申待を開いてほしいと頼んだ。

いまだに下手人の見当がついていないため、犠牲者が出る恐れが強い。だが、下手人を捕らえねば、いつまでも安心して庚申待をすることができない。八条院は、保盛の意見を受け容れ、苦渋の決断を下した。

それから、肝心の謎解きを担う定家が歌人ゆえ、和歌がからんでいなければ、謎解きをしたがらないことも打ち明けた。

すると八条院は、同宿している式子内親王が、定家の父俊成から和歌の指導を受けていることを思い出し、彼女に協力してもらえないかと相談した。

彼女は、自分が詠んだ和歌が犠牲者に添えられていたことにすればよいと提案した。

保盛はそれに従い、屍に添えられていたことにする和歌を、自分の家の女房に書かせた。


保盛の告白を聞き終えた定家は、半ば呆れたような顔になる。

「……そんなに手間暇をかけておられたのですか。私の力を高く買って下さっているようですが、庚申待の連続怪死の時、白露殿の懐に和歌の結句を書いた紙を入れたのも下手人の仕業であると、でっち上げていましたよね。私が謎を解けたからいいものを、もしも、私が謎を解けず下手人を突き止められなかったら、結句を仕込んだ意味がなくなりますし、下手をすれば保盛様を下手人と疑いかねませんでした。その場合は、どうなさるおつもりだったのですか」

保盛に悪意がないとわかって怒りが鎮まったのか、毒気のない声で定家は訊ねる。

保盛は、意外な問いに目を丸くする。

「定家なら必ずや謎を解いて下手人を突き止めてくれると信じていたので、考えてもみなかったな……」

心の底から、その点について何も考慮に入れていなかったので、保盛は今さらながら考えこむ。

定家は、大きな溜息を吐いた。

「そこでお悩みになられるとは……。その調子で、よくぞ私を一年間騙《だま》しとおせましたね」

呆れ顔の定家に、保盛は申し訳なくなってきた。

「一年もの間、騙していてすまなかった」

深々と頭を下げて詫びる。

「頭をお下げになるくらいなら、いっそ素直に頼んで下さればよかったものをっ」

定家は憤慨するが、先程までの深刻な怒りはなかった。

「だが、和歌がからまねば、おまえは謎に無関心であろう」

保盛が正直に答えると、定家が珍しく言葉に詰まった。

しばしの沈黙ののち、定家はばつの悪そうな顔になる。

「しかしながら、友をたばかるのはいかがなものかと……」

さすがに、常に和歌しか頭にないことを自覚したらしい。定家はしおらしくなる。

保盛は息を整えてから、告げた。

「定家。今日我《われ》が訪れたのは、この一年間騙したことへの詫びとして、おまえが幼い頃に和歌を奉納して消えた仏像の謎を解くためだ」


五条京極《ごじょうきょうごく》邸。

定家の父俊成の邸宅で、定家の実家でもある。

保盛と定家は今、馬でそこを目指していた。

「定家も知っての通り、我には屍の見極めという、謎を解く知識はある。だが、それを活かす知恵が今一つたりぬ。そんな我ではあるが、庚申待の晩に気づいたことがあったのだ」

「そのことと、消えた仏像が、どう関係するのですか、保盛様」

定家が、半信半疑と言った面持ちで訊ねる。

「あの晩、槌の代わりとして黒檀が使われたのではないかと、我《われ》が言ったことを覚えているか」

「ええ。覚えております」

「そして、仏像が黒かったのは間違いはないか」

「はい。我が御子左家では、代々黒仏《くろふつ》と呼び習わしておりました。それが何か」

問い返してから、初冬の冷たく乾いた風に喉をやられたのか、定家は激しく咳きこむ。

保盛は、定家の咳が収まってから話を再開した。

「我は子どもの頃、弟達や従兄弟《いとこ》達と力比べをして、実家の池の中の島へ石を運んだことがあった。そして、運びこんだ日の晩に嵐が起き、翌日、島に運んだ石はすべて消えてしまっていた。おまえの家の仏像が消えた状況と、とてもよく似ているだろう」

「ええ」

かすれた声で定家は合槌を打つ。

「不思議がる我らに、父が中の島の地面が、嵐でぬかるんでいることに気づいてな。石は自分の重みでぬかるんだ地面に沈んでしまったのだと謎を解き、見事に石を見つけ出してくれたのだ」

ちょうど五条京極邸が見えてきたので、保盛はいったん話を打ち切る。

門をくぐり、下人らへ馬を預けて庭に足を踏み入れる。すると、俊成の邸宅にも拘らず、保盛の家人《けにん》達が汗をかきながら池の中の島を掘っている最中だった。

「これは……」

わけがわからず呆然とする定家は、物問いたげに保盛を見た。

「先程の話の続きだが、我は思ったのだ。黒仏は、その名の通り黒かった。もしかしたら、黒檀でできていたのではないか、とな。黒檀は木だが頑丈で、水に沈むほど重い。つまり、石と同じだ。ならば、我の家の中の島から石が消えたのと同じ理由で、黒仏も消えたのではないか。そう思い、黒仏を見つけ出そうと、定家に会う前に、こちらへ来た。俊成卿にすべてを打ち明けて許しを得て、池の中の島を家人達に掘らせてもらっているのだ」

庚申待で黒檀の話を出した時は、ほんのかすかな思いつきだった。

だが、物忌で三十日間自宅に籠《こも》りきりで、所在無く時を過ごすうちに、子ども時代の思い出と父の謎解きが結びついた。保盛はこれこそが、仏像消失の真相だと確信した。

「では、私の和歌の出来栄えが悪かったせいで嵐が起き、黒仏が私を見限って姿を消したわけではなかった。黒檀でできていたがために、嵐でぬかるんだ地面にひとりでに沈んで消えてしまったと仰るのですかっ」

定家の目がいつになく明るくなる。

保盛が返事をしようとしたところへ、池の中の島で、保盛の家人達がいっせいに大声を張り上げた。

「ありました、保盛様。地中に黒い仏像がありました」

家人達は、泥まみれになりながらも、地中から何かを引き上げていく。

それは、黒い観音菩薩《かんのんぼさつ》像だった。

徐々にその姿が明らかになるにつれ、定家の目は見開かれていく。

言葉もなく、感無量の眼差しで、よろめくような足取りで池のほとりにたどり着く。そして、仏像を見つめ続ける。

保盛は、定家の隣に立った。

「定家は、長年下手《へた》な和歌を奉納したせいで神仏が怒って仏像を消し去ったと気にしていたようだったが、これでただの思い違いとわかったであろう。……少しは詫びになったか」

保盛は、恐る恐る訊く。

「もちろんでございます、保盛様っ。おかげさまでこれからは、神仏に気兼ねすることなく、自分の作りたいように和歌を作ることができますっ」

歓喜に満ちた定家を見て、保盛は胸を撫で下ろす。

「どこまでも、定家は和歌のことしか頭にないのだな」

「歌人なのですから、当然でございますっ」

定家は瘦せて薄い胸を反らし、意気揚々《いきようよう》と答える。

「……定家よ。和歌を作り続けても、修羅の巷《ちまた》のごとく荒んだ世の中においては、無意味ではないのか」

気がつけば、保盛は内心の鬱屈《うっくつ》を打ち明けていた。

「武士が台頭してきたこの御時世、彼らの多くは和歌のよさを知らぬ野蛮な連中ばかりだ。我は、父や弟達と鎌倉に滞在したことがあるのでよく知っている。加えて、源平の争乱によって世は荒み、都の人心は大いに乱れている」

保盛は、仏像の手本とするために女の命を奪った仏師と、悪行を重ねることによって歴史に名を残そうとする盗賊の竜王丸、それに嫉妬から平然と人殺しを重ねた正木葛を思い出す——どれも、世の荒みを体現したような、唾棄《だき》すべき人倫に悖《もと》る者達だ。

「こんな荒んだ世の中で、なぜ定家は意気込みを持って生きていられるのだ」

源平の争乱で、保盛は様々な無意味を知ってしまった。

倶利伽羅峠《くりからとうげ》の戦いでは、保盛よりも強い者達が命を落とした──強さは無意味と思い知った。

平家一門都落ちでは、保盛ら池殿流平家は、戦場の最前線に置き去りにされていった──絆は無意味と思い知った。

壇《だん》ノ浦《うら》の戦いでは、平家一門はことごとく滅び去った──栄耀栄華《えいようえいが》は無意味と思い知った。

目まぐるしい速さで、多くの人々が、保盛の前から去っていった。

生まれ育った屋敷も、思い出の品々も、ことごとく灰燼《かいじん》に帰《き》していった。

保盛ら兄弟は亡き父の尽力で生き残れたものの、平家一門の生き残りとして、鎌倉や朝廷から目をつけられ、族滅されないように、目立たず静かに生きて行かねばならない。

世の中への意気込みなど、疾《と》うの昔に捨ててしまった。

武者の世と呼ばれるようになった当世においては、定家とて貴族であるため、一族の衰退の一途が待っているはずだ。

（それなのに、なぜ定家は……）

激昂されるのを覚悟で打ち明けたのだが、案に相違して定家はしかつめらしい顔のままで、怒る気配がなかった。

「愚問でございます、保盛様」

定家は、静かに続ける。

「たとえ武士達が幅を利かせる世の中になったとしても、彼らにも和歌のよさを教えればよいだけでございます。そうすればっ、和歌を通じて武士も貴族も心を通い合わせられるのでっ、世の荒みを和らげることができるのですっ。決してっ、無意味ではっ、ありませんっ」

次第に昂ってきたのか、定家の声は大きくなっていく。

「和歌もっ、平穏な世もっ、享受するだけではなくっ、己でっ、作り上げていくっ、ものなのでっ、ございますぅぅぅぅぅぅぅぅっ」

しまいに定家は、五条京極邸中に轟かんばかりの大声を上げていた。

保盛の家人達は目を丸くして、掘り出した仏像を洗う手を止め、定家を見ていた。

保盛も、しばし目を丸くしていたが、次第に腹の底から爽快な気分が湧き上がってきた。

(父も、平家一門もいなくなってしまった。だが我には、定家のような朋友《ほうゆう》がいる。愛する妻も、かわいい子ども達もいる。気立てのよい弟達もいる。忠義者の家人達もいる。ないものではなく、あるものへ目を向ければよいのだ。そうだ、命があるのだから、新しいことができる。今度、定家に和歌を教わってみるとするかな)

生き延びられて、よかった。

保盛は、初冬の風を胸いっぱいに吸いこむ。

いつになく、円《まど》かな匂いがした。

あとがき

〜とある打ち合わせ光景〜

担当編集のIさん「今度の新作はテーマや主人公を変えるのはどうでしょう？　例えば、前作の探偵役である平頼盛《たいらのよりもり》の子孫と、歴史上の有名人が組んで謎解きする本格ミステリを書いてみませんか？」

私「いいですね！　しかし、誰がいたかな……」

※打ち合わせ場所滞在予定時間残り十分※

私「思い出した！　頼盛の長男の保盛《やすもり》が、歌人の藤原定家《ふじわらのていか》と友達です」

担当編集のIさん「定家なら、百人一首とからませるのはいかがです？　『からくれなゐに　みづくるとは』の和歌の見立てで、川が女の死体で血染めになっている殺人事件を解くとか」

私「それでいきましょう！」

というわけで、作家人生憧れの一つ、「注文されたお題で書く」が早くもかなった喜びと意気込みの下《もと》、前作『平家物語《へいけものがたり》推理抄』シリーズと被らないように新作を考えました。そこで『ヤング・シャーロック』ならぬ『ヤング・定家』というコンセプトで、藤原定家が百人一首で選んだ和歌は、若い頃に遭遇した事件に関係したものだった……という世界観で繰り広げられる、バディ物の青春ミステリを目指して執筆したのがこの作品です。

ところで、藤原定家と言えば、

- 『小倉《おぐら》百人一首』や『新古今和歌集《しんこきんわかしゅう》』の撰者《せんじゃ》である歌人。
- 『源氏物語《げんじものがたり》』などの古典文学の研究者。
- 『明月記《めいげつき》』という日本中世史一級史料である日記の記録者。
- 望遠鏡登場前の時代の超新星爆発を記録し、天文学にも功績を残している偉人。
- 先日（二〇二四年四月）、直筆の『古今和歌集』の注釈書が見つかり、国宝級の大発見といわれた。

と、マイナーを地で行く前作の探偵役とは打って変わって有名人です。

探偵役にふさわしい個性の持ち主ではなかったら、どうしよう。史実をねじ曲げてまで探偵役に設定するのは、日本史好きの良心が許さない……。そんな葛藤を抱きながら、藤原定家関連の資料をいくつか読み、彼の人物像を調べて行った結果、以下のことがわかりました。

超一流の教養人だが、協調性と社会性には問題があり、しばしば周囲の人々と軋轢《あつれき》を起こす。

つまり、頭がよくてエキセントリックという、びっくりするほど探偵役の王道を行く個性の持ち主です——即、探偵役に採用しました。

なお、この作品内での定家のキャラクターコンセプトは「強靭《きょうじん》な病弱」「理想家」です。

一方、定家の相棒役にして、平頼盛の長男である保盛は、史実でも定家の友人で同僚でもあり、遠い親戚関係にもあります。さらに息子二人のうち、一人を定家の猶子《ゆうし》（相続権のない養子）に、もう一人は定家の許へ朝廷の政務を教わりに行かせるなど、深い付き合いがあります。そもそも保盛の生没年がわかるのは、定家が『明月記』で記録していてくれたからにほかなりません。

しかし、保盛の個性がわかる逸話は、どうがんばっても見つけられませんでした。インターネットで、保盛の建立《こんりゅう》した寺には平家一門と安徳《あんとく》天皇、それに俊寛《しゅんかん》の供養塔があるとのことで、一門を悪《あ》しからず思っていただろうし、きっと責任感が強い性格だろうと推測できました。

それでも性格付けに迷走したのですが、Iさんから助言をいただいて、「父と同じ検死技術という特技を持っているため、探偵役に振り回される相棒」という今の設定に落ち着きました。ワトスンも従軍経験のある医師なので、似た経歴の保盛は、探偵役の相棒としてもぴったりでした。Iさんには感謝しかありません。

こうしてできた保盛のキャラクターコンセプトは、「気苦労の多い長男」「隠れ武闘派」です。

ここからは、各話の紹介です。
和歌のほかにも古典文学もからめ、定家が探偵役をするのにふさわしい世界観にしてみました。
「くもがくれにし　よはのつきかな」×『今昔物語集《こんじゃくものがたりしゅう》』
紫 式部《むらさきしきぶ》の和歌が好きなので、最初にこの和歌にからんだ事件を書こうと決めました。その際、『今昔物語集』の鬼の話を思い出し、西澤保彦《にしざわやすひこ》先生『解体諸因《かいたいしょいん》』やミステリ研究のために見ていたドラマ『トリック』シリーズのある事件を参考にして、バラバラ殺人の謎を追う本格ミステリに仕上げました。
「かこちがほなる　わがなみだかな」×『伊勢物語《いせものがたり》』
西行《さいぎょう》の和歌に、悲恋伝説と『伊勢物語』に登場する人物消失事件を組み合わせ、西行が若い頃に遭遇した人物消失事件の謎を定家が安楽椅子探偵として解く話にしました。書く上で、アガサ・クリスティ『ポアロのクリスマス』やカーター・ディクスン『青銅ランプの呪《のろい》』と、ドラマ『古畑任三郎《ふるはたにんざぶろう》』シリーズのある事件を参考にしました。

なお、作中登場する定家の妻の名・こもきは、本名不詳のために私が『源氏物語』の登場人物名からつけた仮の名前です。のちに離婚してしまうこの二人のやりとりは、重くならないように気をつけて書きました。

「からくれなゐに　みづくくるとは」×『沙石集《しゃせきしゅう》』

在原業平《ありわらのなりひら》の和歌の見立て殺人という、Ｉさんのナイスアイディアに飛びつき、仏教説話集『沙石集』に収録されているある殺人事件と、海外ミステリードラマ『キャッスル／ミステリー作家のＮＹ事件簿』シリーズのある話の骨組みを組み合わせ、書き上げました。

作中、定家が武器として紙燭《しそく》（松明《たいまつ》の一種）を手にするのは、彼が上司と喧嘩《けんか》して紙燭で殴ったという史実へのオマージュです

「もみぢのにしき　かみのまにまに」×『棠陰比事《とういんひじ》』

過去の事件の真相が百人一首の和歌にこめられているので解けるのは歌人だけ、という定家にふさわしいシチュエーションで書いてみました。『棠陰比事』とは、中国の南宋《なんそう》時代にまとめられた裁判記録集です。これに、どの和歌とからめたらよいかと試行錯誤を重ねた結果、菅原道真《すがわらのみちざね》の和歌となりました。書く上で、諸田玲子《もろたれいこ》先生『王朝まやかし草紙』を参考にしました。

作中の冒頭で、六月なのに蟬《せみ》が鳴いていますが、この時代は太陰暦のため、現代の暦に直すと七月にあたります。ですから、異常気象ではありません。

「しのぶることの　よわりもぞする」×『栄花物語《えいがものがたり》』

百人一首、定家ときたら欠かせないのが、彼との悲恋伝説で有名な式子内親王《しょくしないしんのう》です。そこで、

彼女の和歌とからめた事件でラストを飾ろうと、『栄花物語』にある、藤原道長《ふじわらのみちなが》の姉超子《ちょうし》の謎めいた急死事件を題材にすることにしました。それを連続殺人という本格ミステリの王道に体裁を整え、ロバート・ファン・ヒューリック『ディー判事』シリーズを参考にしました。

作中で女房達が懸守《かけまもり》というお守りを首から下げるファッションをしていますが、これは私の創作ではなく、古典『平家公達草紙《へいけきんだちそうし》』で紹介されていた実在するファッションです。

また、定家が二二七ページの和歌を返すシーンで、有名な書体「定家様《ていかよう》」を使わずに書いているのは、使うようになったのが中年以降だからです。

藤原定家や百人一首がお好きな方には当時の文化風俗を楽しめるように歴史蘊蓄《うんちく》を。本格ミステリがお好きな方には、バラバラ殺人、密室からの人物消失、見立て殺人、火事の出火原因当て、連続殺人と、各種謎を取りそろえつつ本格ミステリ作品の小ネタを、それぞれちりばめています。どちらがお好きな方にも楽しめるよう、趣向を凝らしております。

楽しんでいただけたら幸いです。

参考文献・史料

参考文献

青木直己『図説　和菓子の今昔』淡交社　二〇〇〇
浅田徹『和歌と暮らした日本人』淡交社　二〇一九
あんの秀子『百人一首の一〇〇人がわかる本』芸文社　二〇〇九
伊井春樹『人がつなぐ源氏物語』朝日新聞出版社　二〇二一
石田吉貞『藤原定家の研究』文雅堂銀行研究社　一九五七
稲村榮一『定家『明月記』の物語』ミネルヴァ書房　二〇一九
上田篤編著『五重塔はなぜ倒れないか』新潮社　一九九六
大塚ひかり『うん古典』新潮社　二〇二一
尾崎左永子『平安時代の薫香』フレグランスジャーナル社　二〇一三
勝田至『死者たちの中世』吉川弘文館　二〇〇三
勝俣鎮夫「死骸敵対」（網野善彦・石井進・笠松宏至・勝俣鎮夫『中世の罪と罰』）講談社　二〇一九
川合康『日本中世の歴史3　源平の内乱と公武政権』吉川弘文館　二〇〇九
北村優季『平安京の災害史』吉川弘文館　二〇一二
久保田淳『藤原定家』集英社　一九八四
斎藤栄三郎『増補　定家　明月記と私』ヒューマン・ドキュメント社　一九八九
酒井シヅ『病が語る日本史』講談社　二〇〇八

繁田信一監修『平安貴族　嫉妬と寵愛の作法』G．B．二〇二〇
新藤透『図書館の日本史』勉誠出版　二〇一九
多賀宗隼「平家物語と平頼盛一家」（『国語と国文学』四八巻九号）筑摩書房　一九七一
高野公彦『明月記を読む　上』短歌研究社　二〇一八
髙橋昌明『京都〈千年の都〉の歴史』岩波書店　二〇一四
高橋睦郎『百人一首』中央公論社　二〇〇三
竹西寛子『百人一首』講談社　一九九〇
田中貴子『いちにち、古典』岩波書店　二〇二三
棚橋光男『後白河法皇』講談社　一九九五
谷知子『和歌文学の基礎知識』角川学芸出版　二〇〇六
田渕句美子『異端の皇女と女房歌人』ＫＡＤＯＫＡＷＡ　二〇一四
千葉千鶴子『百人一首の世界　付＊漢訳・英訳』和泉書院　一九九二
角田文衞『平家後抄　上・下』講談社　二〇〇〇
永井晋『八条院の世界』山川出版社　二〇二一
中江克己『日本史　怖くて不思議な出来事』ＰＨＰ研究所　一九九八
平田耿二『消された政治家　菅原道真』文藝春秋　二〇〇〇
保立道久『中世の女の一生』洋泉社　一九九九
前川佳代・宍戸香美『平安時代のスイーツ』かもがわ出版　二〇二一
槇佐知子『日本の古代医術』文藝春秋　一九九九
村井康彦『藤原定家『明月記』の世界』岩波書店　二〇二〇

村山修一『比叡山史』東京美術　一九九四
安田元久「平頼盛の立場」（『平家の群像』）塙書房　一九六七
山崎昶『ミステリーの中の化学物質』裳華房　一九九四
吉海直人『読んで楽しむ百人一首』ＫＡＤＯＫＡＷＡ　二〇一七

参考史料

五味文彦・本郷和人編『吾妻鏡２～３』吉川弘文館　二〇〇八
山中裕・秋山虔・池田尚隆・福永武彦校注・訳『栄花物語①』小学館　一九九五
浅見和彦・伊藤玉美責任編集『新注　古事談』笠間書院　二〇一〇
阿部俊子全訳注『伊勢物語　上・下』講談社　一九七九
川口久雄訳注『新猿楽記』平凡社　一九八三
小島憲之・木下正俊・東野治之校注・訳『萬葉集④』小学館　一九九六
桂万栄編・駒田信二訳『棠陰比事』岩波書店　一九八五
櫻井陽子・鈴木裕子・渡邉裕美子『平家公達草紙』笠間書院　二〇一七

※その他、インターネット上の記事など多数参考にさせていただきました。
※この物語は史実を下敷きにしたフィクションです。
※本書は書き下ろし作品です。

歌人探偵定家《かじんたんていていか》
百人一首推理抄

2024年6月14日　初 版

著者
羽生飛鳥《はにゅうあすか》

装画
すり餌

装幀
長﨑綾（next door design）

発行者
渋谷健太郎

発行所
株式会社東京創元社
〒162-0814 東京都新宿区新小川町1-5
03-3268-8231（代）
https://www.tsogen.co.jp

D T P
キャップス

印刷
萩原印刷

製本
加藤製本

 ISBN978-4-488-02904-3　C0093